浪花朵朵

大作家写给孩子们

莎士比亚戏剧故事集

[英] 威廉·莎士比亚 著
[英] 查尔斯·兰姆
[英] 玛丽·兰姆 改写
吴湛 译

江苏凤凰文艺出版社
JIANGSU PHOENIX LITERATURE AND ART PUBLISHING

原版序言

这些故事是为小读者们所写的，作为他们接触莎士比亚作品的一个阶梯。考虑到这一点，我们尽可能地采用原作的语言[①]。有时为了把原作改写为连贯的故事文体，难免要加入一些叙述和衔接的文字，我们总会字斟句酌，竭力避免减损莎翁文字的精粹华美，也会因此尽量少用在他的时代之后才出现的用语。

小读者们将来阅读莎翁原作时就会发现，在由悲剧改写而成的故事中，莎士比亚的原文往往未经多少改动，就直接出现在对白中，或者融入叙述里了。然而在由喜剧改写的故事中，莎士比亚的原文很难转换成叙事性的文字，因此这些故事中大量使用了对话形式，不熟悉戏剧体裁的小读者恐怕一时间会不太适应。但如果这算是一个缺点，那也是因为我

---

① 出于同样的理由，书中直接采用莎士比亚原文的文句，主要参考了目前最通行的朱生豪先生的译本，书中篇名和人名也依照朱译。这样一来，小读者由此去读莎士比亚原作的中文译本，会感到更加贴切。——译者注（全书同）

们真心希望大家能接触到更多的莎剧原文。要是书中的“他说”“她说”和互相问答有时让小读者们读得厌烦，也只好请他们多多原谅，因为只有这样才能让他们稍微领略到原作的精彩，初步感受阅读莎士比亚的无穷乐趣。莎士比亚的戏剧是一座丰富的宝藏，等他们年纪再大一些就可以自己去探索。到时他们会发现，这些故事只不过是那座宝藏中提取出来的铜钱，微不足道，黯然失色；只不过是对着莎士比亚精妙无双的图画摹刻下来的复制品，模糊暗淡，充满瑕疵。这些故事确实只能说是模糊暗淡，充满瑕疵，因为在改写成故事的过程中，我们常常不得不把莎士比亚的许多绝妙词句改得大为逊色，甚至有些词不达意，导致破坏了莎士比亚的语言之美。即使我们有时原封不动地采用了原作的自由体诗，因为这些诗句自然晓畅，小读者读起来就像在读散文一样；然而把莎士比亚的语言从它天然的土壤和野性的诗园中移植过来，总是难免减损了它浑然天成的美丽。

我们曾经想把这些故事改编得让很小的孩子也能够读懂。在写作过程中我们也一直往这个方向努力尝试，可是大部分故事的内容使得这种尝试十分困难。把男男女女的悲欢离合用幼小的心灵也能理解的语言写出来，并不是件容易的事。这本故事集主要是为女孩们编写的[①]，因为男孩通常比

① 改编者兰姆姐弟的时代男女受教育权尚未平等，因此他们有这样的设想。

女孩更早获许涉猎父亲的藏书，因此也就比家中姐妹们更早有机会接触到莎士比亚的原作。因此，我们不是推荐已经熟读原著的男孩们通过这本故事集来了解莎士比亚，而是希望他们能帮助姐妹看懂故事集中较难理解的部分，帮她们消除阅读障碍之后，再为她们选读一些她们最感兴趣的原作精彩片段（摘选时要注意避开那些会污染少女清听的段落）。这样一来，姐妹们凭借故事集这个不完美的简编本了解剧情梗概之后，还能对莎士比亚有更加深入的感受和理解。假如这本故事集有幸受到小读者的欢迎，他们自然而然就会产生一种渴望，希望长大后能完整阅读莎士比亚的戏剧。等他们终于将莎剧原作捧在手中，他们会发现，原作有许多离奇的事件和命运的波折，在本书中只是一笔带过（此外还有半数左右的莎剧本书并未收录），因为这本小小的故事集实在容纳不下那无比丰富的情节；原作中还有许多活泼风趣的男女角色，在本书中也干脆省去了，因为简略的改写恐怕会令他们的幽默变得索然无味。

小读者们看完这些故事会有些什么收获呢？想象力丰富了，品德更完善了，摒弃各种自私市侩的杂念，见识了许多美好而高贵的思想和作为，熏陶出彬彬有礼、仁慈善良、慷慨大方、富于同情的美德，这正是我们编写这本书的初衷。我们更由衷希望小读者们长大后阅读莎翁戏剧原作时，能更加深刻地体会到这一点，因为他的著作正是真善美的集大成者。

因为你是一个善良的精灵，不愿奉行她邪恶的命令，她便把你囚禁在一棵树里。

——《暴风雨》

“等一等，好贝特丽丝，”培尼狄克说，“我举手为誓，我爱你。”

——《无事生非》

盖尼米德脱下男子的装束，穿上女人的衣裳，马上就变回了罗瑟琳小姐。

——《皆大欢喜》

父女二人团圆的情景十分动人。

——《李尔王》

他的学生“淑女”凯瑟琳刚刚用鲁特琴打破了他的头。

——《驯悍记》

迫克是个机灵的捣蛋鬼。

——《仲夏夜之梦》

她靠衣服的浮力暂时漂在水面上，嘴里还哼着古老的谣曲，似乎对自己身处险境浑然不觉。

——《哈姆雷特》

哈姆雷特知道自己命不久矣……他猛然转身扑向卑鄙的叔叔。

——《哈姆雷特》

目　录

暴风雨

在大海之中有一座岛，岛上只住着一个名叫普洛斯彼罗的老人，还有他的女儿米兰达，一位非常美丽的年轻姑娘。她到这岛上来的时候年纪太小，除了她父亲的面容之外，对于其他人的脸完全记不得了。

他们住在一座岩石形成的洞窟里，洞窟分隔成好几个房间，其中一间普洛斯彼罗称为他的书房，里面放着他的书本，大多数是关于魔法的书，那时候但凡有学问的人都热衷研究魔法，而普洛斯彼罗发现掌握这门本领对他来说大有用处。因为他阴差阳错地来到了这座岛屿，它曾经被一个名叫西考拉克斯的女巫施过妖术，在他到来前不久女巫已经死在了岛上。许多善良的精灵由于不肯奉行她邪恶的命令，就被囚禁在大树里，而普洛斯彼罗凭借自己的本领释放了他们。打那时起，这些温顺的精灵就听从普洛斯彼罗的吩咐。他们的首领是爱丽儿。

这个活泼的小精灵爱丽儿生来并不爱调皮捣蛋，他只是特别喜欢欺负一个叫作凯列班的丑八怪。他对凯列班怀恨在心，因为那是他的老对头西考拉克斯的儿子。凯列班这家伙是普洛斯彼罗在树林里发现的，他是个奇形怪状的东西，远不如猿猴像个人样。普洛斯彼罗把他带回了洞里，教他说话，本来是要好心好意地对待他，可是凯列班从他母亲西考拉克斯那儿继承了顽劣的天性，使他学不来任何良好的品德、有用的本领。因此他只能被当成奴隶使唤，去搬柴火啦，去干最吃力的粗重活儿啦，而爱丽儿就负责逼迫他去做这些事。

每当凯列班偷懒不干活时，爱丽儿（除了普洛斯彼罗谁也看不见他）就会偷偷地过来掐他，有时候把他推到烂泥里，然后爱丽儿就变成猴子，向他扮鬼脸；紧接着又变成刺猬，在他跟前滚成一团，凯列班可害怕刺猬的尖刺扎到自己的光脚了。只要凯列班对普洛斯彼罗的命令稍有疏忽，爱丽儿就会使出花样百出的恶作剧来捉弄他。

有这些神通广大的精灵听他的指挥，普洛斯彼罗就可以呼风唤雨、兴风作浪了。有一天，精灵们按他的吩咐掀起了一阵猛烈的风暴，风暴里有一艘精美的大船，正在滔天巨浪下挣扎，时刻都面临着被海浪吞没的危险。他把那艘船指给他女儿看，并且告诉她，船上有许多和他们一样的生灵。

“噢，我亲爱的父亲，”她说，“假如你施展魔法掀起了这场可怕的风浪，也请可怜可怜他们的悲惨遭遇吧。看！那艘船眼下就要撞得粉碎。可怜的人们！他们全都会丧命的。要是我有办法，我宁可让大海沉到地下，也不让它把这艘好好的船和船上所有宝贵的生灵一同毁灭了。”

“别这么大惊小怪，我的女儿米兰达，”普洛斯彼罗说，“不会发生什么可怕的事。我早就吩咐过了，这艘船上没有一个人会受到伤害。我所做的一切都是为了你，我亲爱的孩子。你不知道自己是谁，不知道自己来自何方，至于我呢，你也只知道我是你的父亲，住在这个破洞窟里，此外就别无所知了。你还记不记得你来到这个洞窟之前的事情呢？我想你记不得了，因为那时候你还不到三岁呢。”

“我当然记得，父亲大人。”米兰达答道。

“你怎么记得的？”普洛斯彼罗问，“记得别的房子，或者别的什么人吗？把你记得的告诉我吧，我的孩子。”

米兰达说：“我感觉像在回忆一场梦。但从前不是有四五个女人伺候着我吗？”

普洛斯彼罗答道：“是有的，还不止四五个呢。你怎么还会记得这些事呢？你还记得你是怎么到这儿来的吗？”

“不记得了，父亲大人。”米兰达说，“别的我都不记得了。”

“十二年前，米兰达啊，”普洛斯彼罗接着说，“我是米兰的公爵，而你是个公主，是我唯一的继承人。我有一个弟弟，他名叫安东尼奥，我对他非常信任，因为我喜欢关起门来研究学问，我总是把治理国家的事务都托付给你的叔叔，也就是我那不义的弟弟。而我呢，把世俗的事完全抛在脑后，一味地埋头读书，全部的时间都用来修身养性。我的弟弟安东尼奥就这样掌握了我的权力，开始认为他自己是真正的公爵了。我给了他在百姓中赢得民心的机会，却唤起了他恶毒本性中的狼子野心，竟然想要夺取我的公国。他很快就凭借那不勒斯王——一个有权有势的王公，我的仇敌——的帮助，实现了这个企图。”

“为什么，”米兰达问，“他们那时候没有杀害我们呢？”

“我的孩子，”她的父亲回答说，“他们不敢。因为我的人民非常爱戴我。安东尼奥把我们押上船，等船在海上开出十几海里，他就逼着我们换到一条小船上，那船儿既没有缆索、篷帆，也没有桅杆。他把我们丢在那条船上，以为我们会就此丧命。但是我的宫里有一位好心的大臣贡柴罗，这个人很敬爱我，他偷偷在船上放了清水、食物、衣服，还有一些在我看来比我的公国还要宝贵的书本。”

“噢，我的父亲，”米兰达说，“那时我对你来说是多么大的负累啊！”

“不，我的宝贝，”普洛斯彼罗说，“你是拯救我的小天使。你那天真的笑脸让我能承受住我的不幸。我们的食物一直维持到我们在这座荒岛上落脚，从那时候起，我最大的快乐就是教育你，米兰达，而你也从我的教导中得到了许多收获。”

“太感谢你了，我亲爱的父亲。”米兰达说，“现在请告诉我吧，父亲大人，你为什么要掀起这场海上的风暴？”

“听我说，”她父亲说，“这场风暴已经把我的仇敌那不勒斯王和我那绝情的兄弟，抛到这座岛屿的岸上来了。”

话说到这里，普洛斯彼罗用魔杖轻轻地碰了碰他的女儿，她就进入了梦乡。因为就在这时，精灵爱丽儿刚好出现在主人面前，前来报告暴风雨的经过，还有他是怎么处置船上人员的。尽管一般情况下米兰达看不见这些精灵，普洛斯彼罗也不愿意让她听到他在跟空气对话（在她看来就是这个样子）。

“噢，我勇敢的精灵。”普洛斯彼罗对爱丽儿说，“你的差事完成得怎么样?”

爱丽儿绘声绘色地描述了这场风暴，形容着水手们的恐慌，还说到那不勒斯王的儿子腓迪南是第一个跳到海里去的，而他的父亲还以为自己亲爱的儿子被海浪淹没死掉了。“但他是安全的，”爱丽儿说，“他抱着双臂坐在岛上的一个角落里，正在为国王的死伤心得不得了，他也以为他的父王淹死了。其实，他连一根头发丝都没有伤着，他那王子的华服虽然被海浪打湿，但看上去却比原来更鲜亮了。”

“不愧是我心思细腻的爱丽儿。”普洛斯彼罗说，“把他带到这儿来，我的女儿一定要见一见他。那个国王在哪里，还有我的弟弟呢?”

“我留下他们，”爱丽儿回答说，“让他们不抱希望地搜寻着腓迪南，认为自己已经眼睁睁看见他淹死了。船上的人员一个也没少，却个个都以为自己是唯一的幸存者。还有那艘船，虽然他们看不见，也已经平平安安地停进了港湾。”

“爱丽儿，”普洛斯彼罗说，“你的差事完成得一点也不差，不过还有些事情要办。”

“还有事情要办吗？”爱丽儿说，“让我提醒您，主人，您承诺过要给我自由。请您想一想，我尽心尽力地为您效劳，从没撒过一次谎，从没犯过一回错，侍奉您的时候也从没生过一丝怨恨、发过一句牢骚。”

“怎么着？”普洛斯彼罗说，“你不记得我救你逃脱什么样的苦难了？那个邪恶的女巫西考拉克斯，她因为年纪老，心肠坏，身子弯得像个圆圈，莫非你已经把她忘了？她是在哪里出生的？说，告诉我。”

“主人，在阿尔及尔。”爱丽儿说。

“哦，她是在阿尔及尔出生的吗？”普洛斯彼罗说，“我得再好好讲讲你当初的遭遇，我看你是记不得了。坏女巫西考拉克斯，她的妖术没有人听了不害怕的，也正因为如此她被逐出了阿尔及尔，又被水手们遗弃在这座岛上。因为你是一个善良的精灵，不愿奉行她邪恶的命令，她便把你囚禁在一棵树里，我发现你的时候你正在那儿号啕大哭呢。记住了，是我把你从这种苦难中解救出来的。”

“请饶恕我吧，亲爱的主人。”爱丽儿说道，他对于自己显得忘恩负义感到十分羞愧，“我会听从您的吩咐。”

“把事情办好，”普洛斯彼罗说，“我就会给你自由。”然后他对爱丽儿指派了接下来要做的事，爱丽儿就离开了。他先去了扔下腓迪南的地方，看到腓迪南仍然伤心地坐在草地上。

“噢，我的年轻人，”看见了腓迪南，爱丽儿说道，“我马上就带你离开。我觉得必须把你带到米兰达小姐跟前，让她看看你这漂亮的模样。来吧，少爷，跟我走吧。”接着他唱了起来：

你父亲躺在五英寻[①]的深渊，
他的骨骼已经化成珊瑚，
珍珠正是源自他的双眼。
整个身体并无一点烂腐，
只是经受海水的变异，
变为瑰宝富丽又珍奇。
海神每个小时都会敲响丧钟，
听，现在我听见了，叮叮咚。

这个离奇的消息引起了王子的注意，让他从悲伤中惊醒过来。他好奇地追随着爱丽儿的声音，一直被带到了普洛斯彼罗和米兰达那里，他们正坐在大树底下。除了她自己的父亲，米兰达还没有见过一个男人。

“米兰达，”普洛斯彼罗说，“告诉我，你看那边是什么？”

---

① 英寻，英美制计量水深的单位，1英寻等于6英尺，约1.8米。

“噢，父亲，”米兰达惊奇地说，“那一定是个精灵。天哪！他正在东张西望！相信我的话，父亲大人，他长得可真美！他难道不是个精灵吗？”

“不是，女儿，”她父亲回答，“他会吃东西会睡觉，和我们一样有各种知觉。你看到的这个年轻人也在那条遇到风暴的船上。要不是他脸带愁容，你完全可以说他是一个美男子。他失去了自己的同伴，现在正四处寻找他们呢。”

米兰达还以为所有男人都像她的父亲一样，面孔很严肃，留着灰胡子，看到这位年轻漂亮的王子，她简直太高兴了。而腓迪南跟着他听到的奇怪声音，在荒凉的岛上遇到了这么一位可爱的姑娘，感到不可思议，认为自己准是来到了一座仙岛，米兰达就是岛上的仙女，于是他就开始叫她仙女。

她害羞地回答说，她并不是仙女，只是一个普普通通的姑娘。她刚准备对他说出自己的身世，就被普洛斯彼罗打断了。普洛斯彼罗看到他们互相爱慕、一见钟情，心里非常高兴，但是，为了考验腓迪南的诚心，他决定为难一下他们。于是他走上前严厉地质问王子，说他到岛上来做密探，想从自己这个岛主的手中夺走海岛。“跟我来，”他说，“我要把你的脖子和脚捆在一起，你只能喝海水，吃的食物则是贝壳、枯树根和橡果壳。”“不行，这么糟糕的待遇我一定会反抗，除非我打不过你。”说着腓迪南拔出了他的剑，但普洛斯彼罗挥了挥魔杖，把他固定在原地，一动也不能动。

米兰达抱住了她的父亲，说道：“你为什么这么凶？发发慈悲吧，父亲大人，我来做他的担保人。这是我见到的第二个男人，他看起来非常诚恳。”

“住口！”她父亲说，“再多说一个字我就要骂你了，女儿！什么？你要帮一个骗子说话吗？你只见过他和凯列班，就以为世界上再没有比得上他的男人了？告诉你吧，傻姑娘，和大多数男人比起来，他只不过是个丑八怪罢了。”他说这番话是为了考验女儿的诚心。她答道：“我对爱情是很知足的。我并不想遇到一个比他更美好的人。”

“来吧，年轻人，”普洛斯彼罗对王子说，“你已经没有力气来跟我对抗了。”

“我确实没力气了。”腓迪南回答，他还不知道是魔法使他无力反抗了。他惊讶地发现，自己莫名其妙地跟着普洛斯彼罗走。一边走，他一边回头看米兰达，直到看不见了为止。他跟着普洛斯彼罗走进洞窟，说道：“我犹如身在梦中，精神完全被束缚住了，可是，只要我每天能从牢房中看一眼这位可爱的姑娘，那么这个人的恐吓和我身上的无力，对我来说都无所谓了。”

普洛斯彼罗把腓迪南关进洞里没多久，就让他出来干一件苦差事，并且特意让米兰达知道了这个安排，然后他假装走进了书房，其实是在偷偷地观察他们俩。

普洛斯彼罗吩咐腓迪南堆起许多沉重的木头。王子当然干不惯这种体力活儿，没多久，米兰达就发现她的意中人简直快要累死了。“哎呀！”她说，“别这么卖力，我父亲在书房里，三个小时之内是不会出来的，请你歇会儿吧。”

“噢，我亲爱的小姐，”腓迪南说，“我可不敢。我得把活儿干完再歇。”

“要是你肯坐下来，”米兰达说，“我可以替你搬一会儿木头。”可是腓迪南无论如何也不同意。这样一来，米兰达不但没帮上忙，反而成了拖累，因为他们滔滔不绝地聊了起来，木头搬得更慢了。

普洛斯彼罗叫腓迪南去干这个活儿，只不过是为了考验他的爱情。因此他并不像女儿以为的那样在书房里看书，而是隐身站在他们边上，偷听他们的谈话。

腓迪南问起她的名字，她告诉了他，并且说父亲明确叮嘱过不能这么做。

女儿头一次违背了他的叮嘱，普洛斯彼罗对此只是微微一笑，一点儿也不生气，因为正是他用魔法让女儿立刻就爱上了王子。他仔细听着腓迪南长篇大论的表白，听到王子说自己爱她胜过世上所有的女人，心中充满了喜悦。

米兰达听到王子称赞她的美貌，说她比世界上所有的女人都美，她回答说："我不记得其他女人的相貌，除了你，我亲爱的朋友，还有我亲爱的父亲之外，我也没见过其他男人。外面的人长什么样，我不知道，可是，请相信我，除了你之外，我在这世上不企求别的伴侣；除了你之外，我也想象不出别的叫我喜欢的相貌。但是我恐怕说话太放肆，把父亲的教训全忘了。"

普洛斯彼罗听到这里，微笑着点了点头，像是在说："正合我意，我女儿要成为那不勒斯王后了。"

接下来，腓迪南又以年轻王子优雅的谈吐说出了一大段动人的表白，他对天真的米兰达说，他是那不勒斯王位的继承人，他要米兰达做他的王后。

"啊！"她说，"我真是个傻子，听见了欢喜的话反而落

下泪来。就让我以单纯圣洁的天真回答你，如果你要和我成婚，我愿意做你的妻子。”

腓迪南还没来得及道谢，普洛斯彼罗突然在他们面前现身了。

“别怕，我的孩子，”他说，“我已经偷偷听见了，你们说的我都同意。腓迪南啊，如果我对你太过严厉，我会好好地补偿，把我的女儿嫁给你。你遇到的一切痛苦只不过是我对你爱情的考验，而你坚贞地通过了考验。你可以得到我的女儿，这是我给你的奖赏，也是你的真爱当之无愧的回报。不要笑我自吹自擂，什么样的称赞都不如她本人美好。”然后，普洛斯彼罗告诉他们，他还有些事情要办，希望他们坐下来聊聊天，等着他回来。看来这个吩咐米兰达是肯定不会违背的了。

普洛斯彼罗离开他们后，召唤了精灵爱丽儿，爱丽儿马上出现在他面前，急切地向他报告，自己是怎么处置普洛斯彼罗的弟弟和那不勒斯王的。爱丽儿说，他变出来许多怪东西、怪声响，几乎要把他们给吓疯了。当他们又累又饿的时候，他忽然在他们面前摆出一桌美味佳肴，紧接着，他们刚准备去用餐，他又变成鹰身女妖——一只长着翅膀的大怪物——出现在他们面前，那桌酒菜立刻不见了。然后，让他们大吃一惊的是，鹰身女妖竟然开口向他们说话，提醒他们曾经残忍地把普洛斯彼罗赶出公国，让他和女儿一同在海上等死，如今这些可怕的遭遇正是他们受到的惩罚。

那不勒斯王和不义的弟弟安东尼奥都很后悔，悔不该当初对普洛斯彼罗犯下那样的罪行。爱丽儿告诉他的主人，他相信他们的忏悔是真心实意的，他自己虽然是个精灵，但也觉得他们挺可怜的。

“那就把他们带过来吧，爱丽儿。”普洛斯彼罗说，“你只不过是个精灵，居然也会看见他们受苦而心软，我跟他们同样都是人，难道还能无动于衷吗？快把他们带来吧，我可爱的爱丽儿。”

爱丽儿很快就带着那不勒斯王、安东尼奥和老贡柴罗一行人回来了。为了把他们引来，爱丽儿在空中奏起奇妙的音乐，他们就好奇地跟着音乐声走了过来。这个贡柴罗正是当初普洛斯彼罗被留在船上等死的时候，提前准备了书本和食物的那位好心的大臣。

这些人又伤心又害怕，脑子都糊涂了，没有认出普洛斯彼罗来。他先向好心的老贡柴罗表明了身份，称他是自己的救命恩人。他的弟弟和那不勒斯王这才知道，面前的这个人就是被他们谋害的普洛斯彼罗。

安东尼奥痛哭流涕，真心悔过，乞求他哥哥的宽恕。那不勒斯王也真诚地忏悔了自己曾经帮安东尼奥谋害兄长的罪行。普洛斯彼罗原谅了他们。当他们保证会归还他的公国时，他对那不勒斯王说："我也准备了一件礼物给你。"说着他打开一扇门，腓迪南和米兰达正在里面下棋呢。

再没有比他们父子意外重逢更快乐的事情啦，因为他们都以为对方早已在风暴中丧生了。

"奇妙啊！"米兰达说，"这些人多么出色！有这等人物，这个世界一定很了不起！"

那不勒斯王看见年轻的米兰达容貌如此美丽，举止如此优雅，就如同他的儿子刚见到她时一样惊讶。"这个姑娘是谁？"他说，"她是不是把我们拆散又让我们重逢的仙女？""不是的，父亲大人。"腓迪南回答道，他发现父亲犯了和他当初一样的错误，笑了起来。“她是个凡人，但她是非凡的天意为我安排的。我选中她的时候没能征求您的同意，我的父亲，因为我当时没想到您还活着。她是这位著名的米兰公爵普洛斯彼罗的女儿，我久仰公爵的大名，但是之前没有见过他。他给了我新的生命，成了我第二个父亲，因为他把这位可爱的小姐嫁给了我。”

“那么我也成了她的父亲。”那不勒斯王说，“可是，唉，听起来多奇怪呀，我得向我的孩子请求宽恕！”

“不必再提。”普洛斯彼罗说，“既然有了幸福的结局，就让我们忘掉过去的不幸吧。”然后普洛斯彼罗拥抱了他的弟弟，再一次保证已经原谅了他，并且还说，这一切都是上天的安排，他被赶出了可怜的米兰公国，只是为了让他女儿继承那不勒斯的王位，正是由于荒岛上的相遇，王子才爱上了米兰达。

普洛斯彼罗用来宽慰他弟弟的这一番话，让安东尼奥充满了惭愧和懊悔之情，他哭得连话都说不出来了。善良的老贡柴罗看到和解的这一幕，也流下了喜悦的泪水，他祈求上天祝福这对年轻人。

这时普洛斯彼罗告诉大家，他们的船安全地停泊在港湾里，水手们全都在船上，明天早上他会和女儿一起陪着大家回家去。“这个时候，”他说，“请来分享我这破洞窟里的食物吧，今天晚上我将会讲述我来到这座荒岛之后的经历，给你们解解闷。”接着他吩咐凯列班去准备食物，还要把洞窟整理干净。大家看到这个奇丑无比的怪物都很吃惊，普洛斯彼罗告诉他们这是他在岛上唯一的仆人。

普洛斯彼罗在离开这座岛屿之前，恢复了爱丽儿的自由。这个活泼的小精灵快乐极了，尽管他对主人忠心耿耿，却还是一直渴望着自由自在的生活，像一只野鸟般无拘无束地在空中漫游，飞到绿树下，飞到甜美的果实旁，飞到芬芳的花丛中。

“我奇妙的爱丽儿，”普洛斯彼罗放小精灵自由时对他说，“我会想你的。但你应该获得你的自由。”“谢谢你，我亲爱的主人，”爱丽儿说，“可是，请先让我吹起顺风伴着你们的船儿回家，再跟我这个忠诚的仆人告别吧！主人啊，从此我自由了，自由的生活是多么快乐！”于是爱丽儿唱起了这支动听的歌：

蜜蜂吮吸的地方，我也在那儿吮吸；
我躺在莲香报春花的铃铛里；
我蜷缩着睡去，听猫头鹰的哀啼。

骑在蝙蝠的背上我翩翩飞起，
追逐逝去的夏天多快活。
多快活，多快活，如今我安家
就安在枝头垂挂的花朵下。

然后，普洛斯彼罗把他的魔法书和魔杖都埋在了深深的地底下，因为他已经下定决心，再也不使用魔法了。因为他已经战胜了他的敌人，也跟他的弟弟还有那不勒斯王冰释前嫌，如今，他只要回到故土，重新掌管他的公国，并且参加他女儿和腓迪南王子美好的婚礼，就得到最最圆满的幸福了。那不勒斯王说了，等大家回到那不勒斯，马上就会举办这场盛大的婚礼。在精灵爱丽儿的护送下，他们经过一段愉快的航程，很快就到达了要去的地方。

仲夏夜之梦

雅典城有一条法律，规定市民可以命令女儿嫁给他们中意的人；如果一个女儿不愿意嫁给父亲选中的夫婿，根据这条法律父亲就可以把她处死。不过父亲通常不忍心让自己的女儿去死，所以尽管女儿们有时候不听父亲的安排，这条法律却很少甚至从来都没有执行过。也许雅典城的父母只是经常用这条法律来吓唬自己的女儿罢了。

可是，有一回，一个叫伊吉斯的老人竟然真的跑到雅典公爵忒修斯面前，控诉他的女儿赫米娅：他命令赫米娅嫁给一位来自雅典贵族家庭的青年狄米特律斯，可是赫米娅不愿意，因为她爱的是另一位雅典青年拉山德。伊吉斯请求忒修斯进行审判，用这条残酷的法律来处置他的女儿。

赫米娅为自己辩解说，她违抗父亲的命令是因为狄米特律斯曾经向她的好朋友海丽娜表白过爱情，而海丽娜也无法自拔地爱着狄米特律斯。然而，赫米娅说出的这个光明正大的理由，并没有打动铁石心肠的伊吉斯。

虽然忒修斯是一位伟大而仁慈的公爵，但他也不能改变国家的法律，因此他只能给赫米娅四天时间来好好考虑。四天之后，如果她还是不肯和狄米特律斯结婚，她就会被处死。

赫米娅离开公爵那里，就去找她的情人拉山德，告诉他自己陷入了这样的困境，要么就得放弃他另嫁狄米特律斯，要么就得在四天之后丧命。

拉山德听到这个坏消息非常痛苦，但他想起他有个姨妈住在离雅典不远的地方，在那里，那条残酷的法律就不能伤害到赫米娅了（因为那条法律在雅典城之外就无效了）。于是他提议夜里赫米娅从家里偷偷溜出来，和他一起到他姨妈家里去，然后他们就在那里结婚。“我们就在城外几英里的那片树林里碰头，”拉山德说，“就是在可爱的五月天里，我们经常跟海丽娜一起散步的那片美丽的树林。”

赫米娅兴高采烈地同意了。她没把和拉山德私奔的计划告诉任何人，只告诉了她的朋友海丽娜。海丽娜由于深深地爱着狄米特律斯，被爱情冲昏了头脑，私自把这个秘密告诉了狄米特律斯，虽然这样做她根本得不到什么好处。她知道狄米特律斯一定会去树林里追寻赫米娅，而她也只能无可奈

何地跟在他的身后。

拉山德和赫米娅约定碰头的那片树林，正是小仙子们时常游玩逗留的地方。仙王奥布朗、仙后提泰妮娅，带着他们许许多多的小随从，经常在树林里举行午夜的狂欢。

这阵子，正赶上仙王和仙后闹翻了，在皎洁的月光下，他们不是一起漫步在这片美丽树林的林荫小道上，而是一见面就大吵大闹，一直吵到他们身边的小仙子都吓得爬进橡果壳里躲起来。

这次闹翻是因为提泰妮娅不肯把自己偷偷换来的小男孩[①]交给奥布朗。这个小男孩的母亲是提泰妮娅的朋友，她

① 传说中仙子可以偷走人间的孩子，用小仙童进行调包。

去世的时候，仙后从保姆那里偷走了孩子，带到树林里抚养长大。

拉山德和赫米娅这对情人在树林里相会的夜晚，仙后提泰妮娅和仙王奥布朗带着各自的随从，也在树林里相遇了。

“真不巧又在月光下遇到你，骄傲的提泰妮娅！”仙王说道。仙后回答：“怎么，嫉妒的奥布朗，是你吗？仙子们，快快走，我已经发誓不跟他来往了。”“等一等，坏脾气的仙女，”奥布朗说，“难道我不是你的夫君吗？为什么提泰妮娅要违抗她的奥布朗呢？把你偷偷换来的小男孩给我做侍童吧。”

“请你死了这条心吧。”提泰妮娅答道，“哪怕用你整个仙国来换，也换不走我这个小男孩。”说完她就怒气冲冲地走开了。“好，去你的吧！”奥布朗说，“为了报复这次羞辱，在黎明到来之前，我一定要给你点苦头吃吃。”

于是奥布朗叫来了迫克，他最宠信的心腹大臣。

迫克（他有时也被称为“好人罗宾[①]”），是个机灵的捣蛋鬼，总是在附近的村子里搞些滑稽的恶作剧，他有时跑进牛奶房里撇去牛奶的乳脂，有时把轻巧的小身体钻进搅奶器，当他在搅奶器里跳起奇怪的舞蹈时，牛奶房的姑娘无论怎么使劲也没办法把乳脂搅成黄油，换村里的小伙子去做也

① 民间传说中爱搞恶作剧、善良而机灵的小仙子。

同样做不成。只要迫克在酿酒桶里耍花招，麦芽酒准会被他糟蹋。当几个要好的邻居聚在一起喝上几杯好麦芽酒，迫克会变成一只烤螃蟹跳进酒杯里；而当一个老太婆端起酒杯准备要喝时，他就啪地弹上她的嘴唇，把麦芽酒全洒在她干瘪的下巴上；没过多久，这个老太婆刚要一本正经地坐下来，给她的邻居们讲一个悲惨的故事，迫克又从她身下推开那只三角凳，让可怜的老太婆摔了一个大跟斗。这样一来正在闲聊的人都抱着肚子大笑起来，发誓说他们从来没看到过比这更好笑的场面。

“到这里来，迫克，”奥布朗对这位快活的小夜游者说，“去为我采一种姑娘们叫作‘爱懒花’的花儿，那种小紫花

的汁液如果滴在了睡着的人的眼皮上，等他们醒来的时候，无论第一眼看见什么东西，都会疯狂地爱上它。等我的提泰妮娅睡着时，我要把花汁滴到她的眼皮上；她一醒来，第一眼看见的东西不管是狮子还是熊，还是闹腾的猴子，或是忙碌的无尾猿，她都会一见钟情的。我还知道另一种魔法，可以替她解除这种扰乱心神的魔力，但在这之前，她得先把那个男孩给我做侍童。”

迫克打心眼里喜欢恶作剧，对仙王要玩的这套把戏兴奋不已，就兴冲冲地跑去找爱懒花了。奥布朗等着迫克回来的时候，看到狄米特律斯和海丽娜走进了树林。他偷听到狄米特律斯责怪海丽娜不该跟着他，喋喋不休地说了许多难听的话，接着是海丽娜温柔地劝说，提醒他曾经对她表白过真挚的爱意。狄米特律斯把海丽娜独自留在树林里，而她仍在拼命追赶着他。

仙王向来对痴情的恋人很有好感，他非常同情海丽娜。就像拉山德说的，他们常常沐浴着月光在这美丽的树林里散步，也许奥布朗也见证过狄米特律斯和海丽娜曾经热恋的幸福时光呢。无论是什么原因，等迫克带回了小紫花，奥布朗对他的亲信说道：“你带上一些花儿。树林里有个可爱的雅典姑娘，深爱着负心的情郎，你要是看见他睡着了，就把这种爱的花汁滴在他的眼皮上，不过千万要等姑娘在他旁边时再滴，好让他醒来第一眼看见的就是这个被他辜负的姑娘。你可要辨认清楚，他身上穿着雅典人的装束。”迫克保证会把这件事办得非常巧妙。然后奥布朗就趁提泰妮娅不注意，在她准备睡觉时偷偷溜进了她的睡房。她的睡房是一道鲜花盛开的浅滩，金银花、麝香玫瑰和野蔷薇撑起了锦绣的华盖，底下长满了野生的百里香、莲香报春花，还有芬芳的紫罗兰。提泰妮娅每晚都会在花丛中睡一会儿，她盖着一条光亮的蛇皮当被子，蛇皮虽小，对仙子来说已经够宽的了。

奥布朗听到她在对随从们发号施令，吩咐他们在她睡着时做些什么。“你们几个，”仙后殿下说，“去杀死麝香玫瑰花蕾里的害虫；你们几个去跟蝙蝠交战，把它们的皮翅膀拿来给我的小仙子做衣裳；你们几个去看着夜夜吵闹的猫头鹰，别让它靠近我身边。不过，现在先唱歌给我催眠吧。”于是他们就唱起了这支歌：

双舌的花蛇，多刺的刺猬，
远远地躲开别露面；
蝾螈和蜥蜴，别想搞鬼，
不许靠近仙后身边。
夜莺啊，用美妙的旋律，
为我们唱一首催眠曲，
睡呀，睡呀，睡觉吧！

睡呀，睡呀，睡觉吧！
灾难、妖法和魔咒都退散，
永远也不许靠近她，
晚安吧，睡觉觉吧！

等仙后听着这支美妙的催眠曲进入了梦乡，小仙子们就分头去做仙后吩咐的事情了。奥布朗轻手轻脚地靠近提泰妮娅，一边滴了几滴爱的花汁在她的眼皮上，一边说着——

等你眼睛一睁开，
看见谁就真心爱。

还是回过头来说赫米娅吧。她不肯听从父亲的命令嫁给狄米特律斯，本来要被处死，为了逃避死刑，那天晚上她从家里逃了出来。当她走进树林，拉山德已经在那里等着她，准备带她一起到姨妈家里去。可是他们还没走完半个树林，赫米娅就已经累坏了。赫米娅为了拉山德甘愿冒生命危险，而拉山德也非常体贴这个深爱着他的姑娘，他劝她先休息一下，明天早晨再继续赶路，于是她在一片软草地上躺下来，拉山德也躺在离她不远的地方，他们俩很快就睡着了。这时迫克发现了他俩，他看见一个青年男子正在熟睡，身上穿着雅典人的装束，不远处还睡着一个漂亮的姑娘，就断定这是奥布朗派他去寻找的雅典姑娘和她负心的情郎。既然只有他们俩在一块儿，迫克自然就认为男子醒来第一眼看到的肯定是那个姑娘，所以他毫不犹豫地把小紫花的花汁滴到了拉山德的眼皮上。出乎意料的是，海丽娜刚好来到了这里。

前面已经说过，狄米特律斯无情地从海丽娜面前跑开之后，海丽娜拼命地追赶他，但由于体力上的差距，她没跑多久就跑不动了。很快她就看不见狄米特律斯的踪影了。她寻寻觅觅，又沮丧又无助，不知不觉来到了拉山德睡觉的地方。“啊！”她说，“拉山德躺在地上，他是死了还是睡着了？”于是她一边轻轻地触碰他，一边说：“好朋友，要是你还活着，醒醒吧！”就这样拉山德睁开了眼睛，首先看到的

不是赫米娅，反而是海丽娜。

假如他醒来时第一眼看见的是赫米娅，迫克认错人而导致的失误就不会产生什么影响，因为拉山德本来就深深地爱着痴情的赫米娅。然而他睁开眼睛看见了海丽娜，爱的花汁开始发挥功效，说来也神奇，爱的花汁竟然有这么大的魔力，拉山德对赫米娅的爱马上消失得无影无踪，转而爱上了海丽娜。于是他立刻向海丽娜倾诉狂热的爱慕之情，说她比赫米娅美丽得多，赫米娅是乌鸦而她是白鸽，说他愿意为她赴汤蹈火，还有许多类似的动人情话。海丽娜知道拉山德是她的好友赫米娅的心上人，也知道他们已经山盟海誓要结为夫妻，因此她听到他这样说非常生气，认为拉山德是在戏弄她。“唉！”她说，“为什么我生来要被大家嘲笑和讥讽呢？狄米特律斯从来不肯温柔地看我一眼，也不肯对我说一句亲热的话，难道这还不够吗？而你，这位先生，还要用这种卑鄙的嘴脸假意向我献殷勤。拉山德，我还以为你是一位有教养的真君子呢。”海丽娜愤怒地说完这番话就跑开了，拉山德赶紧追在她身后，完全忘记了他那位还在睡梦中的赫米娅，让她独自一人睡在半夜的树林里。

赫米娅醒来后，发现自己孤身一人，又伤心又害怕。她在树林里四处乱转，不知道拉山德出了什么事，也不知道该去哪里找寻他。而狄米特律斯一直没找到赫米娅和情敌拉山德，在树林里走得筋疲力尽，这会儿很快就睡着了，恰好被奥布朗看见了。奥布朗已经向迫克问过话，知道他找错了人，把爱的花汁滴到了其他人的眼皮上。现在既然看见了原本要找的人，他就用爱的花汁在狄米特律斯沉睡的眼皮上轻轻碰了一碰。狄米特律斯一下子惊醒过来，第一眼看见的正是海丽娜。他就像拉山德一样爱上了海丽娜，开口向她倾吐动人的情话。就在这时，拉山德出现了，后面还跟着赫米娅（由于迫克的粗心大意，现在变成赫米娅拼命地追在情郎身后了）。于是，拉山德和狄米特律斯异口同声地对海丽娜诉说着爱意，因为爱的花汁那强大的魔力正在他们俩身上发挥相同的功效。

海丽娜又吃惊又生气，认为狄米特律斯、拉山德和她的好朋友赫米娅全都串通起来开她的玩笑。

赫米娅跟海丽娜一样吃惊：拉山德和狄米特律斯原本都爱着她，不知为什么忽然间都变成了海丽娜的追求者。在赫米娅看来这可不是个玩笑。

这两个姑娘本来是最最要好的朋友，现在却用恶毒的话语来伤害对方。

“无情的赫米娅，”海丽娜说，“是你叫拉山德来假惺惺地赞美我；还有你的另一个追求者狄米特律斯，他从前恨不得把我一脚踢开，难道不是你让他叫我女神、仙子、绝色、宝贝、天使的吗？他明明很讨厌我，要不是你唆使他拿我开玩笑，他才不会对我说这种话呢。无情的赫米娅，你竟然和男人们串通起来嘲弄你可怜的朋友。难道你已经把我们同学时结下的情谊忘得一干二净了？赫米娅，有多少次我们俩同坐在一个椅垫上，哼着同一支歌，绣着同一朵花，描着同一个图样！我们一起长大，就像是并蒂的樱桃，看起来几乎是同一个人！赫米娅，你这样和男人串通起来嘲弄你可怜的朋友，可真是无情无义，同时也有失姑娘家的脸面！"

"你这番气话才叫我莫名其妙，"赫米娅说，"我没有嘲弄你，看来倒是你在嘲弄我呢。""唉，好吧，"海丽娜回敬道，"你们继续装腔作势吧，扮着这一副苦脸，等我转过身去，就要向我做鬼脸了；然后还互相挤眉弄眼，把这个有趣的玩笑尽情地开下去。只要你们还有点同情心、有点风度或礼貌，就不该这样把我当笑柄。"

正当海丽娜和赫米娅恶言相向的时候，狄米特律斯和拉山德已经离开了她们，为了争夺海丽娜的爱，他们到树林里决斗去了。

两位姑娘发现情人不见了，也各自走开，再一次拖着疲惫的身躯在林中寻找自己的情人。

仙王和小迫克一直在偷听她们争吵，她们一走，仙王就对迫克说道："这是你的疏忽吧，迫克，还是你故意捣乱？""请相信我吧，仙王，"迫克回答，"是我认错人了。你不是让我辨认清楚他身上穿着雅典人的装束吗？不过，弄成这个局面我并不难过，因为看他们吵架还挺有意思的。""你也听见了，”奥布朗说，“狄米特律斯和拉山德已经找地方决斗去了。我命令你用浓雾盖住夜空，让这些争执不休的情人在黑暗中迷失去路，谁也找不到谁。然后装成对方的声音，冷嘲热讽地激怒他们，让他们以为听到了情敌在说话，追着你不放，就这样直到把他们累得一步也走不动为止。等他们睡着后，你就把这另一种花的花汁滴进拉山德的眼睛里，他醒来后就会忘了自己对海丽娜的移情别恋，对赫米娅重燃旧爱。这么一来，两个可爱的姑娘就都能和自己的心上人幸福地在一起了。树林里发生的这一切，对他们来说不过是一场恼人的梦而已。快去办吧，迫克，而我得去瞧瞧我的提泰妮娅，看她遇到了多么可爱的情人。”

提泰妮娅还在睡觉，奥布朗看到她旁边有一个丑角①，在树林里迷了路，也已经睡着了。“好家伙，”他说，“就让他成为我的提泰妮娅的心上人吧！”他在丑角头上套了一个驴头，看起来正合适，简直像是原本就长在他肩膀上的一样。虽然奥布朗的动作很轻，还是把丑角给惊醒了。他站起来，完全没有察觉到奥布朗在他身上动的手脚，向着仙后正在睡觉的睡房走过去了。

---

① 在原版的《仲夏夜之梦》中，这个人是织布工波顿，他和朋友们来到这片树林里排练一出戏剧节目，准备在雅典公爵忒修斯的婚礼上表演。这部分内容形成了《仲夏夜之梦》“戏中戏”的有趣结构。兰姆在改写时省略了他们排演戏剧的情节。

“啊！我看见的是什么天使？”提泰妮娅睁开眼睛，小紫花的汁液开始发挥功效了，她说道，“你的智慧也像你的美貌一样非凡吗？”

“不见得，夫人，”愚蠢的丑角说，“咱要是有本事跑出这座林子，那就已经足够了。”

“请不要跑出这座林子，”中了花汁魔法的仙后说，“我可不是一个普通的精灵。我爱上了你。跟我去吧，我会让小仙子来伺候你。”

于是她叫来了四个小仙子，他们是豆花、蛛网、飞蛾和芥子。

“听着，”提泰妮娅说，“好好伺候这位可爱的先生。蹦蹦跳跳地追随他的脚步，欢呼跳着舞取悦他的耳目，给他吃葡萄和杏子，偷来蜜蜂的蜜囊送给他。”她又对丑角说：“来，坐在我身边，让我摸摸你可爱的毛茸茸的脸蛋，我美丽的驴子！再让我亲亲你漂亮的大耳朵，我温柔的宝贝！”

“豆花在哪儿？”戴着驴头的丑角说道，他对仙后的爱意并不上心，倒是对刚刚派给他的随从非常得意。

“到，老爷。”小小的豆花答道。

“替我把头挠一挠。”丑角说，“蛛网在哪儿？”

“到，老爷。”蛛网回答。

“蛛网好先生，”愚蠢的小丑说道，“把那蓟草叶尖上红屁股的蜜蜂给我杀掉；然后呢，好先生，把蜜囊给我拿过

来。好先生，做事情可别急躁，当心别把蜜囊给弄破了。要是你在蜜囊里淹死了，我可是会难过的。芥子在哪儿？”

“到，老爷。”芥子回答，“您有什么吩咐？”

“没什么，”丑角说，“芥子先生，只要帮着豆花先生替我挠挠头就行了。我一定得理个发，芥子先生，因为我觉得脸上毛乎乎的。”

“我的亲亲宝贝，”仙后说，“你想吃点什么呢？我有一个大胆的小仙子，可以给你到松鼠的粮仓里取些新鲜的干果来。”

“我宁可吃一两把干豌豆，”丑角说，他装上了驴脑袋，也就有了驴的胃口，“不过，拜托您，吩咐您的随从别来惊动我，我想要睡一觉。”

“那就睡吧，”仙后说，“我要把你搂在怀里。啊，我是多么爱你！多么疼你！”

仙王看见丑角在仙后的怀里睡着了，就走到她面前，指责她对一个驴头蠢货如此宠爱。

这一点她无法否认，因为这时候丑角正在她的怀中呼呼大睡，驴头上还戴着她用鲜花做成的花冠。

对她尽情嘲弄了一番后，奥布朗又趁机向她索要那个偷换来的小男孩。她被丈夫撞见了新的恋情，感到十分羞愧，因此不敢拒绝他的要求。

奥布朗一直想要小男孩做他的侍童，这个愿望终于实现了，于是他同情起提泰妮娅来，由于他施的魔法，她才落到了这么难堪的境地。他把另一种花的花汁滴到提泰妮娅的眼睛里，仙后马上就恢复了正常，对自己之前爱上驴头丑角感到十分惊愕，说她现在看见这个怪物就讨厌。

奥布朗从丑角头上取下了驴头，让他带着自己那愚蠢的脑袋继续睡大觉去了。

奥布朗和他的提泰妮娅现在终于和好了，他向她讲述了两对情人的故事和他们半夜里的争吵，她同意跟他一起去看看这段奇遇的结局。

仙王和仙后找到了那两对可爱的情人，他们都睡在草地上，彼此离得不远，因为迫克想要弥补自己先前的失误，想方设法让他们在互相看不见的情况下来到了同一个地方。他还用仙王给的解药仔细涂抹了拉山德的眼睛，化解了爱懒花的魔法。

赫米娅最先醒来，发现昨夜苦寻不见的拉山德正睡在她的身旁，就默默地望着他，想不通他为何如此举止奇怪、反复无常。过了一会儿，拉山德也睁开双眼，看见了赫米娅，他之前被魔力蒙蔽的心神又恢复了正常，心神一正常，他对赫米娅的爱情也复苏了。他们谈论着昨夜的奇遇，搞不清这些究竟是真正发生过的事情，或者仅仅是他们俩做的同一个莫名其妙的梦。

这时候海丽娜和狄米特律斯也醒来了。一场酣睡平息了海丽娜的烦躁和愤怒，她听着狄米特律斯依旧炽烈的爱情告白，发觉他是真心真意地爱着她，感到又是惊讶又是欢喜。

这两位昨夜闹翻了的可爱姑娘，她们又成了好朋友，她们原谅了对方所说的难听的话，心平气和地商量现在应该如何是好。很快大家就一致认为，既然狄米特律斯已经放弃了他和赫米娅的婚约，他应该尽力去劝说她的父亲收回成命，以撤销赫米娅被判下的死罪。狄米特律斯正准备返回雅典去为朋友求情，却惊讶地看到了伊吉斯——赫米娅的父亲，他为了追赶逃跑的女儿也来到了这片树林里。

伊吉斯听说狄米特律斯已经不想娶他的女儿，也就不再反对女儿和拉山德的婚事，他同意他们在四天后举行婚礼，那正是原本要处死赫米娅的日子。而海丽娜也愉快地答应，将在同一天与她的情郎狄米特律斯结为夫妻。

仙王和仙后隐身在旁，见证了这场和解，也看到在奥布朗的帮助下，两对年轻人的爱情都有了美满的结局，感到非常高兴。于是，善良的仙王和仙后决定让整个仙国一起狂欢，庆贺他们即将举行的婚礼。

现在，要是有人认为这个故事和仙子的恶作剧都很离奇，难以相信，他们只要回想一下自己也曾经睡着觉、做着梦，这些奇遇也就是他们在梦中看到的幻象。而我希望读到这个故事的人，都会喜欢这个美妙的、无伤大雅的仲夏夜之梦。

冬天的故事

从前，西西里国王里昂提斯和他美丽贤德的王后赫米温妮琴瑟和谐地生活在一起。能与这位出众的女子相爱，里昂提斯感到非常幸福，样样事情都称心如意，唯独还有一样：他有时想再见一见他的老朋友、好同学——波希米亚国王波力克希尼斯，还想把他引见给自己的王后。里昂提斯和波力克希尼斯从小在一起长大，可他们俩的父亲去世后，他们就都被叫回去统治各自的王国了。虽然他们仍旧交换着礼物、书信和友好的使节，却已经很多年没有见面了。

后来，经过再三的邀请，波力克希尼斯终于从波希米亚来到了西西里的王宫，前来拜访他的朋友里昂提斯。

一开始，里昂提斯对这次拜访感到的纯粹是快乐，他请王后特别殷勤地招待他这位童年好友，能和这样的好朋友、

老伙伴再度相聚，他真是幸福极了。他们聊起了旧日时光，回想着他们的求学时光和孩子气的恶作剧，并且讲给总是高高兴兴地陪着他们聊天的赫米温妮听。

波力克希尼斯在西西里王宫中逗留了很久，准备要告辞回国。这时候，赫米温妮为了满足丈夫的心愿，也跟他一起挽留波力克希尼斯再多住些日子。

从此，这位好王后的不幸就开始了。因为波力克希尼斯拒绝了里昂提斯的挽留，却被赫米温妮温柔动听的话说服，决定再多住几个星期。这样一来，尽管里昂提斯向来了解他的朋友波力克希尼斯正直坦诚的为人，也深知他的王后坚贞美好的品德，他还是感到妒火中烧，难以自拔。赫米温妮对波力克希尼斯的殷勤招待，虽然都是她丈夫特意关照的，虽然她这样做只是为了取悦他，却不断地给里昂提斯的嫉妒火上浇油。里昂提斯原本是最真诚坦率的朋友，最深情体贴的丈夫，现在忽然间变成了冷酷无情的怪物。他召来宫中一位名叫卡密罗的大臣，向他说出了自己的猜疑，并派他去毒死波力克希尼斯。

卡密罗是个好人，他很清楚里昂提斯的猜疑实际上连一

丝捕风捉影的证据也没有，因此，他非但没有毒死波力克希尼斯，反而向他透露了国王的命令，并且同意和他一起逃出西西里的国境。波力克希尼斯在卡密罗的帮助下，平安回到了他的王国波希米亚。从此以后，卡密罗就留在他的宫中，成了波力克希尼斯的知己和亲信。

波力克希尼斯一逃走，嫉妒的里昂提斯更为光火了。他冲进了王后的寝宫。王后正和她的小儿子迈勒密斯一道坐着，而迈勒密斯刚要讲一个他最拿手的故事来逗妈妈开心呢。国王进来后马上带走了孩子，并把赫米温妮关进了大牢。

迈勒密斯虽然年纪幼小，却很爱他的妈妈。他看到妈妈遭受这么大的屈辱，又得知她被关进了大牢，内心非常悲伤，吃不下，睡不着，日渐消瘦憔悴，大家都担心他会忧郁而死。

国王把赫米温妮关进大牢之后，又派了两位西西里大臣——克里奥米尼斯和狄温——前往德尔福斯，去那里的阿波罗神庙叩问神谕，想确认王后究竟有没有对他不忠的行为。

赫米温妮在牢里没多久，就生下了一个女儿。这个可怜的女人看到她可爱的小宝宝，得到了许多安慰。她对小宝宝说道:“我可怜的小囚徒啊，我跟你一样是无辜的!”

赫米温妮有个善良的朋友，品格十分高尚，她就是西西里大臣安提哥纳斯的妻子宝丽娜。这位宝丽娜夫人一听说王后生下了孩子，马上就赶到了关押王后的大牢。她对伺候王后的侍女艾米莉亚说道:“艾米莉亚，请你替我告诉贤德的王后，要是她愿把她的宝宝托付给我，我敢把宝宝抱到她的父王面前。说不定他见了这个无辜的孩子会心软呢。”

“最可敬的夫人，”艾米莉亚回答，“我会向王后禀报您这个宝贵的提议，她今天正盼望着有哪个朋友能敢于把孩子带到国王面前。”

“还请告诉她，”宝丽娜说，“我会在里昂提斯面前大胆直言，为她辩护。”

“上帝保佑您！”艾米莉亚说，“您对我们贤德的王后真好！”然后艾米莉亚就去禀报王后，赫米温妮高高兴兴地把小宝宝托付给了宝丽娜，因为她真怕没人敢把孩子带去见她

的父王。

宝丽娜带着新生的小宝宝，硬闯到国王面前。尽管她丈夫害怕激怒国王，竭力阻止她，她还是把宝宝放到了她父王的脚下。宝丽娜为王后辩护，对国王说了一番义正词严的话，又痛骂国王残暴无情，恳求他对无辜的妻儿发发慈悲。然而宝丽娜的直言劝谏只是让里昂提斯更加生气，他命令安提哥纳斯立刻把她带走。

宝丽娜走开时，把小宝宝留在了她父王的脚边，想着等到国王单独和宝宝在一起时，也许会看她一眼，会怜惜这个无辜又无助的小生命。

善良的宝丽娜想错了。她刚一走，这个无情的父亲就命令安提哥纳斯带着小婴儿出海，把她丢到荒凉的海岸上等死。

安提哥纳斯跟正直的卡密罗不同，他丝毫不敢违抗国王的命令，马上就抱着孩子坐船出海，打算一找到荒凉的海岸就把她丢下。

国王认定赫米温妮犯下了不忠的罪过，他等不及被派去阿波罗神庙问神谕的大臣克里奥米尼斯和狄温回来复命，也不顾念王后还没从生产的虚弱和失去爱女的悲痛中恢复过来，就在宫中所有王公大臣面前对王后进行公开审判。正当全国所有的大臣、法官和贵族都聚在一起审问赫米温妮，而不幸的王后作为犯人站在对面接受审判时，克里奥米尼斯和狄温走了进来，把密封的神谕呈给国王。里昂提斯下令拆开封口，大声宣读神谕，神谕写道：

“赫米温妮清白无罪，波力克希尼斯无可责备。卡密罗是忠心的大臣，里昂提斯是多疑的暴君。如果说失去的不能找回，那国王再无人继承王位。”

国王不肯相信神谕，说这都是王后的亲信编造出来的，他要求法官继续审问王后。就在他下令的时候，有人走进来禀报，迈勒密斯王子听说母亲要被判死罪，在悲痛和耻辱的双重打击下，猝然而死。

赫米温妮听到她最疼爱的孩子竟然为了妈妈的不幸伤心而死，一下子昏了过去。里昂提斯听到这个消息也心如刀割，可怜起不幸的王后来。他吩咐宝丽娜和王后的侍女把她带走，想办法救醒她。但没多久宝丽娜就回来了，她告诉国王，赫米温妮已经死了。

里昂提斯听到王后的死讯，这才后悔自己对她太过残忍，这才想到是自己的暴虐使赫米温妮心碎了。他现在相信了王后的清白，也明白了神谕上的话必然应验，因为他想到“如果失去的不能找回”指的正是他的小女儿，如今他的大儿子迈勒密斯王子已经死去，他确实没有其他的继承人了。他情愿放弃整个王国来换回他失去的女儿，可现在已经来不及了。从此以后，里昂提斯陷入了无尽的悔恨，在哀思和忏悔中度过了漫长的岁月。

安提哥纳斯带着小公主乘坐的船行驶在海上，被一阵风暴刮到了波希米亚王国的海岸边，那正是好国王波力克希尼斯的国土。安提哥纳斯在那儿上了岸，遗弃了小公主。

安提哥纳斯再也不可能回到西西里王国，向国王报告自己把小公主丢在什么地方了。因为他正要回身上船时，树林里跑出来一头熊，把他咬死了。既然他执行了里昂提斯残酷的命令，这倒是一个公正的惩罚。

被遗弃的孩子穿着华丽的衣服，戴着贵重的珠宝，因为赫米温妮把她送到国王那里去时，曾经把她打扮得非常漂亮。安提哥纳斯又在她的襁褓上别了一张字条，上面写着“潘狄塔”这个名字，还有几句暗示着她出身高贵、命运不幸的话。

一个牧羊人捡到了这个可怜的弃婴。他是个心地善良的人，把小潘狄塔抱回家交给妻子好好抚养。但是由于贫困所迫，他私吞了捡到的宝物，然后还搬了家，以免别人知道他打哪儿发了一笔横财。他用潘狄塔身上的一部分珠宝买了几群羊，变成了一个富有的牧羊人。他把潘狄塔当作自己的女儿抚养长大，而潘狄塔也对自己的身世一无所知，认为自己只是个牧羊人的女儿。

小潘狄塔长成了一个可爱的姑娘，虽然作为一个牧羊人的女儿，她没有受过太好的教育，但她从母后那里继承了天然的美德，让她质朴的心灵也焕发出光彩。如果单看她的举

手投足，人们还以为她是在王宫里长大的呢。

波希米亚国王波力克希尼斯有个独生子，名叫弗罗利泽。年轻的王子在牧羊人的房子附近打猎时，碰巧见到了老人的养女。潘狄塔的美貌、腼腆和王后般的举止让王子立刻坠入了爱河。不久王子就化名为道里克尔斯，穿上平民百姓的装束，成了老牧羊人家里的常客。而王子时常不在宫中引起了国王的不安，他派人监视自己的儿子，才发现他爱上了牧羊人的美丽女儿。

于是波力克希尼斯召见卡密罗，这位卡密罗曾经从里昂提斯的狂怒下救过他的命，是他非常信任的大臣，他要卡密罗陪他去潘狄塔的牧羊人养父家里走一趟。

波力克希尼斯和卡密罗双双乔装打扮，来到了牧羊人的家。这时人们正在举办剪羊毛的喜宴，虽然他们俩是陌生人，但在剪羊毛的喜宴上，所有的宾客都是受欢迎的，所以他们也被邀请进去，参加这场同乐的盛会。

到处洋溢着欢声笑语。桌子都摆开了，大家隆重地准备着这场乡村盛会。一些姑娘和小伙子正在屋前的草地上跳舞，还有些小伙子正在门边的货郎担那里买缎带、手套和类似的小玩意儿。

大家正热闹着，弗罗利泽和潘狄塔却静静地坐在一个隐蔽的角落里，他们好像更乐意两个人谈谈心，不想加入周围无聊的游戏和玩乐。

国王乔装得很巧妙，王子根本认不出他来。他走到他们旁边，近得可以听清他们的谈话。潘狄塔和王子谈话时那种既大方又高雅的风度，让波力克希尼斯大吃一惊。他对卡密罗说："这是我见过的最美丽的小家碧玉，她的一言一行都有一种比她的身份更为高贵的品质，高贵得不应该出现在这个地方。"

卡密罗回答："真的，她堪称牧羊人家的王后了。"

"好朋友，请问一声，"国王对老牧羊人说，"跟你女儿谈心的那个可爱的乡下小伙是谁呀？"

"大家管他叫道里克尔斯，"牧羊人回答，"他说他爱我的女儿，老实说，想从他们的亲吻上分辨出谁更爱谁来，那是不可能的。要是年轻的道里克尔斯能够娶到她，她会给他带来梦想不到的好处。”他指的是潘狄塔的珠宝，他用其中一部分买了几群羊之后，就把其余的珠宝都小心收藏起来，准备作为她的嫁妆。

随后波力克希尼斯对他儿子说起话来。“怎么了，小伙子！”他说道，“你好像有一肚子的心事，都没兴致吃酒席了。我年轻的时候，也像你一样恋爱过，那时我常常送各种小玩意儿给我的心上人，可是你却让货郎担就这么走过去了，什么东西也没给你的姑娘买。”

年轻的王子根本没想到他是在跟父王对话，就回答道：“老先生，她并不看重那些不值钱的东西。她要我给她的礼物，深深锁藏在我的心中。”他又转过身对潘狄塔说：“啊，听我说，潘狄塔，这位老先生似乎也曾经恋爱过，当着他的面，让我向你表白吧！”于是，弗罗利泽就请这位陌生的老先生做个证人，见证他向潘狄塔许下的婚姻誓约。他还对波力克希尼斯说：“请您给我们证婚吧。”

“让你们分离吧，年轻人。”说着，国王显露了真实的身份。波力克希尼斯走上前去，责备儿子胆敢跟这个出身低微的丫头订婚。他还管潘狄塔叫“牧羊崽子”“牧羊妖精”之类侮辱人的名字，又恫吓她说，要是她再和他的儿子来往，他就会用一种残酷的死刑来处决她和她的父亲老牧羊人。

然后国王就怒气冲冲地离开了，还吩咐卡密罗带上弗罗利泽跟他一道回去。

国王的斥责激发了潘狄塔高贵的本性，国王离开后她说道：“虽然一切都完了，但是我并不害怕。不止一次我想要开口，明明白白地告诉他：同样的太阳照着他的宫殿，却也不曾避开我们的茅屋，阳光是一视同仁的。”接着她又悲叹道：“我现在已经梦醒，不会再以王后自居了。离开我吧，殿下，让我一边挤着羊奶，一边哭泣吧。”

心地善良的卡密罗很欣赏潘狄塔表现出来的志气和风度，也看出年轻的王子深爱着这位姑娘，绝不会听从父王的命令抛弃自己的心上人。卡密罗想到了一个办法，既可以成全这对恋人，又可以实现他谋划已久的一条妙计。

卡密罗早就知道西西里国王里昂提斯已经真心真意地忏悔了。尽管卡密罗现在是波力克希尼斯的亲信大臣，他不免还是想再次回到故乡，见见他的旧君。因此他向弗罗利泽和潘狄塔提议，他们可以跟他一同前往西西里王宫，他保证里昂提斯会好好招待他们，直到通过他的调解，波力克希尼斯原谅了他们，并且同意他们结婚。

他们高兴地接受了这个提议，卡密罗把逃跑的一切准备都安排好了，还答应让老牧羊人跟他们一起走。

牧羊人随身带着潘狄塔剩下的珠宝、她的小婴儿衣服，还有那张别在襁褓上的字条。

经过一段风平浪静的航行，弗罗利泽、潘狄塔、卡密罗和老牧羊人平安到达了里昂提斯的王宫。里昂提斯还在哀悼他死去的妻子赫米温妮和被抛弃的孩子，他宽宏大量地接待了卡密罗，也非常热情地欢迎了弗罗利泽王子。可是，被弗罗利泽王子介绍为公主的潘狄塔，占据了里昂提斯全部的注意力。因为她长得真的很像死去的王后赫米温妮，这又一次勾起了他的哀思。他还说，要不是他残忍地丢弃了亲生女儿，她也会出落成这样一个可爱的姑娘。“同时，”他对弗罗利泽说，“我还跟你那贤明的父王断了来往，失去了他的友谊。如今我最最盼望的就是再见他一面。”

老牧羊人听说国王对潘狄塔这么关注，又得知他失去过一个女儿，还是小宝宝的时候丢掉的，他不由得对比了捡到小潘狄塔的时间、她被丢掉时的样子，还有珠宝和其他能证明她出身高贵的证据，最后，这一切让他不得不推断：潘狄塔就是国王失去的女儿。

趁着弗罗利泽和潘狄塔、卡密罗和忠实的宝丽娜都在场，老牧羊人对国王讲述了他是怎么捡到潘狄塔的，还讲了他亲眼看见安提哥纳斯是怎么被熊咬死的。他给大家看那件华丽的襁褓，宝丽娜记得赫米温妮正是用它来包裹孩子的。他又拿出一件珠宝，宝丽娜想起赫米温妮曾把它挂在潘狄塔的脖子上。最后他拿出那张字条，宝丽娜认出了上面正是她丈夫的笔迹。毫无疑问，潘狄塔就是里昂提斯的亲生女儿。而宝丽娜的心情是多么矛盾啊！她又悲又喜，悲的是丈夫的惨死，喜的是神谕果然应验，国王的继承人、他丢失已久的女儿又找回来了。国王听说潘狄塔就是自己的女儿，想到赫米温妮没能活着看见她的孩子，感到万分悲痛，久久说不出一句完整的话来，只能一直喊着："啊，你的母亲，你的母亲！"

在这悲喜交加的场面下，宝丽娜插进来说了一句话。她告诉里昂提斯，她有一座雕像，是意大利名匠裘里奥·罗曼诺新近完成的作品。这雕像和王后一模一样，如果国王陛下能赏光去她家里看看，准会认为那就是赫米温妮本人。于是大家都往她家去了，国王急着要看看雕像和他的赫米温妮到底有多像，潘狄塔也迫切想看到自己从没见过的母亲究竟长什么样。

宝丽娜拉开了遮盖着这座名家雕像的帷幕，这雕像果然跟赫米温妮一模一样。国王一看，就勾起了他全部的悲伤往事。好长一段时间他都伤心得一言不发，一动不动。

"陛下，我喜欢您的静默，"宝丽娜说，"因为它更能表示您的惊奇。这座雕像是不是很像您的王后？"

国王终于说道："啊，当我最初向她求爱的时候，她也是这样站着，带着这样庄严的神情。可是宝丽娜，赫米温妮并不像这座雕像那么老呢。"宝丽娜回答："这正是雕刻大师的高明之处，他雕出了假如赫米温妮一直活到了现在的容貌。还是让我把帷幕拉下来吧，陛下，否则您会以为她在动呢。”

国王马上就说：“宁可叫我死，也别拉下那帷幕！看呀，卡密罗，你不觉得她在呼吸吗？她的眼睛似乎也在转动呢。”

“我必须把帷幕拉下来了，陛下。”宝丽娜说，“您看得如此出神，就要把雕像当成活人了。”

“啊，亲爱的宝丽娜，”里昂提斯说，“让我把这种幻想一连保持二十年吧！可是我仍然觉得她的嘴里在呼气。哪一把好凿子能雕刻出呼吸呢？谁也别笑我，我要亲吻她。”

“我的好陛下，那可不成！”宝丽娜说，“她红润的唇还没有干透，那油彩会弄脏您的嘴唇。我可以把帷幕拉下来了吧？”

“不，二十年也不要拉下来。”里昂提斯说。潘狄塔一直跪在地上，默默仰望着她那完美无双的母亲的雕像，这时也开口说道：“只要能望着我亲爱的母亲，我也可以待上整整二十年。”

“别再痴心妄想了，”宝丽娜对里昂提斯说，“让我拉下帷幕吧，否则就准备好迎接更大的惊异。我可以叫这座雕像真的动起来，从石座上走下来，握住你们的手。但那样一来你们会以为我有妖法相助，我可要事先声明绝非如此。”

“无论你叫她做什么动作，”惊讶的国王说，“我都愿意瞧着；无论你叫她说什么话，我都愿意听着。假如你能叫她活动，就一定能叫她说话。”

于是，宝丽娜吩咐奏起她事先备好的舒缓庄重的音乐，以此来唤醒雕像。让在场的所有人都大吃一惊的是，雕像走下了石座，伸出手臂搂住了里昂提斯的脖子。雕像还说起话来，祈求上天祝福她的丈夫和她的孩子，刚刚失而复得的潘狄塔。

怪不得雕像会搂着里昂提斯的脖子，还为丈夫和孩子祈福。这并不奇怪，因为雕像其实就是赫米温妮本人，那位真正的、活生生的王后。

原来宝丽娜当初向国王谎报了赫米温妮的死讯，她认为只有用这个办法才能保全王后的性命。从那时起，赫米温妮就和好心的宝丽娜生活在一起。要不是她听说潘狄塔找到了，她根本不会让里昂提斯知道她还活着。因为她虽然早已原谅了里昂提斯对她自己的伤害，却无法饶恕他对襁褓之中的小女儿那么冷酷无情。

王后死而复生，女儿失而复得，多年来痛苦悔恨的里昂提斯快乐得不得了。

这一刻，四处听到的都是热烈的祝贺和亲切的问候。你瞧，快乐的父王和母后感谢着弗罗利泽王子，因为他爱上了他们看似出身低微的女儿；你瞧，他们又祝福心地善良的老牧羊人，因为他保全了他们孩子的性命。卡密罗和宝丽娜也非常快乐，因为他们亲眼看见自己的一片忠心换来了如此美好的结局。

这场奇妙而意外的欢聚似乎就是要让一切都完美无缺，国王波力克希尼斯忽然也来到了王宫。

原来波力克希尼斯知道卡密罗早就盼着回到西西里，他刚一发现儿子和卡密罗失踪了，马上就猜到可以在西西里王宫找到这两个逃跑的人。他拼命追赶他们，刚好赶上了这一幕，赶上了里昂提斯人生中最幸福的一刻。

于是，波力克希尼斯也加入了这场欢乐的大团圆。他原谅了他的朋友里昂提斯对他无端的嫉妒，他们又相亲相爱，

恢复了儿时亲密无间的友谊。这下也不用再担心波力克希尼斯会反对他的儿子和潘狄塔的婚事了，因为她已经不再是“牧羊妖精”，而是西西里王国的继承人。

赫米温妮承受了多年的苦楚，现在她坚忍的美德终于得到了回报。这位品行出众的女子又跟她的里昂提斯和潘狄塔一起生活了许多年，她就是最幸福的母亲和王后。

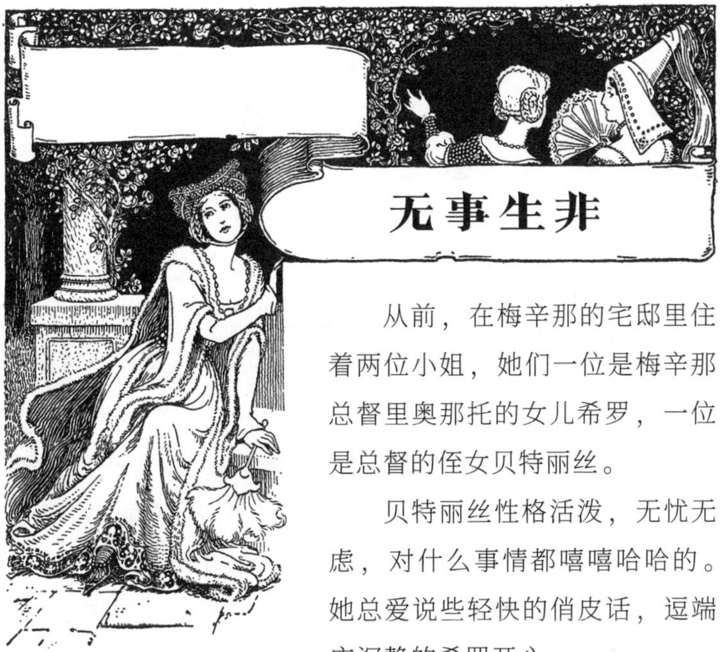

无事生非

从前，在梅辛那的宅邸里住着两位小姐，她们一位是梅辛那总督里奥那托的女儿希罗，一位是总督的侄女贝特丽丝。

贝特丽丝性格活泼，无忧无虑，对什么事情都嘻嘻哈哈的。她总爱说些轻快的俏皮话，逗端庄沉静的希罗开心。

两位小姐的故事是这样开始的。有一天，几位年轻的军官刚刚在战场上英勇杀敌，大获全胜，凯旋时路过梅辛那，前来拜访里奥那托。他们是拉贡亲王唐·彼德罗，和他的朋友、佛罗伦萨贵族克劳狄奥，还有一位性格狂放不羁、说话机智幽默的帕度亚贵族培尼狄克。

这几位年轻人从前就来过梅辛那，现在热情好客的总督也让自己的女儿和侄女来跟他们见面，说他们彼此已经是旧相识、老朋友了。

培尼狄克刚一进门，就滔滔不绝地跟里奥那托和亲王聊了起来。贝特丽丝向来不愿意被冷落在谈话之外，就插嘴揶揄培尼狄克说：“您怎么还在那儿讲话呀，培尼狄克先生？没有人听您说哩。”培尼狄克跟贝特丽丝一样，也是个心直口快的人，但她这样随意搭话却让他不太高兴，他认为一个有教养的小姐是不应该这么口无遮拦的。而且他还记得，上次他来梅辛那做客的时候贝特丽丝就常常拿他打趣逗乐。喜欢取笑别人的人，往往最讨厌别人取笑自己，培尼狄克和贝特丽丝也是这样。这两个牙尖嘴利的人从前只要一碰面，就会唇枪舌剑，争论不休，到最后总是不欢而散。这就难怪贝特丽丝打断培尼狄克的谈话后，他故意装作刚刚才看见她的样子，说道：“哎哟，我傲慢的小姐，您还活着啊！”

这下他们又重新展开了舌战，针锋相对，你来我往，争论了很长时间。贝特丽丝明知道培尼狄克在战场上表现得非常英勇，偏要说无论他杀死了多少人，她都可以把他们吃下去。她发现亲王很喜欢听培尼狄克的俏皮话，就管他叫“亲王的小丑”。贝特丽丝说要把培尼狄克杀死的人都吃掉，暗示他是个胆小鬼，培尼狄克对此并不在乎，因为他知道自己是个勇敢的人。而“亲王的小丑”这句嘲讽深深刺伤了培尼狄克的心，能言善辩的人最怕蒙上小丑的污名，因为这种贴近事实又不是事实的讽刺才最伤人。所以，就是这一句“亲王的小丑”，让培尼狄克对贝特丽丝怀恨在心。

端庄的希罗小姐在贵客面前一直沉默不语。克劳狄奥发现她比从前更美了，含情脉脉地欣赏着她的容貌和身姿。而亲王正津津有味地听着培尼狄克和贝特丽丝风趣的对话，他小声对里奥那托说道:“这真是个快乐的小姐，要是把她配给培尼狄克，倒是很好的一对。”里奥那托回答:“哎哟，殿下，他们两人要是结了婚，一星期就会吵得发疯的。”尽管里奥那托认为他俩合不来，可亲王还是不死心，仍然想着把这两位牙尖嘴利的冤家配成一对。

从总督的府邸回来的时候，亲王发现他要筹划的婚礼还不止培尼狄克和贝特丽丝这一对呢。因为克劳狄奥满口称赞希罗，亲王一下就猜到了他的心思。亲王也觉得他俩挺相配，就问克劳狄奥说:“你喜欢希罗吗?”克劳狄奥答道:“啊，殿下，我们上次到梅辛那来的时候，我用一个军人的眼睛望着她，虽然衷心倾慕，可是有更艰巨的任务在前，来不及顾到儿女私情。如今在这快乐的太平日子里，战争的想法已经离开我的脑海，代替它的是一缕缕蜜意柔情，它们提醒我年轻的希罗是多么美丽，对我说，我在出征前就已经爱上她了。”亲王被克劳狄奥对希罗的爱情表白打动了，立刻就去向里奥那托提亲，请他接受克劳狄奥做他的女婿。里奥那托对此欣然同意，而温柔的希罗也很快喜欢上了人品高尚的克劳狄奥。克劳狄奥本人是个天资卓绝、才华横溢的贵族，又有这位好亲王在一旁帮腔，很快就说动了里奥那托，为他和希罗定下了一个早早完婚的日子。

只要再等上几天，克劳狄奥就能跟他可爱的小姐结婚了。可这区区几天的等待却让他坐立不安，就像大多数年轻人一样，盼望着即将来临的幸福总会感到度日如年。因此，亲王为了让他觉得时间过得快些，想办法给他消遣解闷，就提议大家设一个巧妙的圈套，叫培尼狄克和贝特丽丝彼此热恋起来。克劳狄奥热情高涨地同意加入，里奥那托也保证他会全力支持，就连希罗也说，她愿意尽自己的微力，帮助姐姐得到一个好丈夫。

亲王的计划是：男人们去让培尼狄克相信，贝特丽丝爱上了他；而希罗则去让贝特丽丝相信，培尼狄克爱上了她。

亲王、里奥那托和克劳狄奥立刻行动起来。趁着培尼狄克独自坐在凉亭里看书的时候，亲王和他的帮手们故意走到凉亭后面的树丛里，让他的耳朵一字不漏地把他们说的话听进去。他们假装没看见培尼狄克，开始闲聊起来。随便说了几句废话之后，亲王说道："往这儿来，里奥那托，您那天对我怎么说的，说是令侄女贝特丽丝爱着培尼狄克吗？我怎么也想不到那位小姐会爱上什么男人。""这也出乎我的意料，殿下。"里奥那托回答，"尤其想不到的是，她竟会对培尼狄克这样一往情深，照外表看起来，她总像把他当作冤家对头似的。"克劳狄奥在一旁证实了这些话，说希罗也

告诉他贝特丽丝深爱着培尼狄克，要是得不到培尼狄克的爱情，她一定会伤心而死的。里奥那托和克劳狄奥似乎都认为这段爱情希望渺茫，因为培尼狄克向来对可爱的姑娘有诸多挑剔，对贝特丽丝更是看不顺眼。

亲王做出一副对贝特丽丝非常同情的样子，说道："要是她自己不肯说，那么叫别人去告诉培尼狄克也好。""有什么用处呢？"克劳狄奥说，"他不过把这当成一桩笑话，叫这位可怜的小姐格外难堪罢了。""他要是果真如此，"亲王说，"那么吊死他也是一件好事。贝特丽丝是个非常可爱的姑娘，她对什么事都聪明，就是在爱培尼狄克这件事上不大聪明。"说罢，亲王示意同伴们继续散步，留下培尼狄克独自琢磨他刚刚"偷听"到的话。

培尼狄克激动地听着这番对话，当听到贝特丽丝爱上了他，不禁自言自语道："有这样的事吗？风会吹到那个角落里去吗？"等他们走开之后，他开始这样说服自己："这不会是诡计！他们的神情是很严肃的；他们从希罗嘴里听说的这件事情，当然不会有假。他们好像很同情这姑娘。爱我！哎哟，我一定要报答她才是。结婚这件事我倒是从来没有想过，当初我说要一生一世做个单身汉，那是因为我没有想到自己会活到结婚的那天。他们说这姑娘善良又美丽，这是真的；说她除了爱我以外，别的事情都很聪明，其实这件事情也不能因此反证她的愚蠢。贝特丽丝来了。苍天在上，她是个美貌的姑娘！我果真从她脸上看出几分爱我的意思来了。”这时贝特丽丝向他走过来，用她平时尖酸刻薄的口吻说道：“他们让我来请您进去吃饭。是他们硬要我来的，可不是我自己愿意来的。”培尼狄克从来不曾这么客气地对她说话，他说：“美丽的贝特丽丝，辛苦您了，真是多谢。”贝特丽丝又说了两三句冷嘲热讽的话，就走开了；培尼狄克自认为揣测出了她不客气的话语中隐藏的爱意，大声说道：“要是我不可怜她，我就是个混蛋；要是我不爱她，我就是个犹太人①。我要向她讨一幅小像去。”

培尼狄克就这样落入了别人为他安排的网罗，而希罗正准备在贝特丽丝面前上演一场好戏。为此她叫来了自己的两名侍女——欧苏拉和玛格莱特，并对玛格莱特说：“好玛格莱特，你快跑到客厅里去，我的姐姐贝特丽丝正在那儿跟亲王和克劳狄奥讲话。你在她耳边悄悄地告诉她，我和欧苏拉正在花园里散步，我们所讲的话都是关于她的事情。叫她偷偷溜到那座可爱的凉亭里，在那儿金银花藤密密地缠绕着。”希罗说的这座凉亭，正是培尼狄克刚才留心偷听的地方。

“我一定叫她立刻就来。”玛格莱特说。

---

① 在欧洲当时宗教冲突和种族偏见的文化背景下，犹太人的形象带有负面色彩。

于是，希罗带着欧苏拉一起走进了花园，并且吩咐她：“欧苏拉，我们就在这条路上走来走去，等贝特丽丝一来，我们必须满嘴讲的都是培尼狄克。我一提起他的名字，你就把他夸得天上有地上无，我再来告诉你他怎样为了贝特丽丝害相思。现在开始吧！你瞧贝特丽丝像只田凫似的，缩头缩脑地跑来听我们谈话了。”

于是她们开始了。希罗装作是在回答欧苏拉刚刚问她的话，说道：“不，真的，欧苏拉，她太自命不凡了，我知道她的性子就像山上的野鹰一样高傲。”“可是您真的相

信，”欧苏拉说，“培尼狄克这样一心一意地爱着贝特丽丝吗？”希罗回答：“亲王和我的未婚夫克劳狄奥都是这么说的，他们还请我把这件事情告诉她。可是我劝他们说，要是他们把培尼狄克当作好朋友，就无论如何不要让贝特丽丝知道。”“没错，我也是这样想，”欧苏拉答道，“还是不要让她知道他的情意，免得反而遭到她的嘲笑。”“哎，说实在的，”希罗说，“无论怎样聪明、高贵、年轻、漂亮的男子，她总要把他批评得体无完肤。”“对对对，这种吹毛求疵可不敢恭维。”欧苏拉说。“是呀，”希罗赞同道，“可是谁敢去对她那样说呢？要是我对她说了，她会把我讥笑得无地自容。”“噢，也不要太过冤枉您的姐姐了！”欧苏拉说，“她绝不会糊涂到这个地步，去拒绝像培尼狄克先生那样难得的绅士。”“他有很好的名声，”希罗说，“实话说，除了我亲爱的克劳狄奥之外，全意大利找不到第二个像他这样的人来。”这时候，希罗向侍女使了个眼色，欧苏拉就转移话题问道：“小姐，您什么时候举行婚礼呢？”希罗告诉她就在第二天，并且要欧苏拉陪她回屋看几件新衣裳，商量一下婚礼上要穿哪一件。贝特丽丝一直在屏息偷听她们谈话，她们刚一走，她就忍不住惊叫出声：“我的耳朵里怎么火一般热？居然会有这种事？再见吧，狂妄和轻蔑！永别了，少女的骄傲！培尼狄克，爱下去吧！我一定会报答你的，我要把这颗狂野的心收束起来，送到你温情的手里。”

一对老冤家变成了相亲相爱的新朋友，爱打趣的亲王用妙计哄得他们爱上了对方，这真是非常令人愉快的场面。然而，希罗的命运即将遭遇不幸的波折。第二天本来是她举行婚礼的日子，却令她和她的好父亲里奥那托伤心欲绝。

原来亲王有个同父异母的弟弟唐·约翰，他和亲王一起从战场上来到了梅辛那。他是一个闷闷不乐、愤愤不平的人，成天想着搞些阴谋诡计害人。他嫉恨他的哥哥亲王，也嫉恨亲王的好朋友克劳狄奥。他知道亲王对这场婚礼就像克劳狄奥本人一样上心，所以早就决定要破坏克劳狄奥和希罗的婚事，只想让亲王和克劳狄奥遭受痛苦，他好在旁边拍手称快。为了达到这个恶毒的目的，他找了个同样满肚子坏水、名叫波拉契奥的帮手，还许给他一笔丰厚的赏钱。他让波拉契奥去向希罗的侍女玛格莱特求爱，哄骗她这天夜里等到希罗睡着之后，穿上她家小姐的衣裳，站在她家小姐闺房的窗前和他谈心。这样克劳狄奥就会相信她是希罗，而唐·约翰设下的毒计也就得逞了。

毒计安排好后，唐·约翰就去找亲王和克劳狄奥，告诉他们希罗是个不检点的女人，深更半夜站在闺房的窗前跟男人谈情说爱。他愿意在当天晚上，也就是婚礼的前夜，带他们去亲眼看个明白。他们同意跟他一起去，克劳狄奥说："要是今天晚上果然有什么事情给我看到，那我明天一定不跟她结婚，我还要在举行婚礼的教堂里当众羞辱她。"

亲王也说：“我曾经代你向她提亲，我也要帮着你把她羞辱一番。”

当天晚上，唐·约翰把他们带到希罗的闺房附近，他们看到波拉契奥站在窗下，玛格莱特从窗内探身出来；又听到他们两人窃窃私语，正在谈心。夜色下玛格莱特穿着希罗华丽的衣服，于是亲王和克劳狄奥把她当成了希罗本人。

克劳狄奥以为自己发现了希罗不忠的证据，愤怒到了极点；他对希罗的一往情深顿时都化作了满腔恨意。他决定按照自己之前说过的那样，第二天早上在教堂里揭发她的过错。亲王也同意这么做，他认为她实在太不检点了，竟敢在结婚的前夜还和别的男人谈心，无论受到什么样的指责都

不为过。

第二天，他们来到教堂里举行婚礼，克劳狄奥和希罗站在神父的面前，神父正要开始主持婚礼的仪式，克劳狄奥忽然用最激烈的言辞指责希罗的不忠。无辜的希罗听到这一番奇谈怪论，非常惊讶，她一头雾水地问道："我的夫君病了吗？怎么他会说出这种荒唐的话来？"

里奥那托大惊失色，对亲王说："好殿下，您怎么不说句话？""叫我说些什么呢？"亲王说道，"我竭力撮合我的好朋友和一个失德的女人，自己的脸都丢尽了。里奥那托，我凭着我的名誉起誓，我自己、我的弟弟，和这位受骗的克劳狄奥，昨晚半夜里的的确确看见她，也听见她在她闺房的窗前和一个男人谈心。"

培尼狄克听到这里也很惊讶，他不禁说："这婚礼没法举行啦。"

"真的！天哪！"希罗痛彻心扉地叫道，话音未落，这位不幸的姑娘已经昏倒在地，看上去就像死了一样。亲王和克劳狄奥却连看也不看她一眼，也毫不理会里奥那托的伤心欲绝，就这样离开了教堂。愤怒让他们变得如此铁石心肠。

培尼狄克却留了下来，帮着贝特丽丝救治昏厥中的希罗，问道："她怎么样了？""我感觉她已经死了。"贝特丽丝悲痛万分地回答。她非常疼爱自己的妹妹，又素来了解希罗美好的品行，一点也不相信他们指责希罗的坏话。然而希罗可怜的老父亲并不这么想，他相信自己的孩子干下了丑事，他看着躺在面前一动不动的女儿，只愿她不要睁开眼睛来使他再度蒙羞。此情此景真是惨不忍睹。

好在那位神父是个有阅历有智慧的人，善于洞悉人情，他留心观察了希罗的神色，当她横遭指责时，他看见无数羞愧的红晕出现在她的脸上，可是立刻有一股天使般皎洁的惨白把这些红晕驱散，显示出她蒙受了冤屈；他更看见她的眼里射出一道火一样的光来，似乎要把这些贵人们加在她身上的诬蔑烧掉。于是他对那位伤心欲绝的父亲说道："要是这位温柔的小姐不是遭到重大的误会，要是她不是一个清白无罪的人，那么你们尽管把我叫作傻瓜，再不要相信我的学问、我的见识、我的经验，也不要重视我的年龄、我的身份或是我的神职了吧。"

希罗从昏厥中渐渐苏醒之后，老神父就问她："小姐，他们说你跟什么人幽会，有这回事吗？"希罗答道："他们这样说我，只有他们才知道，我自己可不知道。"她又转头对里奥那托说："啊，父亲！您要是能够证明有哪个男人在不得体的时间跟我谈过话，或者我昨天夜里曾经跟别人交谈，那么请您不要认我、痛恨我、用酷刑处死我吧！"

神父说："亲王和克劳狄奥一定是有些奇怪的误会。"于是他劝里奥那托对外宣布希罗已经死了，亲王他们离开的时候，她昏迷的样子就像死了一样，因此他们很容易信以为真。此外他还建议里奥那托为她穿上丧服，立起墓碑，一切丧葬的仪式都不可缺少。“为什么要这样呢？”里奥那托问，“这样有什么好处呢？”神父回答：“死亡的消息可以把污蔑变成哀怜，这也未尝不是好事。可是我提出这样的办法，却另有更深的用意。如果克劳狄奥听说他无情的话语已经置希罗于死地，她生前可爱的影子一定会浮现在他的想象之中。要是爱情确实打动过他的心，那时他一定会悲伤哀恸，即使他仍旧认为他的指责确凿无疑，他也会后悔不该令她如此难堪。”

培尼狄克也说：“里奥那托大人，听从这位神父的话吧。虽然你知道我对亲王和克劳狄奥都有很深的交情，可是我愿意用自己的名誉起誓，我一定对这件事情守口如瓶。”

里奥那托在他们的劝说下答应了。他伤心地说：“我已经伤心得毫无主意了，用一根最细的草绳都可以牵着我走。”好心的神父带着里奥那托和希罗走出了教堂，准备陪在他们身边安慰劝解。而贝特丽丝和培尼狄克被单独留了下来。这原本也是朋友们为了撮合他们而特意安排的，然而谁也没有料到，转眼间，那些朋友一个个都沉溺在痛苦之中，再也没有心情来撮合他们寻开心了。

培尼狄克终于忍不住先开口了，他说：“贝特丽丝小姐，您一直在哭吗？”“是的，我还要哭下去呢。”贝特丽丝回答。“的确，”培尼狄克说，“我相信您的好妹妹一定受了冤枉。”“唉!”贝特丽丝说,“要是有人能够替她洗刷这场冤屈,我愿意尽我所能去报答他!”于是培尼狄克说:“有没有可以表示这一种友谊的方法?您是我在这世上最爱的人——这不是很奇怪吗?”“我也可以说,”贝特丽丝说,“您是我在这世上最爱的人,可是别相信我,但我也没说假话。我什么也不承认,什么也不否认,我只是为我的妹妹伤心。”“凭着我的宝剑起誓,”培尼狄克说,“你是爱我的,而我发誓我也爱你,来,吩咐我为你做任何事吧。”“杀了克劳狄奥。”贝特丽丝说。“啊,那可办不到。”培尼狄克和克劳狄奥交情很深,他相信克劳狄奥是被蒙骗了。“克劳狄奥难道不是个混蛋吗?对我妹妹这样横加污蔑、信口毁谤,破坏她的名誉。”贝特丽丝说,“啊!我但愿自己是一个男人!”“听我说,贝特丽丝!”培尼狄克说。但贝特丽丝听不进培尼狄克为克劳狄奥辩解的话,只是一个劲地鼓动培尼狄克去为妹妹报复出气。她说道:“跟一个男人在窗前谈心,说得真好听!亲爱的希罗啊,她被冤枉了,她被污蔑了,她的一生全完了!啊,但愿我是个男人,可以教训教训克劳狄奥!或者我有什么朋友愿意为我出面,做一个堂堂男子汉!可是人们的男子气概,早已消磨在阿谀奉承里了。我既然不能凭着愿望变成一个男子,就只好做一个女人在伤心中死去。”“等一等,好贝特丽丝,”培尼狄克说,“我举手为誓,我爱你。”“您要是真的爱我,那就把您的手用在比发誓更有意义的地方吧。”贝特丽丝说。“凭良心说，你认为克劳狄奥真的冤枉了希罗吗?”“是的，”贝特丽丝说，“正像我知道自己有思想有灵魂一样毫无疑问。”“这就够了，”培尼狄克说，“一言为定，我要去向他挑战。让我在动身之前，吻一吻你的手。我凭你这只手起誓，我一定要给克劳狄奥点颜色瞧瞧。请你等候我的消息，把我放在你的心里。去吧，去安慰你的妹妹。”

正当贝特丽丝用激将法鼓动培尼狄克，让他去找克劳狄奥决斗，为希罗报复出气的时候，里奥那托也正在向亲王和克劳狄奥挑战，要为他已经“心碎而死”的女儿讨一个公道。他们尊重他的高龄，同情他的痛苦，不愿和他决斗，就说:“哎哟，好老人家，别和我们吵架。”这时候培尼狄克也

赶到了，他也要和克劳狄奥决一死战，因为他“害死”了希罗这个好姑娘。克劳狄奥和亲王彼此说着：“这准是贝特丽丝让他来的。”若不是天理昭昭，在这时候证明了希罗的清白，克劳狄奥可真要接受培尼狄克的挑战了。

就在亲王和克劳狄奥谈论培尼狄克的挑战时，一个治安官押着犯人波拉契奥来到了亲王的面前。原来，波拉契奥跟他的同伙吹嘘唐·约翰雇他去干的坏事，被旁人给听见了。

当着克劳狄奥的面，波拉契奥又向亲王一五一十地招认了陷害希罗的阴谋诡计，他说穿着小姐衣裳站在窗前跟他谈心的其实是玛格莱特，他们却把她当成了希罗本人。这么一来，克劳狄奥和亲王再也不怀疑希罗的清白无辜了。而唐·约翰知道阴谋败露，害怕亲王哥哥发怒，早已逃离了梅辛那。

克劳狄奥发现自己冤枉了希罗，心中悲痛万分，他以为希罗听了他无情的指责已经含恨而死，更感到追悔莫及。现在希罗的音容笑貌萦绕在他心中，又像初见倾心时那样纯洁美好。亲王问他，这一番招供是不是像一柄利剑刺入了他的心坎。他回答说，听着波拉契奥说话就像是吞下了毒药。

悔恨不已的克劳狄奥请求里奥那托宽恕他对希罗的伤害，并且做出承诺，为了对得起被他冤枉的未婚妻希罗，里奥那托给他的任何重罚他都愿意领受。

出乎意料的是，里奥那托只提出了一个要求，要克劳狄奥第二天早上和希罗的一个妹妹结婚。这位姑娘跟希罗长得一模一样，现在成了他唯一的继承人。克劳狄奥想起自己曾经对里奥那托有过郑重的承诺，表示他会跟这位不认识的姑娘结婚，即使她长得像黑炭一样丑。可他的心中充满了对希罗的哀思，不知不觉就来到里奥那托为希罗立的碑前，流着眼泪忏悔了整整一夜。

清晨来临，亲王陪着克劳狄奥再次走进教堂，神父、里奥那托和他的“侄女”都已经等在那里，准备举行第二次婚礼了。里奥那托牵着一个蒙着面纱的女子来到克劳狄奥面前，说这位就是他的新娘。克劳狄奥看不清她的面容，但仍然遵照承诺说道:“当着这位神父的面，请把您的手给我，要是您不嫌弃的话，我就是您的丈夫。”

“当我在世的时候，我是您的另一个妻子。”神秘的女子说着，取下了面纱，原来她并不是什么侄女，而是里奥那托的亲女儿——希罗小姐本人。这对克劳狄奥来说可真是个天大的惊喜，他原本以为她已经死了，这下子高兴得几乎不敢相信自己的眼睛。亲王看到这一切也非常吃惊，他大声喊了起来:“这就是从前的希罗！已经死了的希罗！”

里奥那托答道:“殿下，当毁谤流传时，她才是死的。”

神父告诉他们，希罗死而复生的怪事其实不足为奇，等到婚礼结束他就会向他们解释这一切。他们正要继续举行婚礼，又被培尼狄克打断了，因为培尼狄克也想在同一天跟

贝特丽丝结婚。贝特丽丝不置可否，培尼狄克就质问她说：“您不是爱我吗？”还把他偷听来的话复述了一遍。在这场对质中他们忽然发现，他们双双落入了一个爱情的圈套，在朋友善意的捉弄下成了真正的恋人。而这份本不存在、凭空捏造的爱情，不但在他们的心里悄悄地生根发芽，还日益深厚，日益坚固，再也无法动摇了。

培尼狄克自从下定决心结婚，就不再顾虑别人说的闲话。但他还是保持了嘻嘻哈哈爱开玩笑的性格，对贝特丽丝发誓说，他只是因为可怜她才和她结婚的，因为听说她为了他快要活不成啦；贝特丽丝则还嘴说，她愿意嫁给他是因为无法推却别人的劝告，同时也是为了救他的性命，因为人家都说他在一天天瘦下去呢。两位针锋相对的冤家就这样握手言和，成了般配的一对，并且紧随克劳狄奥和希罗之后，他们也举行了婚礼。

最后，让我们把这个故事讲完。设下毒计的唐·约翰在路上被人抓住，押回到梅辛那来了。对这个闷闷不乐、愤愤不平的坏人来说，最痛苦的惩罚莫过于让他看到自己的阴谋破灭，还得参加梅辛那举办的盛大喜宴，见证两对新人的快乐和幸福。

皆大欢喜

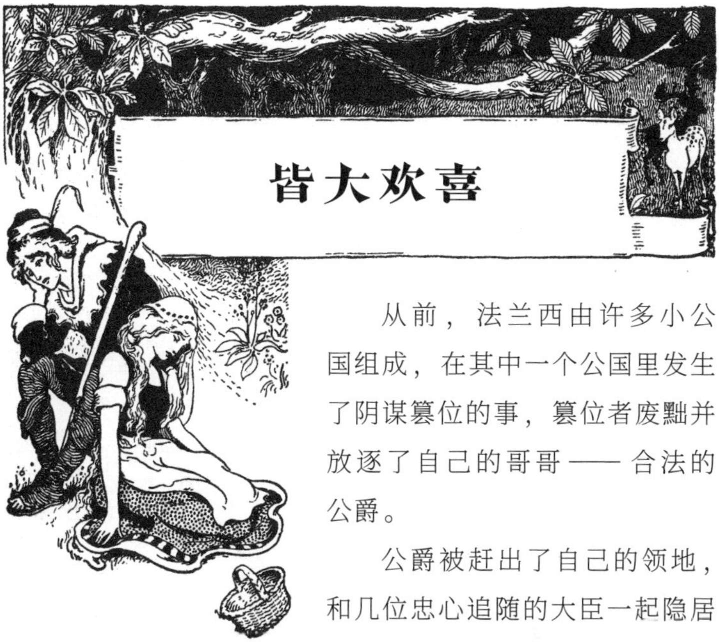

从前，法兰西由许多小公国组成，在其中一个公国里发生了阴谋篡位的事，篡位者废黜并放逐了自己的哥哥——合法的公爵。

公爵被赶出了自己的领地，和几位忠心追随的大臣一起隐居在亚登森林。这些人非常敬爱公爵，即使他们的土地和财产都被篡位的新公爵没收了去，他们也愿意陪伴公爵流亡在外。公爵和他们像朋友兄弟一样幸福度日，渐渐习惯了这种无忧无虑的生活，反而觉得比虚伪浮华的宫廷生活舒服得多。他们过着昔日英国的罗宾汉[1]那样的日子，据说每天都有许多年轻的贵族离开宫廷投奔森

① 英国民间传说人物，他武艺高强，是一个劫富济贫的侠盗，传说他住在英国的舍伍德森林里。

林，大家就像置身于古老的黄金时代，逍遥自在地消磨着时光。

夏天他们就躺在凉爽的树荫下，看着野鹿嬉戏撒欢，他们特别喜欢这些傻乎乎的花斑动物，而且野鹿好像是这片森林原本的居民，因此，每次他们为了弄点鹿肉充饥不得不杀死它们的时候，都感到非常痛心。

冬天的寒风总是让公爵想起他命运的坎坷，他耐心地忍受着，还说："这阵阵冷风向我吹来，就像是忠臣一样，他们从不对我献媚，而是谆谆提醒我真实的处境。冷风的吹袭虽如刀割般刺痛，它们的爪牙却没有无情无义来得伤人。患难也有它的好处，就像丑陋而有毒的癞蛤蟆，头上却顶着一

颗珍贵的可以入药的宝石。”

以这种超脱的态度，公爵把周围的事物都当成了良师益友。他虽然生活在这个不见人烟的地方，却可以倾听树木的言语，阅读溪流的书篇，学习石头中蕴藏的道理，感受万物的可爱之处。

这位被放逐的公爵有个独生女儿，名叫罗瑟琳。篡位的弗莱德里克公爵虽然赶走了她的父亲，却还把她留在宫中，陪伴自己的女儿西莉娅。尽管她们的父亲水火不容，却丝毫没有影响到两位小姐之间亲厚的友情。西莉娅总是想尽办法来弥补自己的父亲对罗瑟琳的父亲犯下的不义罪行。而罗瑟琳每当想到自己的父亲被流放，想到自己在篡位公爵这里寄人篱下，就感到非常痛苦，这时西莉娅总会竭力安慰她，劝解她。

有一天，西莉娅正和平时一样安慰罗瑟琳说：“罗瑟琳，我的好姐姐，请你快活些吧。”一位弗莱德里克公爵派来的信使走进来告诉她们，一场摔跤比赛就要开始了，如果她们想看的话，就赶紧到王宫前面的广场上去。西莉娅想着罗瑟琳看了比赛也许会开心，就拉着她一起去看一看。

摔跤比赛在当时可是王公贵族们喜欢的运动，尤其是当着美丽的公主小姐的面来较量。西莉娅和罗瑟琳就成了这样一场比赛的观众。可她们很快就发现这次比赛的场面相当惨烈，因为比赛的一方是个一身蛮力的彪形大汉，而且长期练习摔跤，比赛经验丰富，曾经在类似的较量中多次置对手于死地；另一方则是个非常年轻的小伙子，在摔跤上还是新手，几乎所有的观众都认为这个年轻人必死无疑了。

公爵看见西莉娅和罗瑟琳也来到了赛场，就说：“怎么，我的女儿和侄女，你们也溜到这儿来看摔跤吗？你们不会感兴趣的，双方的实力太悬殊了。可怜这个人年纪轻轻，我想劝他别去较量了。小姐们，你们去对他说说，看能不能说服他。”

她们当然很乐意完成这项善意的使命。先是西莉娅苦口婆心地请求这个年轻人放弃这次比赛。接着轮到罗瑟琳，她非常诚恳地劝说他，将心比心地为他考虑即将面临的危险，结果这些温柔的劝说不但没能说服他放弃比赛，反而让他更想凭着自己的勇气在这位美丽的小姐面前一显身手。他用非常得体谦虚的言辞拒绝了两位小姐的请求，这下她们越发担心他的安危了。他这样说道：“我十分抱歉，竟然拒绝了两位这么美貌出众的小姐的要求。还是让你们的美目和好意伴送着我去接受这场考验吧。假如我被打败了，那不过是一个从来不曾受人眷顾的人丢了脸。假如我死了，那也不过是死了一个自愿送死的人。我不会辜负我的朋友，因为没有人会哀悼我；我不会对世间有什么损害，因为我在这世上一无所有。我不过在世间占了一个位置，也许死后可以让更好的人来填充。”

摔跤比赛现在开始了。西莉娅只是希望那位年轻人不要受伤，罗瑟琳则对他倾注了更深的关切。因为他诉说自己一无所有、自愿送死的那番话，让罗瑟琳觉得他跟自己一样的不幸。她是那样地同情他，他在摔跤赛场上的一举一动都牵动着她的心，几乎可以说她在这时就爱上了那个年轻人。

这两位美丽高贵的小姐的关切为年轻人带来了勇气和力量，他最终奇迹般地战胜了对手，对手被重重摔在地上，受伤惨重，好一会儿都动弹不得，也说不出话来。

弗莱德里克公爵非常赞赏这位年轻人的勇气和武艺，就问起他的姓名和身世，打算把他收留在自己身边。

这位年轻人回答说，自己名叫奥兰多，是罗兰·德·鲍埃爵士最小的儿子。

奥兰多的父亲罗兰爵士几年前就过世了，但他生前是被放逐的公爵的至交好友，因此，弗莱德里克一听说他是罗兰爵士的儿子，满心赞赏顿时都变成了反感，气冲冲地走开了。他只要听到他哥哥朋友的名字就讨厌，临走时还略带遗憾地说，如果这个英勇的奥兰多是别人的儿子就好了。

罗瑟琳听到她刚喜欢上的年轻人是父亲至交好友的儿子，十分欢喜，她对西莉娅说：“我的父亲很敬重罗兰爵士，要是我早知道这个年轻人是他的儿子，我一定会流着泪求他不要冒这种险。”

奥兰多看到弗莱德里克公爵突然拂袖而去，感到十分尴尬，于是两位小姐走到奥兰多身边，对他说了许多安慰和鼓励的话。临走的时候，罗瑟琳又转过身来，对这位父亲好友的儿子、心中年轻的勇士说了许多贴心的话，她从自己脖子上取下项链送给奥兰多，说道:“先生，为了我的缘故，请戴上这个吧。我是个命运不济的人，心有余而力不足，不过略表心意而已。”

两位小姐单独待在一起的时候，罗瑟琳还是口口声声谈论着奥兰多。西莉娅发现她的姐姐已经爱上这位年轻英俊的摔跤手了。她对罗瑟琳说:“你真的会这么快就爱上他吗?”罗瑟琳回答:“我的公爵父亲，和他的父亲非常要好

呢。”“可是，”西莉娅说，“因此你也必须和他的儿子非常要好吗？照这么说起来，我的父亲非常恨他的父亲，我岂不是也应该恨他了？可是我并不恨奥兰多。”

弗莱德里克意外见到罗兰爵士的儿子，心里很不痛快，这让他想起被放逐的公爵在王公大臣中还有许多朋友。近来因为人们都称赞罗瑟琳的美德，又看在她父亲的分上很同情她，他已经对罗瑟琳无端有点不满，这时候更是迁怒于她，对她的恶意突然爆发了。就在西莉娅和罗瑟琳聊着奥兰多的时候，弗莱德里克走进房间，满脸怒容地命令罗瑟琳立刻离开王宫，去和她的父亲一起过流亡的生活。他还对替她苦苦哀求的西莉娅说，要不是为了她，自己早就把罗瑟琳赶出王宫了。西莉娅说：“那时我并没有请您让她留下，因为我还太小，不曾知道她的好处；但是现在我知道她有多好了。我们一直都睡在一起，同时起床，一块儿读书、游玩和吃饭，没有她做伴，我就活不下去了。”弗莱德里克回答：“她这人很有心计，你猜不透她。她的和气、沉默和忍耐，都能感动人心，让人们可怜她。你是个傻子才会替她求情。她离开之后，你会显得格外光彩美好。因此，闭上你替她求情的嘴，我已经对她下了判决，是不会回心转意的。”

西莉娅发现自己没办法说服父亲让罗瑟琳留在王宫里，就毅然决定要陪伴在好朋友身边。当天晚上，她就和罗瑟琳一起离开了王宫，前往亚登森林寻找罗瑟琳的父亲——那位被放逐的公爵。

出发之前，西莉娅考虑到她们两个姑娘穿着华丽的衣裳赶路不太安全，便提议打扮成乡下姑娘的模样。罗瑟琳说，要是她们其中一人扮成男子，那就更保险了。于是，她们很快就决定下来，罗瑟琳的身材特别高，就穿上年轻农夫的衣服，而西莉娅打扮成一个乡下姑娘，她们俩人以兄妹相称，罗瑟琳给自己取了个新名字叫盖尼米德，西莉娅则化名为爱莲娜。

两位美丽的小姐就这样乔装打扮，收拾好珠宝钱物带在身上，踏上了她们漫长的旅程。因为亚登森林距离遥远，在公爵的领地之外。

罗瑟琳小姐（现在该叫盖尼米德了）一穿上男子的衣服，似乎也有了男子豪迈的气概。西莉娅忠诚地追随着罗瑟琳，不辞劳苦地走过了这么长的路，而罗瑟琳也努力回报这份诚挚的友谊，显示出一副精神振奋的样子，仿佛她真的是淳朴勇敢的盖尼米德，真的是温柔的乡下姑娘爱莲娜的哥哥。

她们一路住在方便的小旅馆里，食宿都很不错。当她们终于来到亚登森林，却找不到可以投宿的地方。她们又累又饿。盖尼米德一路上都说说笑笑，给爱莲娜打气，现在也不得不向她承认，自己真是太疲惫了，简直想丢了这身男装，像个弱女子一样哭起来。爱莲娜说她也走不动了，于

是盖尼米德想到男子汉有责任呵护和安慰弱女子，哥哥也应该在妹妹面前勇敢起来，就开口说:“来，打起精神来吧，我的爱莲娜妹妹，我们已经到达旅途的终点，这里就是亚登森林了。”但是，假装的男子气概和强打起来的精神也不能让她们继续坚持了，因为她们虽然来到了亚登森林，却不知要到哪里去寻找公爵。这两位累坏了的姑娘简直不知该怎么办，她们搞不好就会迷路，饿死在森林里。幸亏老天保佑，当她们疲惫不堪地坐在草地上，正感到绝望无助时，一个牧羊人刚好路过了这里。盖尼米德又一次装成男子的口吻说道:“牧羊人，假如人情或者金钱可以在这片荒林里换来一点款待的话，请你带我们去一处可以歇歇脚吃点东西的地方吧。这位小姑娘，也就是我的妹妹，她赶路疲乏，就要饿晕了。”

这个人回答说，他只是为牧羊人看羊的仆人，他的主人马上就要卖掉房子，因此没有多少东西可以招待。不过要是他们愿意跟他去，他非常欢迎。于是他们就随他前去，眼前的希望又给他们注入了新的力量。他们买下了牧羊人正要出售的房子和羊群，留下那位好心的指路人做他们的仆人，这样一来，他们很幸运地拥有了一间整洁的农舍和充足的食物，就决定先住下来，再慢慢打听公爵住在森林的什么地方。

两位小姐在长途奔波后终于安顿下来，她们渐渐喜欢上了这种宁静的生活，甚至把自己假扮的牧羊人和牧羊女身份当真了。不过有时盖尼米德还会记起自己曾经是罗瑟琳小姐，深深地爱着勇敢的奥兰多。在盖尼米德的想象中，这位罗兰爵士的儿子远在千里之外，隔着她们走过的漫漫长路，但事实上奥兰多却近在咫尺，因为他也来到了亚登森林。

原来，罗兰爵士去世的时候，把他托付给自己的大儿子、奥兰多的哥哥奥列佛，嘱咐奥列佛要让他接受良好的教育，培养成他们那种高贵门第的优秀子弟。然而，奥列佛不是个好哥哥，他完全不顾父亲死前的嘱托，一直没送弟弟去上学，而是把他关在家里，毫不关心。不过奥兰多继承了父亲许多优秀的品质，虽然没有受过什么教育，看上去却像是精心栽培出来的好青年。奥列佛非常嫉妒弟弟一表人才、风度翩翩，嫉妒得想让他去死。因此他才让人怂恿弟弟去跟那位著名的摔跤手较量——前面也说了，那位摔跤手打死过好些对手。而奥兰多也正是因为哥哥无情无义，对自己漠不关心，才说出了自己一无所有、情愿去死的话。

虽然随着奥兰多摔跤获胜，奥列佛恶毒的计谋落空了，但他的嫉妒和恨意越发强烈，竟然决意要在奥兰多睡着后把他烧死在房间里。一位对罗兰爵士忠心耿耿的老仆人无意中听到了这个毒计。奥兰多很像罗兰爵士，老仆人一直很喜欢他。于是奥兰多刚从公爵的宫里回来，他就迎了上去，想到亲爱的少爷身处险境，不由得激动地叫道："啊，我善良的少爷！我的好少爷！啊，您叫人想起了罗兰老爵爷！您为什么如此优秀？您为什么又善良又强壮又勇敢？您为什么这样傻，竟然把那位著名的摔跤手打败了？您的名声传得太快，已经比您先到家了。"奥兰多听不懂这番话，就问他到底是怎么回事。于是老仆人告诉他说，他那恶毒的哥哥一直嫉妒他受人爱戴，如今听说他在公爵的宫中摔跤获胜，一举成名，打算当天晚上就放火烧他的房间，把他烧死。总之，他劝奥兰多马上逃离这个危险之地。这位好心的老仆人名叫亚当，他知道奥兰多手里没钱，早已拿来了自己微薄的积蓄，还说道：“我这里有五百块钱，是在您父亲手下效劳的这些年里攒起来的，原本打算等我干不动活儿的时候用来养老。您拿去吧，上帝既然喂饱了乌鸦，等我老去时也一定会照顾我的！钱就在这儿，我全都交给您，让我做您的仆人，虽然我看上去这么老，但我大可以像年轻人一样供您差遣，为您效劳。”“噢，好老人家！”奥兰多说，“在你身上真是尽显古时候的忠肝义胆！你太不合时宜了。我们一起走吧，不用等到把你年轻时的积蓄花光，我就会想出办法来维持我俩的生计。”

于是，忠心的仆人和他爱戴的主人一起出发了，他们漫无目的地往前走，一直走到亚登森林，陷入了像当初的盖尼米德和爱莲娜同样的困境。他们四下乱走，寻找人烟，直到走得又累又饿，精疲力竭。最后亚当说道：“唉，我的好少爷，我快饿死了，我再也走不动了。”他说着就躺下来，打算把这个地方当作自己的墓地，从此跟主人永别了。奥兰多看到老仆人这么虚弱，就把他抱起来，送到一片舒适的树荫下，并对他说：“振作点儿，老亚当，在这儿歇歇脚，别再说什么死不死的话了！”

奥兰多到处找吃的，刚好来到了森林里公爵的住所。公爵和他的朋友们正准备用餐，尊贵的公爵坐在草地上，头上没有华盖，只有几棵大树为他遮阴。

饥饿已经把奥兰多逼得不顾一切了，他拔出剑来，想用武力抢走他们的食物。他说道:“停下，不准吃！把你们的食物都给我!”公爵问他，他究竟是因为落难而变得这么蛮横，还是生来就是不识礼数的莽夫？听了这话，奥兰多回答说自己快饿死了。于是公爵邀请他坐下来一起用餐。奥兰多见公爵说得这么客气，连忙放下他的剑，想到自己刚才粗鲁地跟他们抢食物，脸羞得通红。

“请您原谅我,”他说,“我以为这里的一切都是野蛮的，所以才装出这么一副凶狠霸道的样子。可是，不论你们是些什么人，在这荒凉的森林里，躺在幽暗的树荫下，不理会时间的流逝；假如你们曾经见识过好日子，假如你们曾经到过鸣钟召集礼拜的地方，假如你们曾经参加过上流人士的宴会，假如你们曾经擦拭过眼上的泪水，应该懂得怜悯人和被怜悯是怎么回事，那么就让这番温文的倾诉深深地打动你们，帮一帮穷途末路的我吧!”

公爵回答:“我们的确曾经见识过好日子，虽然我们现在住在这片荒凉的森林里，可是我们也曾经生活在大城小镇，也曾被神圣的钟声召集到教堂里去，参加过上流人士的宴会，也擦拭过眼上被神圣的怜悯感召而落下的泪水。所以请你坐下来，想吃多少就吃多少吧。”

“有一位可怜的老人家,”奥兰多说道,“纯粹出于善意，一瘸一拐地跟着我长途跋涉，在衰老和饥饿的双重折磨下已经累垮了。除非等他饱餐之后，我绝不会碰一丁点儿食物。”

“快去找他，把他带到这里来，”公爵说，“我们绝不把东西吃掉，一直等到你们回来。”于是奥兰多转身离开，就像一只母鹿寻找它的小鹿，好把食物喂给它吃一样，很快就背着亚当回来了。公爵说：“放下你背上那位可敬的老人家吧，欢迎你们两位的到来。”随后他们给老人喂食，又为老人打气，亚当就渐渐苏醒过来，恢复了元气和体力。

公爵问起奥兰多的来历，发现他竟然是自己的老朋友罗兰爵士的儿子，就收留了奥兰多和老仆人亚当，从此他们就和公爵一起生活在森林里了。

奥兰多住进亚登森林的时候，盖尼米德和爱莲娜已经买下牧羊人的农舍，在森林里生活了一段时间。

有一天，盖尼米德和爱莲娜忽然发现，森林里许多树上刻着罗瑟琳的名字，旁边还挂着献给罗瑟琳的十四行情诗。正当两个人纳闷这是怎么回事的时候，奥兰多忽然出现了，脖子上还挂着罗瑟琳送给他的项链。

奥兰多自从在摔跤场上遇到罗瑟琳小姐，就对她的美丽和善良一见钟情，一直默默地思念着她，情不自禁地在树上刻满她的名字，写下许多赞美她的情诗。奥兰多怎么也想不到眼前的盖尼米德就是罗瑟琳。他只觉得这位年轻的牧羊人长相漂亮，举止可爱，忍不住和他攀谈起来。他感觉盖尼米德跟他心爱的罗瑟琳有几分相似，只是不像那位高贵的小姐那么端庄，其实是因为盖尼米德故意装出了一副乡下小伙大大咧咧的样子。他半开玩笑半捣乱地向奥兰多谈起了一个害相思病的人。

“有一个人，”他说道，“常常来往于这座森林，在我们的嫩树皮上刻满‘罗瑟琳’的名字，把树木糟蹋得不成样子；山楂树上挂起了诗篇，荆棘丛中悬挂着哀歌，字字句句赞美着这位罗瑟琳。要是我碰见了这个痴情郎，我一定给他一个好药方，快快治好他的相思病。”

奥兰多承认自己就是他说的痴情郎，还请盖尼米德告诉他医治的方法。盖尼米德告诉他医治的方法，就是让他天天

都到他们居住的农舍里来。“然后，”盖尼米德说，“我假扮成罗瑟琳，你就假装和我谈情说爱，好像面对着真正的罗瑟琳一样，而我再像一个反复无常的女子戏弄她的情人，直到你对自己的爱感到无地自容。这就是我可以用来治好你相思病的法子。”

奥兰多虽然不太相信这个方法会有效，却还是答应天天到盖尼米德的农舍里来，装模作样地演一出求爱的戏码。于是每天奥兰多都去拜访盖尼米德和爱莲娜，他管牧羊人盖尼米德叫“我的罗瑟琳”，成天对他倾诉年轻人用来讨好心上人的甜蜜情话。不过，盖尼米德的法子在治疗奥兰多的相思病上没有任何进展。

尽管奥兰多觉得这不过是闹着玩的（他做梦也不会想到盖尼米德就是罗瑟琳），可他能够借这个机会倾诉心中的爱意，仍然感到十分愉快，而盖尼米德知道这些情话其实都是说给本人听的，也暗自体会着同等的快乐。

就这样，这些年轻人度过了一段欢乐的时光。善良的爱莲娜看到盖尼米德喜欢这套求爱的游戏，就任由他自得其乐。虽然两个姑娘已经从奥兰多口中知道了公爵在森林里的住处，她也没有急于提醒盖尼米德，作为罗瑟琳小姐应该早些去跟公爵父亲相认。有一天盖尼米德在森林里遇上了公爵，两个人交谈了几句，还被公爵问起家世。盖尼米德回答说，他的家世和公爵的一样显赫。公爵听到后笑了，因为他根本想不到这个漂亮的牧羊少年也会有高贵的出身，更没有想到那就是他的女儿。而盖尼米德看到公爵生活得健康快乐，也就安心地把相认的时间一再推迟。

一天早上，奥兰多正走在去拜访盖尼米德的路上，看见一个人躺在地上睡着了，一条绿色的大蛇盘在他的脖子上。那条蛇突然看见奥兰多走近，便松开来，溜进灌木丛里去了。奥兰多又走近一些，发现一头母狮头贴着地面趴在那里，像猫一样看守着那个熟睡的人，等他醒来——据说狮子不会捕食死了或者睡着的动物。简直像是上天特意派奥兰多来把那人从蛇和母狮的嘴边救下来。但奥兰多向那人脸上一看，才发现他竟然是自己的哥哥奥列佛。奥列佛曾经狠心地对待

他，还想要放火烧死他，他几乎想转身离去，任凭饥饿的母狮吃掉他无情的哥哥，但是手足之情和善良本性很快压倒了他的愤恨。他拔出剑来和母狮搏斗，杀死了狮子。这样一来。他先后从毒蛇和猛狮的嘴边救下了奥列佛的性命，只是他的手臂也被母狮的利爪抓破了。

就在奥兰多和母狮搏斗的时候，奥列佛醒过来了。看到他一直想谋害的弟弟奥兰多，为了拯救他的性命，正在奋不顾身地跟狂暴的野兽搏斗，奥列佛顿时感到又羞愧又自责。他深深地忏悔自己的卑鄙行径，痛哭流涕地请求弟弟宽恕自己对他造成的伤害。奥兰多看到哥哥幡然悔悟，非常欣慰，马上就原谅了他。兄弟两人终于拥抱在一起。虽然奥列佛原本是到森林里来杀奥兰多的，但从这一刻起，他体会到了真正的手足之情。

奥兰多手臂上的伤口流了许多血，他发觉自己虚弱得没法去见盖尼米德了，就让哥哥去告诉盖尼米德，发生了一场意外，请原谅他的失约。奥兰多说："那位盖尼米德，我开玩笑地管他叫'我的罗瑟琳'呢。"

于是奥列佛去见盖尼米德和爱莲娜，讲述了奥兰多救他性命的经过。他讲完了奥兰多的英勇无畏和自己的侥幸逃脱，便坦白说自己就是那位曾经狠心谋害奥兰多的坏哥哥，还说他们兄弟两人已经冰释前嫌了。

奥列佛对自己曾经的恶行痛心疾首，深深打动了爱莲娜善良的心，她立刻就爱上了奥列佛；而奥列佛发现爱莲娜对他的悔恨抱有极大的同情，他也立刻就爱上了爱莲娜。正当爱情在奥列佛和爱莲娜两人心中开始滋生的时候，盖尼米德听说奥兰多冒险救人，还被狮子抓伤，一下子晕倒在地。苏醒过来之后，盖尼米德为了掩饰自己，还借口说是为了扮演想象中的罗瑟琳小姐才假装晕倒的，他对奥列佛说："请告诉您的弟弟奥兰多，我假装晕倒装得多么像啊。"然而奥列佛看他脸色苍白，知道他是真的晕倒了，很纳闷这个年轻人竟会这么虚弱，他说："好吧，如果你真是假装的，那就打起精神来，假装一个男子汉吧。""我正在假装着呢，"盖尼米德说出了真话，"我本该是个女人才对啊。"

奥列佛这次拜访逗留了很久，等他最后回到弟弟身边，可真是有说不完的话。除了盖尼米德听到奥兰多受伤就晕倒的情形，奥列佛还告诉弟弟，他和美丽的牧羊女爱莲娜一见钟情，两个人即将结为夫妻，他愿意把父亲老罗兰爵士的房产和收入都让给奥兰多，他自己则留在这里终身做一个牧羊人。

"我愿意祝福你们，"奥兰多说，"你们明天就举行婚礼吧，我去邀请公爵和他的朋友。你去让爱莲娜好好准备准备，她现在准是一个人在家呢。因为你看，她的哥哥来啦。"于是奥列佛去找爱莲娜，盖尼米德来到奥兰多身边，体贴地问候着这位受伤的朋友。

他们俩聊起了奥列佛和爱莲娜突如其来的爱情，奥兰多说他已经向哥哥提议，马上就去向可爱的牧羊女求婚，明天就举行婚礼，接着又说，他但愿能在同一天与他的罗瑟琳结为夫妻。

盖尼米德很赞同这个想法，他说，要是奥兰多真的像他自己所说的那样深爱着罗瑟琳，他的心愿就会实现。因为在他的安排下，明天罗瑟琳小姐将会现身，而且她一定愿意跟奥兰多结婚。

这件事看似神奇，但只要想到盖尼米德就是罗瑟琳本人，实现起来就非常容易了。盖尼米德号称要用魔法帮助奥兰多实现心愿，还说这是从一位著名的魔法师叔叔那里学来的。

痴情的奥兰多对盖尼米德的话半信半疑，就问他说的话究竟能不能当真。“我以生命起誓，我说的是真话，”盖尼米德回答，“所以去穿上你最漂亮的衣服，邀请公爵和朋友们来参加婚礼吧，只要你愿意明天和罗瑟琳结婚，她就一定会出现的。”

爱莲娜答应了奥列佛的求婚。第二天早上，他们俩和奥兰多一同来到公爵的面前。大家都聚集在一起庆祝这场双喜临门的婚礼，可是现在只来了一位新娘，这在人群中引发了惊疑和猜测，大多数人都认为盖尼米德是在拿奥兰多开玩笑。

公爵听说自己的女儿将以这种神奇的方式出现，就问奥兰多是否相信牧羊少年果真有他所说的那种本领。奥兰多回答说他对此也是半信半疑。这时候盖尼米德走了进来，他问公爵："假如我把您的女儿带了来，您愿意把她嫁给奥兰多做妻子吗？"公爵回答："即使要我把几个王国作为陪嫁，我也愿意。"盖尼米德又问奥兰多："假如我把她带了来，你就愿意跟她结婚，你是不是这么说的？"奥兰多回答："即使我是统治万国的君王，我也愿意。"

于是盖尼米德和爱莲娜一起走了出去。盖尼米德脱下男子的装束，穿上女人的衣裳，不需要什么魔法帮助，马上就变回了罗瑟琳小姐。爱莲娜也除去牧羊女的打扮，换上她自己的华服，变回了西莉娅小姐。

他们离开之后，公爵对奥兰多说起，他觉得这个牧羊少年长得很像他的女儿罗瑟琳。奥兰多说，他也留意到他们有几分相似之处。但他们并没有多少时间推测事情的来龙去脉，因为罗瑟琳和西莉娅已经漂漂亮亮地走了进来。罗瑟琳不再假装自己是被魔法召来的，她跪倒在父亲面前，请求他的祝福，还一五一十地讲述了她是怎样被新公爵放逐，怎样和西莉娅一起来到森林里，因此才一个扮成了牧羊人，一个扮成了牧羊女。

公爵履行了之前同意他们结婚的承诺，于是，奥兰多和罗瑟琳、奥列佛和西莉娅两对新人同时举行了婚礼。虽然他们的婚礼在荒凉的森林中举行，没有什么隆重的仪式、豪华的排场，但却无比的幸福，无比的快乐。他们正坐在凉爽的树荫下享用着鹿肉时，就像要给这位好公爵和两对新人的幸福锦上添花似的，忽然有信使送来了一个大喜讯：公爵要恢复爵位了。

原来，篡位的弗莱德里克公爵对女儿的出逃非常生气，又听说每天都有才智之士来到亚登森林投奔被放逐的真公爵，他很嫉妒哥哥在逆境之中仍然受人景仰，就亲自率领大队人马赶赴森林，打算捉拿他的哥哥，并将哥哥和亲信随从通通杀害。然而，在天意巧妙的安排下，这个不义的弟弟改邪归正了。因为他刚来到亚登森林边上，就遇到了一位年老的修道士。他跟修道士交谈了很久，幡然醒悟，决定痛改前非，交出本不属于他的权位，并将余生用来修行悟道。

他悔改后的头一件事就是派信使去见他的哥哥，要把他窃据了这么久的爵位还给哥哥，至于那些陪伴公爵流亡在外的忠实追随者，他们的土地和财产也将全部奉还。

这真是喜从天降，时机又这么凑巧，两位小姐的婚礼上欢天喜地的气氛更加浓烈了。看到罗瑟琳的父亲即将恢复从前的荣华富贵，西莉娅连忙向姐姐送上诚挚的恭喜和祝福。虽然由于她的父亲归还了篡夺的爵位，现在公国的继承人已经不再是她，反而变成罗瑟琳了，但是姐妹俩的情谊如此深厚纯粹，不掺杂一丝嫉妒或眼红的成分。

公爵现在可以报答那些陪他度过放逐时光的忠实朋友了，这些可敬的人们曾经坚定地和他共患难，如今也很乐意回到好公爵的王宫同享安乐。

维洛那二绅士

从前，维洛那城中住着两位年轻的绅士，一位叫瓦伦丁，一位叫普洛丢斯，他们长期以来结下了深厚的友谊。他们一起钻研学问，也共度闲暇时光，只是有时普洛丢斯会独自去见他心爱的女子。而普洛丢斯对心上人的拜访，以及他对那位美丽的朱莉亚的迷恋，正是这两位好朋友唯一意见不合的地方。瓦伦丁自己没在谈恋爱，因此听到普洛丢斯总是聊起他的朱莉亚，时常觉得很不耐烦，有时还会嘲笑普洛丢斯，说几句俏皮话来调侃他的痴情，并且声明绝不会让这种无聊的遐思钻进自己的脑子里，他还说情愿过自由自在的快活日子，远胜于像恋爱中的普洛丢斯那样忐忑不安。

一天早上，瓦伦丁来找普洛丢斯，告诉他说，他俩得暂时分开一段时间，因为他要动身去米兰了。普洛丢斯不愿跟好友分开，百般劝说瓦伦丁不要走，但是瓦伦丁回答道：“别再劝我了，亲爱的普洛丢斯，我不愿像个游手好闲的人一样，在家里虚度青春。年轻人总是待在家里，不会有什么高远的见识。要不是你的心思都被锁在朱莉亚温柔的眼波里，我倒是很想邀请你和我一起去开开眼界；可是你既然正在恋爱，那就继续爱下去吧，愿你的爱情幸福美满！”

他们互相道别，承诺彼此的友情不会改变。“亲爱的瓦伦丁，再见了！”普洛丢斯说道，“你要是在旅途中见着了什么值得一看的奇观，请想起我，与我分享你的幸福。”

瓦伦丁当天就启程前往米兰了。普洛丢斯和朋友分别之后，就坐下来给朱莉亚写了封信，让她的女仆露西塔转交给小姐。

朱莉亚和普洛丢斯本是两情相悦，但她是一位矜持的小姐，认为不能轻易许出少女的芳心，因此她假装对普洛丢斯不冷不热的，使他在追求的过程中总是忐忑不安。

因此，当露西塔把信交给朱莉亚时，她不但没有收下，反而责怪自己的女仆竟敢传送普洛丢斯的信，命令她从屋里出去。可是，朱莉亚实在很想看看信里写了什么，马上又把女仆叫了回来。露西塔一进屋，她就问：“现在几点钟了？”露西塔知道她的小姐问几点钟是假意，想看信才是真心，就不去回答她的问题，再次递上那封被拒绝过的信。见女仆毫不掩饰自己已经看透了她的心思，朱莉亚恼羞成

怒，把信撕碎了扔在地上，又命令露西塔出去。露西塔一边往外走，一边停下来捡拾信的碎片，可朱莉亚不愿她把信带走，就假装发脾气说："走开，给我出去，让这些纸片留在地上吧，我看到你碰它们就来气。"

然后，朱莉亚就开始尽量把信的碎片拼凑起来。她先是认出了"为爱受伤的普洛丢斯"的字样，就对着这几个词和类似的情话叹气。虽然情书被撕碎了——或者用她的话来说，就像"为爱受伤的普洛丢斯"一样"受伤"了，她还是认出了好些字句，她对这些痴情的词儿说话，说她要把它们拥入怀中，就像把它们安放在眠床上，直到它们的伤口愈合为止，还说她要吻遍每一片碎纸，向它们赔礼道歉。

她就这样又温柔又孩子气地自言自语，后来她发现怎么也拼不出一封完整的信，就恼恨自己为什么要狠心撕毁这封甜蜜的情书。于是，她给普洛丢斯回了一封比从前热情得多的信。

普洛丢斯的情书得到了肯定的答复，他真是高兴得不得了，一边看信一边大声欢呼："甜蜜的爱情！甜蜜的字句！甜蜜的人生！"他正读到兴头上，却被他的父亲打断了。"喂，"老先生说，"你在读什么信？"

"父亲大人，"普洛丢斯说，"这是我的好朋友瓦伦丁从米兰寄来的信。"

"把信给我，"他的父亲说，"让我看看有什么消息。"

"没什么消息，父亲大人。"普洛丢斯紧张地说，"他只是说米兰公爵很赏识他，天天和他见面，还说他希望我也和他一起，分享他的好运。"

"那么你对他的希望做何感想呢？"父亲问。

"虽然他是一番好意，但我的行动还是要听从父亲大人您的意思。"普洛丢斯回答。

事情就是这么凑巧。普洛丢斯的父亲刚好跟一个朋友讨论过这个话题。那位朋友说，他不明白大多数人都把儿子送到海外去历练历练，而普洛丢斯的父亲却偏偏让儿子待在家里虚度青春。他说："他们有的参军打仗，在战场上建功立业，有的去遥远的海岛探险发财，还有的到外国大学去研究学问。您儿子的好朋友瓦伦丁也到米兰公爵的宫廷里去了。

您的儿子尝试哪一种历练都没问题，人年轻时不走走远路见见世面，以后很难有什么好前途。”

普洛丢斯的父亲认为那位朋友的劝告很有道理，所以他一听普洛丢斯说瓦伦丁“希望我和他一起，分享他的好运”，就当场决定让儿子也到米兰去。这位专断的老先生一向只顾着对儿子发号施令，从来不跟他讲什么道理，所以尽管这个决定显得很突然，他也没有多做解释，只是说：“我的意思和瓦伦丁希望的一样。”看到儿子吃惊的表情，他又说：“我已经决定了，你应该去米兰公爵的宫廷里历练一番，你不用这么惊讶。我要怎样，就是怎样，没什么可商量的。明天你就准备动身。不许推三阻四，我的心意已决。”

普洛丢斯知道跟父亲争执是没有用的，因为父亲从不允许他违抗命令。他只怪自己编造谎言来掩饰朱莉亚的信，反而害得他们俩不得不痛苦地分离。

朱莉亚知道她和普洛丢斯要分开很长一段时间，也不再装出不冷不热的样子了。他们悲伤地向对方道别，再三发誓要彼此相爱，永不变心。普洛丢斯和朱莉亚还交换了戒指，发誓永远珍藏着作为相思的证物。在这场悲伤的告别之后，普洛丢斯就动身前往米兰，去跟瓦伦丁会合了。

瓦伦丁确实深得米兰公爵的赏识，就像普洛丢斯向他父亲编造的那样，但有另一件事情是普洛丢斯做梦也不会想到的，瓦伦丁已经舍弃了他曾经满口夸耀的自由，成了像普洛丢斯一样的痴情郎。

让瓦伦丁落入情网的是西尔维娅小姐——米兰公爵的女儿，而她也爱上了瓦伦丁。不过他们是瞒着公爵偷偷相爱的，因为虽然公爵很赏识瓦伦丁，天天邀请他到宫里去，但是公爵打算把女儿嫁给一位名叫修里奥的年轻大臣。西尔维娅看不上修里奥，觉得他完全没有瓦伦丁那样的出众才华和优秀品质。

一天，瓦伦丁和修里奥这两位情敌都去看望西尔维娅小姐。瓦伦丁抓住修里奥说的每一句话进行嘲弄，逗得西尔维娅非常开心。这时候公爵走了进来，告诉瓦伦丁一个好消息：他的朋友普洛丢斯来了。瓦伦丁说："要说我还有什么心愿的话，那就是在这儿见到他！"接着他就向公爵极力称赞普洛丢斯，他说："殿下，虽然我是个虚掷时日的懒人，但是我的这位朋友却珍惜光阴、力求上进，无论人品才华样样都好，绅士应有的美德他也全都具备。"

"既然他那么好，就让我们热烈欢迎他吧。"公爵说道，"西尔维娅，我这话是对你说的；也是对你说的，修里奥；因为瓦伦丁就用不着我来嘱咐了。"正说着，普洛丢斯就走了进来。瓦伦丁把他介绍给西尔维娅，说道："可爱的小姐，请您接纳他，让他同我一样做您的仆人。"

瓦伦丁和普洛丢斯从宫里回来，俩人单独相处的时候，瓦伦丁说道："现在告诉我，家乡的情况如何？你的那位小姐还好吗？你们的恋爱顺利吗？"

普洛丢斯答道："你向来讨厌我聊恋爱的事。我知道你对儿女私情不感兴趣。"

"啊，普洛丢斯，"瓦伦丁接腔道，"但现在我的生活已经变了。我正在忏悔自己从前对爱情的诬蔑。为了报复我对它的侮辱，爱情已经从我被蛊惑的眼中驱走了睡眠。啊，亲爱的普洛丢斯，爱情是一个至高无上的君王，我已经彻底臣服在他的脚下，他的惩罚是无以复加的痛苦，为他服役是无与伦比的幸福。如今我除了关于爱情的话题，什么都不想聊。现在光是提起爱情这个词，就可以代替我的三餐一宿。”

瓦伦丁承认爱情改变了自己的性情，对他的朋友普洛丢斯而言是巨大的胜利。可是“朋友”普洛丢斯已经变得名不符实了。因为他们正在谈论的爱情，那万能的主宰——是的，甚至就在他们谈论爱情给瓦伦丁带来变化的时候——也在普洛丢斯的心上施展着威力。而普洛丢斯呢，原本一直是最忠贞的情人、最真挚的朋友，堪称模范；就因为见了西尔维娅短短一面，竟然变成了负心的情人、虚伪的朋友。打从看到西尔维娅第一眼开始，普洛丢斯对朱莉亚的爱意就如同一场梦境般全然消散了，他与瓦伦丁相交多年的深厚友谊也不能阻止他横刀夺爱的念头。虽然，他在下决心抛弃朱莉亚、把瓦伦丁当作情敌之前，倒也曾经思前想后、犹豫再三，就像许多天性善良的人生出邪念时那样；但他最终还是压倒了心中的道义，几乎是毫无愧意地让自己沉浸在这段无耻的新感情里。

瓦伦丁在私下将恋爱的经过对普洛丢斯和盘托出，还说了他们是多么小心翼翼地避开公爵的耳目，并且说这段恋情没指望得到公爵的同意，他已经说动西尔维娅当晚就逃出父亲的王宫，和他一起到曼图亚去。然后他还给普洛丢斯看一个绳梯，他打算在天黑之后用这个绳梯帮助西尔维娅从王宫的一扇窗子逃出来。

说来令人难以置信，然而事实确实如此，普洛丢斯听完好友毫无保留地说出自己最重要的秘密，竟然决定去面见公爵，向他告发整件事情。

这个虚伪的朋友对公爵说了许多花言巧语，说什么按照朋友的情分，本不该向公爵泄露这个秘密，可是他承蒙公爵款待，对公爵非常感恩，知情不报实在是说不过去；如果换作是别人，无论许给他多少世间的财富都不能叫他开口。接着他就一五一十地报告从瓦伦丁那里听来的事情，包括那个用来逃跑的绳梯，还说瓦伦丁打算把绳梯藏在长袍底下。

公爵觉得普洛丢斯简直诚实得不得了，因为他宁可说出朋友的秘密计划，也不肯隐瞒不义之举。公爵不但大大地夸奖了他，还许诺绝不告诉瓦伦丁是从哪里得到的消息，而要设法让瓦伦丁自己露出破绽。于是，公爵不动声色，晚上等着瓦伦丁的到来。没过多久，瓦伦丁果然匆匆忙忙地进宫来了，他的长袍下面鼓鼓地藏着什么东西，公爵想那大概就是绳梯。

公爵走上前去拦住他，说道："瓦伦丁，你这么急匆匆地要到哪里去？""尊敬的公爵殿下，"瓦伦丁说，"有一个信使在外面，等着把信捎给我的朋友们，我正赶着把信交给他呢。"瓦伦丁编造的这个谎言，看来和普洛丢斯在他父亲面前撒的谎一样拙劣。

“那是很重要的信吗?”公爵问。

“不算很重要，公爵殿下,”瓦伦丁说，“只不过是告诉家父，我在殿下这儿既平安又喜乐。”

“那就不打紧,”公爵说，“来陪我聊一会儿。我最近有些顾虑想听听你的意见。”接着，他就用一套编造的说辞想套出瓦伦丁的秘密。他说，瓦伦丁也知道他一直想把女儿嫁给大臣修里奥，可是女儿十分倔强，不听他的安排。他说:“她不想想她是我的女儿，却不把我这个父亲放在眼里。不瞒你说，她这样目无尊长，我也就不疼爱她了。我本以为到了这个年纪，她会对我尽尽孝心。现在我已经决定再娶一

个妻子，至于这个女儿，谁愿意要就把她娶走吧。她的美貌就是她的嫁妆了，因为她既然不把我放在眼里，就不会把我的财产放在心上。”

瓦伦丁不明白公爵这样说的用意，就回答说：“关于这件事情，殿下有什么要吩咐我去做的吗？”

公爵说：“我看中的这位姑娘很娴静，又害羞，我这老头子说的话总是打动不了她。而且，时代变化太快，我年轻时求爱的方式恐怕也过时了。所以我现在想请你教教我怎么样追求现在的姑娘。”

于是，瓦伦丁就告诉他时下的年轻男子在追求漂亮姑娘时一般会采取什么办法，比如说赠送礼物、频繁拜访等。

公爵回答说，他曾经送过礼物，可是那位小姐不收。并且她的父亲看得很紧，白天谁也无法接近她。

“那么，”瓦伦丁说，“殿下您就夜里去见她。”

“可是到了夜里，”设好了圈套的公爵终于把瓦伦丁引进去了，“她的门就锁起来了。”

在这样层层铺垫之下，瓦伦丁不幸说漏了嘴，他建议公爵夜里用绳梯爬上那位小姐的房间，并且说他可以帮公爵准备一个适用的绳梯，最后，还告诉公爵可以把绳梯藏在他现在穿的这种长袍下面。“那就借你的长袍一用吧。”公爵说道。他编了这么长的故事，就是为了找借口掀开瓦伦丁的长袍。于是他一边说，一边抓住长袍往后一掀，这一掀不仅露出了绳梯，还有一封给西尔维娅的信。公爵马上拆开信读起来，信里把他们私奔的全部计划写得明明白白。公爵看了大怒，痛骂瓦伦丁忘恩负义，竟然妄图拐走他的女儿，宣布把他赶出王宫和米兰城，永远不许再回来。瓦伦丁就这样被连夜驱逐，甚至没能再看西尔维娅一眼。

话分两头。普洛丢斯在米兰陷害瓦伦丁的时候，朱莉亚在维洛那正苦苦地思念着他。她对他的思念终于压倒了她对规矩和礼仪的重视，她决定离开维洛那，去米兰投奔她的情人。为了避免路上遇到危险，朱莉亚和女仆露西塔都作男装打扮。在瓦伦丁被普洛丢斯陷害又被驱逐出城之后，没过多久，女扮男装的主仆二人就来到了米兰。

朱莉亚中午进了米兰城，住在一家小旅馆里。她一心想着她亲爱的普洛丢斯，就和旅馆的店主攀谈起来，希望打听到关于他的消息。

店主见她是个年轻英俊的绅士（因为她女扮男装了），看上去身份高贵，对自己说起话来更是亲切和气，对她很有好感。他又是个善良的人，不忍心看这位年轻的客人闷闷不乐。为了让她开心起来，店主提议带她去听听美妙的音乐。他说，当天晚上有一位先生要为他爱慕的女子弹唱小夜曲。

朱莉亚闷闷不乐的原因，是由于她不确定普洛丢斯会怎么看待她这次冒失的行动，她知道普洛丢斯爱的正是她少女的矜持和端庄的举止，担心这样一来自己在普洛丢斯心中的形象会大打折扣，所以她才这样一脸愁容、满怀心事。

她愉快地接受了店主的邀请，决定和他一起去听听音乐，因为她暗自期待着也许在路上会遇到普洛丢斯。

然而，等她跟着店主来到王宫，店主的一番好意产生了完全相反的效果，不但没能让她开心，反而让她心碎。因为她亲眼看见自己的情人，那位负心的普洛丢斯，正伴随着音乐在西尔维娅的窗外唱小夜曲，倾诉着对她的爱慕之情。朱莉亚还听到西尔维娅在窗边斥责普洛丢斯，说他对深爱过的恋人无情抛弃，又对他的朋友瓦伦丁忘恩负义。骂完之后，西尔维娅就从窗前走开，不屑于听他的小夜曲和花言巧语，因为她坚定不移地爱着被驱逐的瓦伦丁，自然很讨厌这个虚伪的朋友普洛丢斯做出的卑鄙勾当。

朱莉亚看到了这一切，固然是伤心欲绝，可她依然爱着这个喜新厌旧的普洛丢斯。她听说他有个仆人最近离开了，就在善良的店主的帮助下，成了普洛丢斯的侍童。普洛丢斯并不知道她就是朱莉亚，派她送情书和礼物去给她的“情敌”西尔维娅。他甚至还把在维洛那告别时朱莉亚送他的信物戒指也交给她一起送出去了。

朱莉亚带着戒指去见西尔维娅了。她非常高兴地看到，西尔维娅断然拒绝了普洛丢斯的爱情。朱莉亚，也就是眼前的这位侍童西巴斯辛，就向西尔维娅说起了普罗丢斯的初恋情人——被抛弃的朱莉亚小姐。她说自己认识朱莉亚（那当然，因为她自己就是朱莉亚），又称赞了朱莉亚几句（这也是人之常情），然后就说到朱莉亚对普洛丢斯是多么痴情，要是她知道自己已经被无情抛弃又该有多么伤心，她还巧妙地说了句一语双关的话：“朱莉亚跟我身高相似，肤色相仿，眼睛和头发的颜色就跟我的一模一样。”男装打扮的朱莉亚，看上去真是个美少年。西尔维娅听说这样一位可爱的姑娘被她的情人抛弃了，心中感到十分怜惜，当朱莉亚拿出那枚戒指时，她立刻拒绝了，说道：“他把这个戒指送给我就更没良心了，我不会收的，因为我曾听他说起过，这是他那位朱莉亚送给他的。温柔的孩子，我很喜欢你，因为你懂得同情那位可怜的小姐。这里有一袋钱，出于对她的同情，我把它送给你。”听到善良的“情敌”说出这番暖心的话，假扮侍童的朱莉亚原本阴郁的心情也明亮了起来。

话再说回被赶走的瓦伦丁身上。瓦伦丁不愿意以这样不光彩的身份回到家乡面对父亲，简直不知该投奔到什么地方。他不知不觉走进了米兰附近的一座荒凉的森林，漫无目的地徘徊，心中牵挂着最爱的西尔维娅小姐，忽然被一群强盗围住，要他交出钱来。

瓦伦丁告诉他们，他是个自身难保的人，刚被驱逐出城，一分钱也没有，身上的衣服就是他全部的财产。

强盗们听说他也是个落难的人，又折服于他的高贵风度和英雄气概，就对他说，要是他肯留下来当他们这一伙人的首领，他们都愿意听从他的号令；要是他不肯接受他们的好意，那就休想活命。

瓦伦丁已经不在意自己落到什么田地了，就说他愿意接受他们的好意，只要他们不骚扰过路的女子，不打劫穷苦的旅客，他就愿意留下来和大家一起生活，当他们的首领。

就这样，风度翩翩的瓦伦丁变成了一群强盗和匪徒的首领，就像是绿林里的罗宾汉。西尔维娅就是在这种情况下找到他的，且听我慢慢道来。

西尔维娅的父亲要逼她嫁给修里奥，为了逃避这门婚事，她终于下定决心去曼图亚找瓦伦丁，因为她听说心上人在那里落脚。但这是一个错误的消息，瓦伦丁其实仍然和强盗们一起住在森林里，顶着强盗首领的名号，却从来不参与他们的抢劫，只有在下令对旅客手下留情的时候，才会动用他首领的权力。

西尔维娅设法请一位老绅士陪伴她逃出她父亲的王宫，这位老绅士名叫爱格勒莫，他与西尔维娅结伴同行，一路上保护着她。他们去曼图亚必须经过瓦伦丁和那群强盗生活的森林，一个强盗抓住了西尔维娅，要不是爱格勒莫跑得快，差点也被逮住了。

抓住西尔维娅的强盗见她神色惊慌，就告诉她不用害怕，他只是带她到山洞里去见他们的首领，又叫她不必担心，他们的首领是个正人君子，对待女人向来都很和善。西

尔维娅听说自己要被带到强盗首领那儿，心里的害怕并没有减轻半分。“瓦伦丁啊！”她哭喊道，“我是为了你才忍受这一切的！”

然而，就在强盗带西尔维娅去山洞见首领的路上，普洛丢斯把他们拦了下来。他听到西尔维娅出逃的消息，就追到森林里来了，朱莉亚仍旧扮着侍童的样子，紧紧跟在他的身边。就这样，他从强盗手中救下了西尔维娅。可是西尔维娅还没来得及感谢他出手相救，普洛丢斯又开始滔滔不绝地向她表白爱意。他态度强硬地逼迫西尔维娅答应嫁给他，扮成侍童的朱莉亚看在眼里，急在心里，就怕普洛丢斯刚才的相救之恩会让西尔维娅对他产生好感。这时候，瓦伦丁突然出现了，他们三个人都大吃一惊。原来，瓦伦丁听说手下的强盗抓到了一名弱女子，特地来安慰开解她。

普洛丢斯在向西尔维娅求爱，这一幕被瓦伦丁撞了个正着，普洛丢斯感到非常羞愧，心中顿时充满了内疚和悔恨，他真心真意地忏悔了他对瓦伦丁造成的伤害。瓦伦丁为人极其高尚慷慨，不仅立刻就原谅了他，仍旧把他当作从前的至交好友，还带着满腔豪迈之情说道:“我已经完全原谅了你，而且我要把我在西尔维娅心上的位置也让给你。”扮成侍童的朱莉亚站在主人旁边，她听到这个奇怪的提议，生怕刚刚良心发现的普洛丢斯又会陷入对西尔维娅的迷恋，一下子晕了过去。幸亏朱莉亚这一晕，大家都忙着把她救醒，否则西尔维娅可要责怪瓦伦丁就这么把她转手让给普洛丢斯了，虽然她并不觉得瓦伦丁这种对朋友慷慨过头的态度能维持多久。

朱莉亚慢慢苏醒过来之后，说道:“我的主人派我把一个戒指送给西尔维娅小姐，可是我粗心忘记了。”当年两人分别的时候，朱莉亚曾经送给普洛丢斯一只戒指，而普洛丢斯也回赠了一只给她。后来，普洛丢斯派侍童送去给西尔维娅的是朱莉亚送他的戒指，现在他拿过戒指一看，却分明是他自己回赠的那一只。“这是怎么回事?”他惊讶地说，“这只戒指应该在朱莉亚那儿，怎么会到了你的手里呢，侍童?”朱莉亚回答道:“是朱莉亚亲自把它交给了我,也是朱莉亚亲自把它带到这森林里来的。”

听了这话,普洛丢斯仔细地端详着她,终于认出侍童西巴斯辛不是别人,正是朱莉亚小姐。她的所作所为已经证明了她的爱是多么的深情不渝,这份爱深深震撼了普洛丢斯,他心中对朱莉亚的爱意也忽然复苏了。于是他重新爱上了从前的心上人,愉快地放下了对西尔维娅的追求,让她和当之无愧的瓦伦丁成为美满的一对。

这么一来,朋友之间和好如初,两对情人破镜重圆,普洛丢斯和瓦伦丁正感叹着他们的幸福,却惊讶地看见了米兰公爵和修里奥,他们是来追赶西尔维娅的。

修里奥先走过来,想一把抓住西尔维娅,嘴里叫着:

“西尔维娅是我的！”瓦伦丁听到这话，怒气冲冲地说：“快滚开，修里奥，你胆敢再说一句西尔维娅是你的，就等着受死吧。她现在站在这儿，你碰她一下试试！我看你可敢向我的心上人吹一口气。”修里奥实在是个胆小鬼，听到瓦伦丁的恐吓就连忙后退，直说他根本不稀罕她，只有大傻瓜才会为一个不爱他的女人去冒生命的危险。

公爵本人是个非常勇敢的人，一听这话十分生气，立刻开口说道：“你这卑鄙无耻的小人！从前你对她苦苦追求、百般纠缠，现在遇到一点点事情就这样轻易放手。”接着他又转头对瓦伦丁说：“瓦伦丁，我很佩服你的胆量，我认为你配得上一个女王的爱。西尔维娅是你的了，她的爱你当之无愧。”

瓦伦丁非常谦卑地吻了公爵的手，感激地领受了公爵把女儿嫁给他的美意。他还趁这个欢乐的时刻，请求心情大好的公爵赦免在森林里跟他同伙的强盗。他向公爵保证，一旦强盗们改邪归正，回到家乡，大部分都会成为可以干一番事业的好人。因为他们大多是像瓦伦丁一样由于微小的过错被驱逐的，并不是犯了什么严重的罪行。公爵当场就答应赦免他们。

至于普洛丢斯，他曾经在爱情的驱使下干过糊涂事儿，成了背信弃义的朋友，如今大家当着他的面，把他那喜新厌旧的恋爱和告发陷害的经过对公爵一一道来，他听着十分羞愧，脸上一阵青一阵紫的，大家一致认为那就是对他最好的惩罚了。这下所有的事情都了结了，两对情人一起回到米兰，喜气洋洋地大摆宴席，在公爵面前举行了隆重的婚礼。

威尼斯商人

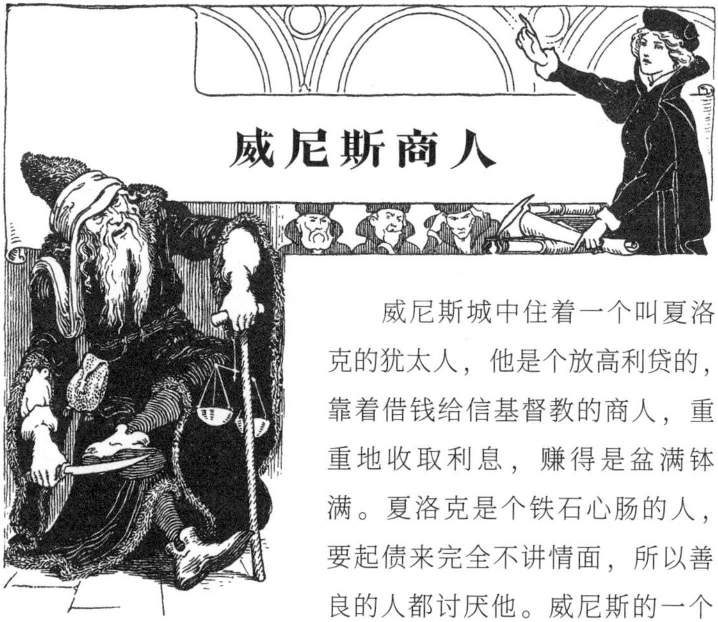

威尼斯城中住着一个叫夏洛克的犹太人，他是个放高利贷的，靠着借钱给信基督教的商人，重重地收取利息，赚得是盆满钵满。夏洛克是个铁石心肠的人，要起债来完全不讲情面，所以善良的人都讨厌他。威尼斯的一个年轻商人安东尼奥尤其讨厌他，而他也很恨安东尼奥，因为安东尼奥时常借钱给遇到困难的人，并且从不收取利息，这么一来，贪婪的犹太人夏洛克和慷慨的威尼斯商人安东尼奥之间就结下了深仇大恨。每当安东尼奥在交易所见到夏洛克，总会骂他用高利贷盘剥别人，夏洛克表面上忍气吞声，暗地里却在想着怎么报复安东尼奥。

安东尼奥是世上心肠最仁慈的人，他非常富有，而且向来乐于帮助别人。说实话，在同时代所有的意大利人中，

他最能发扬从古罗马传承下来的侠义之风。他深受大家的爱戴，但他心中最亲密最投契的朋友当数巴萨尼奥。巴萨尼奥是一位威尼斯贵族青年，他只有一份微薄的家产，却为了维持贵族的体面生活大肆挥霍——就像其他地位高而财产少的年轻人一样，那点微薄的家产几乎都被他败光了。巴萨尼奥一缺钱，安东尼奥就接济他，看起来他俩简直是心同一条，钱包也共一个。

有一天，巴萨尼奥去找安东尼奥，说他想跟一位他深爱的小姐结婚。这位小姐的父亲刚刚去世，给她留下了一大笔遗产，如果他结了这样一门阔气的婚事，就不必再为财务状况发愁了。小姐的父亲还在世的时候，他就常常去她家里做客，不时感受到她含情脉脉的眼波，仿佛在暗示他可以前来求婚。但是他没有足够的钱来撑场面，去匹配这么一位有钱的小姐，他恳求乐善好施的安东尼奥再帮他这一次，借给他三千块金币。

安东尼奥当时身上没有那么多钱借给他，可是他有几艘载满货物的船只不久就会开回来，他决定去找那个放高利贷的富翁夏洛克，用自己的货船作担保，向他借这笔钱。

于是安东尼奥和巴萨尼奥一同去找夏洛克。安东尼奥向那位犹太人借三千块金币，利息随便他开，将来用船上载着的货物来偿还。夏洛克一听这话，暗自盘算："要是我有朝一日抓住他的把柄，一定要痛痛快快地向他报复我的深仇旧怨。他厌恶我们犹太人，他借钱给人不收利息，还在商人中间辱骂我和我辛苦赚来的钱，说我是盘剥取利。要是我饶过了他，就让我的族人都受到诅咒吧！"安东尼奥急着等钱用，见他只顾寻思，并不答言，就说："夏洛克，你听见了没有？钱到底借还是不借？"夏洛克回答道："安东尼奥先生，多少次您在交易所里骂我，说我盘剥取利，我总是耸耸肩膀，忍气吞声，因为忍受是我们犹太民族的美德。您骂我是异教徒、咬死人的狗，朝我的犹太长袍上吐唾沫，用您的脚踢我，把我当作一条野狗。哦，这会儿您有用得上我的时候了，您就这样跑过来说：'夏洛克，借钱给我！'一条狗会有钱吗？一条野狗能借得出三千块金币吗？我是不是应该哈着腰低声下气地说：'好先生，您上周三朝我吐唾沫，还有一回骂我是狗，为了报答您的恩典，我应该借钱给您？’”

安东尼奥回答：“我恨不得再这样骂你、啐你、踢你。如果你借钱给我，不要当作借给一个朋友，你就当作是借给一个仇人好了，要是我到时候还不上钱，你尽管拉下脸来照约处罚。”

“哎哟喂，瞧瞧，”夏洛克说，“瞧瞧您这火气。我愿意跟您交个朋友，得到您的友谊。您从前对我的种种羞辱，我愿意全都忘掉；您现在需要多少钱，我愿意如数奉上，而且一分钱的利息也不收。”这提议显得非常慷慨，安东尼奥听了也大吃一惊。夏洛克继续假仁假义地说，他这么做都是为了得到安东尼奥的友谊，借给他三千块金币，不收利息，只是安东尼奥得跟他去找一个律师，签一张玩笑式的借约，借约上写明：如果到约定的时间还不上钱，安东尼奥就得赔整整一磅[①]肉，随便夏洛克从他身上什么地方割。

“就这么办，”安东尼奥说，“我愿意签这张借约，还要告诉别人，这个犹太人的心肠真好。”

巴萨尼奥劝安东尼奥不必为他签这样的借约，可安东尼奥坚持要签，因为在约定时间之内他的船早该回来了，船上货物的价值可比这笔借款多出许多倍呢。

夏洛克听到他们争论，大声说道：“亚伯兰老祖宗啊！

---

① 英美制质量或重量单位，1磅约合0.4536千克。

瞧这些基督徒的疑心病有多重！他们自己待人刻薄，就疑心别人不怀好意。请您告诉我，巴萨尼奥，如果他到期还不出钱来，我照着借约要求处罚，对我有什么好处？从人身上割下来的一磅肉，价钱还比不上一磅牛肉或者羊肉呢。我是为了要博得他的好感，所以才向他卖一个人情：他要是接受，就这么办；要是不呢，那就拉倒。"

尽管犹太人嘴上说得好听，巴萨尼奥还是不愿意安东尼奥冒这个险。但安东尼奥不听他的劝告，终于还是签了借约，他觉得这不过是像犹太人说的那样闹着玩儿罢了。

巴萨尼奥想娶的那位小姐名叫鲍西娅，住在威尼斯附近一个叫贝尔蒙特的地方，她的容貌和智慧，即使与书上写的古代的小加图的女儿、勃鲁托斯的贤妻鲍西娅[①]相比，也是毫不逊色。

安东尼奥冒着生命危险筹来了这笔钱，巴萨尼奥就拿着他的慷慨资助，领着一队打扮光鲜的侍从，还带上了一位叫葛莱西安诺的先生，一同前往贝尔蒙特。

巴萨尼奥的求婚非常顺利，很快鲍西娅就答应嫁给他了。

巴萨尼奥向鲍西娅坦白，他没有什么财产，可以夸耀

---

① 这位古代的鲍西娅生活在公元前1世纪前后的罗马，是政治家小加图的女儿，为维护丈夫勃鲁托斯的名誉而自杀。她的故事可参看莎士比亚的戏剧《裘力斯·凯撒》。

的只有上流的门第和高贵的祖先。鲍西娅爱他本来就是看中他可贵的品行，她自己那么富有，根本不在乎丈夫有没有钱。于是她谦逊大方地回答说，她希望自己再加一千倍的美丽，一万倍的富有，这样才更配得上他。接着，多才多艺的鲍西娅甚至恭顺地贬低自己，说自己是个不学无术、没有教养、缺少见识的女子，幸亏年纪还不大，来得及努力学习，因此要把自己柔顺的心灵托付给他，事事听他的指点和管教。她说道："我自己以及我拥有的一切，现在都变成您的了。巴萨尼奥，昨天我还拥有这一座华丽的大厦，还是自由自主的女王，仆人们也听我的指挥；但是，此刻这座大厦、这些仆人和这一个我，都是属于您的了，我的夫君。

凭着这一枚戒指，我把这一切献给您。”说着，她送给了巴萨尼奥一枚戒指。

鲍西娅既富有又高贵，而她竟然如此谦逊地接受了贫穷的巴萨尼奥作为自己的丈夫，这使他分外感激和惊奇，他简直高兴得不知该说什么好，对这位小姐的抬爱也感激得无以复加，他只能语无伦次地说着一些爱慕和感激的话，接过戒指，发誓将永远戴着它不离手。

鲍西娅落落大方地表示要成为巴萨尼奥恭顺的妻子的时候，葛莱西安诺和她的侍女尼莉莎也随侍在旁，各自服侍着他们的少爷和小姐。葛莱西安诺恭喜了巴萨尼奥和那位大方的小姐之后，忽然请求准许他也同时举行婚礼。

“我衷心同意，葛莱西安诺，”巴萨尼奥说，“只要你能够找到一个妻子。”

葛莱西安诺马上就说，他爱着鲍西娅小姐那位可爱的侍女尼莉莎，并且她已经答应，只要她的女主人嫁给巴萨尼奥，她就嫁给葛莱西安诺。鲍西娅问尼莉莎：“这是真的吗？”尼莉莎回答：“是真的，小姐，要是您同意的话。”鲍西娅欣然同意，巴萨尼奥高兴地说：“那我们的喜宴有你们的婚礼添彩，真是喜上加喜了。”

这两对情人此刻的兴高采烈，不幸被一位信使的闯入给打断了。信使带来了一封安东尼奥的信，信里写着可怕的消息。巴萨尼奥读信的时候，鲍西娅看他脸色变得惨白，担心是看到了一位好朋友的死讯，就问起是什么消息让他这么难过。巴萨尼奥答道:“啊，亲爱的鲍西娅，这信里所写的，是自有笔墨以来最悲惨的字句；亲爱的小姐，我最初向您倾诉我的爱慕之情时，就曾经坦白地告诉过您，我高贵的出身是我仅有的财产；但我其实应该对您说的是，我不但一无所有，还欠了一身的债。”然后，巴萨尼奥就向鲍西娅讲述了事情的前因后果，说他怎样去找安东尼奥借钱，安东尼奥又怎样设法去问犹太人夏洛克借，还说到安东尼奥签下了借约，如果到期还不上钱，就得赔一磅肉。随后，巴萨尼奥念出了安东尼奥的信，信里写道:

“啊，亲爱的巴萨尼奥，我的船全都沉了，犹太人的借款是还不上了，按约赔偿要割一磅肉，我大概性命难保，只希望临死前再见你一面。要是你不忍心与爱人分别，我也不勉强你，就把这封信抛在脑后吧!”

“啊，我亲爱的，”鲍西娅说，“把事情安排一下，立刻赶去吧。你可以带上足以二十倍奉还这笔小小借款的钱，万万不能因为我家巴萨尼奥的过失，害这位仁厚的朋友损伤一根头发；你既然是用了这么大的代价换来的，我一定要珍重地爱你。”然后鲍西娅提议他们可以在巴萨尼奥动身之前完婚，好让巴萨尼奥可以合法动用她的钱财。于是他们当天就结了婚，葛莱西安诺也娶了尼莉莎。婚礼一结束，巴萨尼奥和葛莱西安诺就连忙赶往威尼斯，在监狱里找到了安东

尼奥。

这时偿还借款的期限已过，那个狠心的犹太人不肯收下巴萨尼奥带来的钱，坚持索要安东尼奥身上的一磅肉。这桩骇人听闻的案子告到了威尼斯公爵那里，审判的日期也已经确定，巴萨尼奥只能提心吊胆地等待着这场审判。

鲍西娅跟丈夫告别的时候，为了宽他的心，嘱咐他带着好朋友一起回来，实际上她担心安东尼奥凶多吉少。等到她独自一人待着的时候，她就思量着能不能出一份力，去救她亲爱的巴萨尼奥的朋友一命。尽管为了尊重她的丈夫，鲍西娅曾经以贤惠妻子的温顺态度对他说，他比她聪明能干，她愿意事事听从他的指点；可是眼看她敬重的丈夫的朋友就要送命，她当然要出手相助，而且凭她准确无误的判断力，马上就决定亲自前往威尼斯，去为安东尼奥辩护。

鲍西娅有个当律师的亲戚名叫培拉里奥，她给这位先生写了封信，告诉他案件的情况，询问他有什么建议，并且请他随信寄来一套律师的衣服。信使回来时果然带回了一整套律师的行头，和培拉里奥关于辩护的建议。

鲍西娅和她的侍女尼莉莎都女扮男装，鲍西娅穿起了律师的长袍，尼莉莎则扮成律师秘书的样子。她们匆忙动身，刚好在开庭当天赶到了威尼斯。案子正准备当着威尼斯公爵和诸位元老的面在元老院开审，鲍西娅走进了这个高级法庭。她递上博学的培拉里奥律师写给公爵的信，信里说，他本想亲自来替安东尼奥辩护，可惜因病不能出庭，因此请求由这位年轻但学识渊博的鲍尔萨泽博士（鲍西娅的化名）代表他出庭辩护。公爵批准了这个请求，并且对这位年轻律师的相貌感到非常惊奇，因为鲍西娅虽然披着律师的长袍、戴着夸张的律师假发，还是显得十分俊美。

就这样，这场事关重大的审判开始了。鲍西娅环顾四周，看到了那个狠心的犹太人；她也看到了巴萨尼奥，不过他没有认出乔装打扮的自己。他一脸愁容地站在安东尼奥身边，正在替他的朋友提心吊胆。

温柔的鲍西娅一想到她要进行的辩护是多么至关重要，心中就充满了勇气，大胆地履行起辩护律师的职责来。她先对夏洛克说，根据威尼斯的法律，他确实有权索取借约上写明的那一磅肉；然后她形容慈悲有多么高贵，形容得无比动听，除了铁石心肠的夏洛克之外，无论什么人听了都会心软下来。她说：慈悲就像甘霖一样从天上降临尘世；慈悲是双重的恩典，施和受的人都有福；慈悲是一种神的德性，比皇冠更能彰显帝王的高贵；主持公道时越是心怀慈悲，世俗的权力就越接近上帝的神力。她要夏洛克记住，我们既然都祈祷着上帝的慈悲，就应该按照祈祷文的指点，自己也做一些慈悲的事。夏洛克却只是回答她，他要索取借约上写明的那一磅肉。

“他是不是还不起这笔钱?”鲍西娅问。巴萨尼奥马上提出可以当庭给出这三千块金币，之外还可以按夏洛克的要求加倍偿还。可是夏洛克拒绝了这个提议，一口咬定要安东尼奥身上的一磅肉。巴萨尼奥恳求这位学识渊博的律师设法变通一下法律条文，救一救安东尼奥的命。但是鲍西娅断然拒绝了，她说法律一旦订立，绝对不能变动。夏洛克听到鲍西娅说法律不能变动，觉得她是向着自己这边的，高兴地叫道：“但尼尔[1]再世来做法官了！聪明的年轻法官，我可真佩服你！你瞧上去这么年轻，行事却这么老练！”

这时鲍西娅要求夏洛克让她看一看借约。看过之后，她

① 但尼尔（Daniel），传说中的犹太贵族，上帝赐给他知识和智慧，善于断案。

说:“应该按照借约上写定的来赔偿。根据借约，这个犹太人有权要求从安东尼奥胸口最靠近心脏的地方割下一磅肉来。”接着她又对夏洛克说:“还是发发慈悲，把钱拿去，让我撕了这张借约吧。”不过铁石心肠的夏洛克是无论如何不会发慈悲的，他说:“我以我的灵魂起誓，谁也不能用唇舌动摇我的决心。”

“那么，安东尼奥，”鲍西娅说，“你得准备好让他的刀子刺进你的胸膛。”夏洛克兴奋地磨起长刀，准备来割那一磅肉的时候，鲍西娅向安东尼奥问道:“你还有什么要说的吗?”安东尼奥平静而从容地回答，他已经准备好面对死亡，没有什么话要说了。接着他对巴萨尼奥说:“把你的手给我，巴萨尼奥！再会吧！不要想着我为了你的缘故陷入这种不幸而悲伤。替我问候尊夫人，告诉她我怎样爱护过你！”巴萨尼奥悲痛万分，答道:“安东尼奥，我爱我的妻子，爱她就像爱我自己的生命；但是我的生命、我的妻子还有整个世界，对我而言都不如你的生命宝贵。只要能救你的命，我情愿失去这一切，把它们都献给这个恶魔做交换。”

听到丈夫用这么极端的言辞来表达他对安东尼奥真挚的友爱，这位善良的鲍西娅倒是一点儿也没有气恼，但她还是忍不住调侃了一句:“要是尊夫人就在这儿听见您说这一番话，恐怕不见得会感谢您吧。”葛莱西安诺向来喜欢模仿主人的一举一动，这会儿觉得自己也应该说几句巴萨尼奥那样的豪言壮语。扮成律师秘书的尼莉莎正在鲍西娅旁边写着东西，当场听见葛莱西安诺说:“我有一个妻子，我发誓我是爱她的；可是我希望她立刻上天堂，好去请求上帝改变这该死的犹太人的恶心肠。”“幸亏你是在她背后说这样的话，不然你们家可就吵得鸡犬不宁了。”尼莉莎说。

这时候夏洛克不耐烦地叫道:“别浪费时间了，快点宣判吧！”法庭里充满了一种不祥的预感，每颗心都为安东尼奥揪了起来。

鲍西娅问称肉的秤准备好了没有，然后就对那个犹太人说:“夏洛克，你得请一个外科医生在旁边准备着，以免

他流血而死。”夏洛克一心想要让安东尼奥流血而死，就说：“借约上可没有这一条。”鲍西娅回答说：“借约上没有这一条又有什么关系呢，多一分善念总是好的。”不管她怎么说，夏洛克只干脆回答一句：“我找不到，借约上根本没有这一条。”“好吧，”鲍西娅说，“安东尼奥身上的一磅肉是你的了，法律许可你，法庭判给你。你可以从他胸膛上割这块肉，法律许可你，法庭判给你。”夏洛克又大叫道：“公平正直的法官！但尼尔再世来做法官了！”随后他又开始磨他那把长刀，急不可待地望着安东尼奥说：“来，预备！”

“且慢，犹太人，”鲍西娅说，“还有一点，这张借约上并没有允许你取他一滴血，明明白白写着‘一磅肉’。在割肉的时候，只要流下一滴基督徒的血，你的土地和财产，按照威尼斯的法律，就要全部充公了。”夏洛克当然不可能割下一磅肉而不让安东尼奥流一滴血，因此，鲍西娅这个聪明的发现——借约上只写了肉而没写血——救了安东尼奥的命。大家都佩服这位年轻律师的非凡智慧，赞叹他灵机一动想出了这条妙计，元老院到处响起欢呼和掌声。葛莱西安诺学着夏洛克的话大声叫道：“公平正直的法官！看吧，犹太人，但尼尔再世来做法官了！”

夏洛克发现他的毒计不能得逞，就一脸沮丧地说，他愿意接受还款。巴萨尼奥因为安东尼奥出乎意料得救了，欢天喜地，嚷嚷着：“钱拿去吧！”可是鲍西娅拦住了他，说道：

“慢慢来，别着急，这犹太人不能拿钱，只能割肉。所以你还是准备动手割肉吧，夏洛克，不许流一滴血，不许割得超过一磅，也不许比一磅少。但凡你割下来的肉比一磅多一点或者少一点，哪怕分量上只差一丝一毫，就要依照威尼斯的法律判你死罪，你的财产也要全部充公。”

“把我的本钱还给我，放我走吧。”夏洛克说。

“钱我已经预备好了，”巴萨尼奥说，“你拿去吧。”

夏洛克刚要接过钱来，又被鲍西娅给拦住了。她说：“且慢，犹太人，你在法律上还有一点牵连。根据威尼斯的法律，由于你图谋陷害一个市民的性命，你的财产已经充公了，至于你的死活只能听凭公爵发落。因此，快快跪下来，请求公爵开恩吧！”

然后公爵就对夏洛克说：“现在让你瞧瞧我们基督徒的精神，不用等你开口，我已经饶恕了你的死罪。你的财产一半划归安东尼奥，另外一半没收充公。”

慷慨的安东尼奥立刻就说，要是夏洛克肯立下字据，答应把遗产全都留给他的女儿女婿，安东尼奥情愿放弃夏洛克应该给他的那一半财产。原来安东尼奥知道这个犹太人有个独生女儿，最近不顾他的命令嫁给了一个基督徒，那人是安东尼奥的朋友，名叫罗兰佐，这件事情让夏洛克非常生气，宣布一分钱都不会留给自己的女儿。

犹太人答应了这个条件，这样一来，他报复安东尼奥的阴谋破灭了，财产上又损失惨重，他只好说："我身体不大舒服，请你们放我回家吧。字据写好了送到我家里，我在上面签名就是了。"

"那你去吧，"公爵说，"字据你是非签不可的。如果你忏悔了过去的恶行，变成一个基督徒，国家还会赦免你，把另一半财产也还给你。"

公爵当堂释放了安东尼奥，宣布审判结束。接着他满口称赞这位年轻律师的聪明才智，还邀请他到家里吃饭。鲍西娅一心想赶在丈夫前头回到贝尔蒙特，就回答说："非常感谢殿下的盛情邀请，可是我现在必须动身了。"公爵说，律师这样匆忙，不能容他略表心意，真是十分遗憾；然后他又转头对安东尼奥说："好好感谢这位先生吧，你这回得救多亏了他。"

公爵和元老们退庭了。巴萨尼奥对鲍西娅说："最可敬的先生，今天仰赖您的智慧，我和我的朋友安东尼奥才免去了一场无妄之灾。这三千块金币本来是准备还给那个犹太人的，现在请您收下吧。""您对我们恩重如山，我们永远感激不尽。"安东尼奥也说道。

鲍西娅无论如何也不肯收下那笔钱。不过，看到巴萨尼奥再三恳求她接受他们的一点报答，她就说道："把您的手套送给我，让我戴在手上留个纪念吧。"于是，巴萨尼奥把手套脱了下来，鲍西娅一眼就瞧见了他手上戴着她送的那枚戒指。原来这位古灵精怪的夫人是想拿到那枚戒指，等再见到巴萨尼奥时可以打趣一番，因此她才开口向他要手套。一看见那枚戒指，她就说：“为了纪念您的盛情，让我拿了这戒指去。”

巴萨尼奥非常为难，因为律师要的正是他唯一不能离手的东西。他吞吞吐吐地说，这枚戒指他实在不能送人，因为这是他妻子送的礼物，他已经立下誓言，要永远戴着它。不过他愿意悬赏搜求，弄来威尼斯最贵重的戒指送给律师。听到这话，鲍西娅故意装出很不高兴的样子，一边走出法庭，一边说着：“先生，您这下教我懂得了一个乞丐会得到怎样的回答。”

“亲爱的巴萨尼奥，”安东尼奥说，“让他把戒指拿去吧，看在我的交情和他的恩德的分上，就违抗一次尊夫人的命令吧。”巴萨尼奥很惭愧自己显得这么忘恩负义，就同意了。他派葛莱西安诺追上鲍西娅，把戒指送给他。随后，曾给过葛莱西安诺一枚戒指的尼莉莎，也有样学样地向他要戒指。葛莱西安诺不愿意在慷慨上输给主人，立刻就把戒指给了律师的秘书。两位夫人想到丈夫回家以后，她们可以怎样责难他们，一口咬定说他们把戒指送给别的女人了，就忍不住大笑起来。

一个人做了件好事，心里总是快活的。鲍西娅回家的时候，就是这般心情舒畅。她看到什么都觉得欢喜，月光前所未有的皎洁。当那轮可爱的月亮藏在云朵的后面，从她贝尔蒙特的家里透出来一道光线时，更使她充满了愉悦的遐思。她对尼莉莎说道:“那道光是我家门厅里的灯火。一支小小的蜡烛，它的光照耀得多么远！同样的，一件善事就像这支蜡烛，在黑暗的世界里散发出广大的光辉。”听到家里传来的音乐，她又说:“我觉得那乐声比白天好听多了。”

就这样鲍西娅和尼莉莎进了家门，各自换上原来的装束，等着她们的丈夫回家。没过多久，他们就带着安东尼奥一道回来了。巴萨尼奥把他的好朋友介绍给夫人鲍西娅，鲍西娅正满口祝贺安东尼奥顺利脱险，又热情欢迎他的到来，忽然发现尼莉莎和她的丈夫在房间角落里吵了起来。

“啊，已经在吵架了吗?”鲍西娅问，“出了什么事?”葛莱西安诺回答:“夫人，就为了尼莉莎给我的一个不值钱的金圈圈儿，上面刻着诗句，就跟那些刀匠们刻在刀子上的差不多，什么‘爱我永不弃’。”

“你管他什么诗句，什么值钱不值钱，”尼莉莎说，“我给你戒指的时候，你可是发誓说要戴着它直到死去的，如今你说你把它送给了律师的秘书？我知道你准是给了别的女人。”

“我举手起誓，”葛莱西安诺回答，“我确实把它送给了一个少年，一个小小年纪、嘴上没毛的小男孩，他的个儿还没你高呢。他是一位年轻律师的秘书，全靠那位律师高明的辩护，才救下了安东尼奥的性命。这个多嘴多舌的小男孩向我讨这枚戒指做谢礼，我实在不好意思不给他呀。”

鲍西娅说：“葛莱西安诺，这就是你的不对了。你怎么可以把妻子的第一件礼物随便送给别人呢。我也曾经送给我丈夫一枚戒指，我敢说，即使把世间所有的财富拿来交换，他也不会让那只戒指离开他的手指。”葛莱西安诺为了替自己开脱，立刻说道：“巴萨尼奥老爷先把他的戒指给那位律师了。然后那位律师的秘书，也出力写过几个字，就有样学样地来讨要我的戒指。”

鲍西娅听到这话，装作非常生气的样子，责备巴萨尼奥不该把她的戒指送人。她说，她相信尼莉莎说的话，戒

指一定是送给了别的女人。巴萨尼奥看到亲爱的夫人这么气恼，心里非常过意不去。他十分诚恳地说："不，夫人，我用我的名誉起誓，并不是送给别的女人，而是送给了一位法学博士。他不接受我答谢他的三千块金币，一定要那枚戒指，我不答应，他就气鼓鼓地走了。亲爱的鲍西娅，你说我该怎么办好呢？我不能让自己显得这么忘恩负义，只好叫人追上去把戒指给他。原谅我吧，好夫人，要是那时候你也在场，我想你一定也会叫我把那枚戒指送给那位可敬的博士。"

"啊！"安东尼奥说，"都是我不好，引起你们这么多争吵。"

鲍西娅请安东尼奥不要介意，无论如何他都是很受欢迎的客人。于是，安东尼奥说道："我曾经为了巴萨尼奥的幸福，用自己的身体向人作抵押；多亏了那位把您丈夫的戒指拿去的人，否则我如今已经没命了。现在我胆敢再立一张字据，用我的灵魂担保，您的丈夫绝不会辜负您的信任。"

"那么就请您做他的担保人，"鲍西娅说，"请把这枚戒指给他，叫他这回务必加倍小心收好。"

巴萨尼奥看到这枚戒指，感到非常诧异，因为这跟他送出去的那枚一模一样。鲍西娅这才对他说，她就是那位年轻的律师，而尼莉莎是她的律师秘书。巴萨尼奥忽然发现，正是妻子过人的智谋与胆识救了安东尼奥的性命，他一时间惊喜万分，激动得说不出话来。

随后，鲍西娅再次对安东尼奥表示欢迎，还拿出了几封刚巧落到她手里的信给他看。信里说到安东尼奥那些原本以为全数沉没的商船，如今都已经顺顺利利地到达港口了。于是，安东尼奥这位富人的故事虽然开篇很悲惨，但后来有了意料之外的好运，也就可以将前事一笔勾销了。现在他们有的是闲情逸致来打趣那两枚戒指的可笑经历，和那两个认不出自己妻子的丈夫。葛莱西安诺还快活地发了一通押韵的誓言，他说：

“七尺男儿在世间，不怕地来不怕天，
怕的唯有这一件，尼莉莎戒指不见。
唯有一事需谨记，娇妻戒指戴手边。”

辛白林

在罗马皇帝奥古斯都·恺撒的时代①，统治英国（那时称为不列颠）的国王名叫辛白林。辛白林的原配王后去世了，留下了三个十分年幼的孩子，其中两个是儿子，一个是女儿。年纪最大的女儿伊摩琴是在父亲的宫里抚养长大的，可是不知怎么回事两个儿子就在婴儿房里被人偷了去，当时大儿子才三岁，小儿子还在襁褓之中。辛白林一直找不到他们的下落，也查不出是谁把他们偷走了。

辛白林又结了婚。他续娶的妻子是一个工于心计的坏女人，对辛白林和前妻的女儿伊摩琴来说，她是个狠毒的后

① 奥古斯都·恺撒是罗马帝国的第一个皇帝，统治时间是公元前27年到公元14年，在位40年。

妈。这位王后也是再婚，她和前夫已经有了一个儿子。王后虽然嫉恨伊摩琴，却巴望着她会嫁给自己的儿子。因为她知道既然辛白林的两个儿子下落不明，那伊摩琴公主就是唯一的王位继承人。只要婚事成功，等到辛白林去世，不列颠的王冠就会落到她儿子克洛顿的头上了。可是，伊摩琴非但不等父王母后同意，甚至不知会他们一声，就偷偷结了婚，王后的一番盘算就此落空了。

伊摩琴自己选定的丈夫名叫波塞摩斯，是当时最渊博的学者、最有才华的贤士。他的父亲在为辛白林打仗时阵亡了，他出生后不久，母亲也因丧夫的悲痛而去世了。辛白林可怜这个无依无靠的孤儿，就替他取名为波塞摩斯，把他收留在自己的宫中悉心教育。

伊摩琴和波塞摩斯从小跟随同一位老师读书，一起玩耍嬉闹。他们孩童时就非常要好，渐渐地感情与日俱增，长大后就私订了终身。

王后一直派人监视着继女的一举一动，很快就发现了这个秘密。她感到大失所望，立刻向国王报告了伊摩琴和波塞摩斯私自结婚的消息。

辛白林听说他的女儿不顾自己高贵的身份，居然私自跟一个孤儿结婚，勃然大怒。他命令波塞摩斯立刻离开英国，并且终身不许再踏入故土一步。

王后假装很同情伊摩琴与丈夫分离的痛苦，主动提出可以在波塞摩斯动身去罗马之前，安排他们偷偷地见上一面，她这番虚伪的殷勤，不过是为了更好地实现她为儿子盘算的大计。王后想等伊摩琴的丈夫离开之后再好好劝她，就说因为他们结婚时没有得到国王的认可，这段婚姻是无效的。

伊摩琴和波塞摩斯恋恋不舍地向对方告别。伊摩琴把母亲留给她的一枚钻石戒指送给丈夫，波塞摩斯许诺会戴着戒指永不离手。波塞摩斯将一只镯子套在伊摩琴的手臂上，请她小心保管好这件爱情的信物。他们再三发誓一定要永远相爱、忠贞不渝，这才终于分离了。

就这样，伊摩琴留在父亲的宫中做一个孤苦无依的公主，而波塞摩斯到达了他被驱逐后选择的新住地罗马。波塞摩斯在罗马与各个国家的贵族子弟交游，有一天，他们随口聊起了女人，每个人都夸耀着本国的女人和自己的情人。对心上人念念不忘的波塞摩斯一口咬定，他的妻子——美丽的伊摩琴，是世界上最善良、最聪明、最忠贞的女人。

在座有一位名叫阿埃基摩的先生，听到有人夸奖不列颠的女人远胜于本国罗马的女人，非常不服气。他故意质疑这位受到满口称赞的妻子是否真的忠贞不贰，以此来向波塞摩斯挑衅，双方争执不下，最后波塞摩斯同意了阿埃基摩的提议：由阿埃基摩前往不列颠，试试看能否骗取有夫之妇伊摩琴的爱情。他们打了一个赌，如果阿埃基摩的伎俩不能得逞，他就要输给波塞摩斯一大笔钱；可是，如果他博得了伊摩琴的好感，还能从她手中拿到波塞摩斯请她小心保管的爱情信物——那只镯子，那么波塞摩斯就得把伊摩琴临别时送他的爱情信物——那枚戒指——输给阿埃基摩。波塞摩斯对伊摩琴的忠贞坚信不疑，因此他认为这场对伊摩琴的考验他是赢定了。

阿埃基摩来到不列颠，打着丈夫的朋友的名义，很快见到了伊摩琴，还受到她殷勤的招待。可是当他开口向她表白爱慕之情时，立刻遭到了鄙夷的拒绝。阿埃基摩很快意识到，他那点卑劣的伎俩是不可能成功的。

阿埃基摩一心想赢下这场赌注，就决定耍一个花招来蒙骗波塞摩斯。为了达到这个目的，他买通了伊摩琴身边的侍女，叫她们引他潜入伊摩琴的睡房，藏在一口大箱子里。一直等到伊摩琴回房休息、安然熟睡之后，他才从箱子里悄悄钻出来。他细细观察睡房的陈设，把看到的一切都写下来，还特别留意到伊摩琴的脖子上长了一颗痣。然后，他就轻手轻脚地把波塞摩斯送的镯子从她手臂上摘下来，又钻回箱子里去了。第二天，他急忙动身赶回罗马，向波塞摩斯炫耀说，伊摩琴不但把那只镯子送给他，还让他在睡房里过了一夜。阿埃基摩的谎话是这样编的：“她的睡房悬挂着蚕丝和银线织成的挂毯，上面绣着尊贵的克莉奥佩特拉和她的安东尼相遇①的故事，那可真是一件巧夺天工的杰作。”

“这倒不假，”波塞摩斯说，“但你也许只是道听途说，并没有亲眼见到。”

“还有火炉，在睡房的南面，炉壁上面雕刻的是狄安娜女神②出浴，我从没见过这样栩栩如生的雕像。”

“这也可能是你从别人嘴里听来的，”波塞摩斯说，“因为那座雕像时常受人称道。”

---

① 埃及女王克莉奥佩特拉和罗马三大首领之一安东尼相遇后发生了一段结局悲惨的爱情故事，莎士比亚据此创作了戏剧《安东尼与克莉奥佩特拉》。

② 狄安娜是罗马神话中的月亮女神和狩猎女神，同时还掌管贞洁，形象通常是一位持弓的纯洁少女。

阿埃基摩又同样准确无误地描述了睡房的屋顶，还说：“我几乎忘了说她放木柴的架子，是两个白银铸成的眉目传情的小爱神，各自翘着一只脚站着。”随后他就掏出那只镯子，说道：“先生，你认得这件首饰吗？她给了我这个。她亲自从手臂上捋了下来，我现在还能想起她当时的样子，她美妙的姿态远胜于这份礼物的价值，同时也使这礼物更加珍贵了。她把这只镯子递给我，还说她曾经珍爱过它。”最后，他还把他在伊摩琴脖子上看见的那颗痣描述了一遍。

波塞摩斯一直在半信半疑的煎熬中听着这番谎话，听到这里，霎时间开始用最激烈的言辞对伊摩琴破口大骂。当初他打赌说要是阿埃基摩能从伊摩琴那里拿到镯子，就把伊摩琴送的戒指双手奉上。于是他当场把那只钻石戒指交给了阿埃基摩。

波塞摩斯的心中嫉恨难消，就给不列颠的一位先生毕萨尼奥写信。毕萨尼奥是伊摩琴的侍从，并且是波塞摩斯多年来忠诚可靠的朋友。波塞摩斯先写明了妻子不忠的证据，然后要毕萨尼奥带伊摩琴去威尔士的密尔福德港，在那里将她杀死。同时，他又写了一封信给伊摩琴，骗她说自己再见不到她就活不下去了，虽然他一踏上不列颠的国土就会被判死刑，但他还是决定到密尔福特港去，并且恳求伊摩琴与毕萨尼奥一同前往，好在那儿见上一面。伊摩琴向来是个不多猜疑的女子，又深爱丈夫胜过一切，为了与他见面甘愿冒生

命危险。于是，收到信的当天晚上，伊摩琴就和毕萨尼奥一起匆匆动身了。

毕萨尼奥虽然一向对波塞摩斯忠诚信赖，却不愿意听命于他去干坏事。因此当他们快要到达目的地时，他向伊摩琴坦白了自己接到的无情的命令。

可怜的伊摩琴不但没有见到深爱的丈夫，反而发现丈夫想置她于死地，自然感到无比痛苦。

毕萨尼奥劝她先别着急，耐心等待，总有一天波塞摩斯会回心转意，后悔自己冤枉了她。在此期间，既然她坚决不肯回到父亲的王宫，毕萨尼奥就建议她穿上男装，以保障路上的安全。她同意了这个建议，想着女扮男装去罗马见她的丈夫——尽管波塞摩斯对她这么残忍，她却依然不能对他忘情。

毕萨尼奥必须回到宫里去，所以他只能为她准备好新装，前方的路就要看她的造化了。不过他临走前还交给她一小瓶灵药，说这是王后赐给他的，可以包治百病。

王后很讨厌毕萨尼奥，因为他是伊摩琴和波塞摩斯的朋友，她给他这个瓶子的时候，还以为里面装的是毒药。她原本吩咐她的医生准备点毒药，她想在动物身上试试灵不灵。可是那位医生知道她为人阴险，不肯给她真正的毒药，只给了她一种无害的药剂，会使人酣睡几个小时，看起来就像死了一样，其实并无危险。毕萨尼奥以为这是什么灵丹妙药，又送给了伊摩琴，嘱咐她在路上要是生病了就吃这个药。就这样，他祝愿她一路平安、逢凶化吉，然后就告辞了。

天意真是奇妙，竟把伊摩琴领到她那两个小小年纪就被偷走的弟弟身边去了。偷走他们的人叫培拉律斯，曾是辛白林宫中的大臣，被人诬陷勾结敌国，因此他被驱逐出宫。为了报复，他偷走了辛白林的两个儿子，隐居在森林深处的山洞里，把他们抚养长大。他偷这两个孩子本来是为了报复，可他很快就把他们当作自己的孩子一样疼爱，对他们悉心教育。这两个孩子长成了出色的少年，他们天性高贵，所以行动英勇又果敢；他们以打猎为生，所以身手敏捷又矫健。他们时常恳求父亲让他们到战场上去闯荡一番。

伊摩琴幸运地来到了这两位少年居住的山洞。她原本打算穿过这座大森林，走上去密尔福德港的路，再从港口坐船前往罗马，但她在大森林里迷了路，又找不到地方买吃的，又饿又累，奄奄一息。因为一个养尊处优的年轻女子并不是一穿上男人的衣裳，就能像男人一样吃苦耐劳，在僻静的森林里四处奔波。她望见一个山洞，就走了进去，希望能在洞里遇到一个人，讨点东西吃。她发现山洞里空无一人，可是环顾四周找到了一些冷肉，她实在是饿坏了，什么都顾不得了，直接就坐下吃了起来。“啊，”她自言自语道，“我现在明白了做一个男人是很辛苦的，我真是累坏了！连续两夜把大地当作我的眠床，若不是我的意志支撑着我，我早就病倒了。密尔福德啊，当毕萨尼奥在山顶上指给我看时，它显得多么近啊！”接着她想起她的丈夫和他那无情的决定，说道：“我亲爱的波塞摩斯啊，你也是一个负心之人！”

伊摩琴的两个弟弟跟着养父培拉律斯一起出门打猎，这时刚好回来了。培拉律斯给他们起了名字，一个叫波里多，一个叫凯德华尔。他们俩不知道自己的身世，还以为培拉律斯就是他们的亲生父亲。而这两位王子的真名分别叫作吉德律斯和阿维拉古斯。

培拉律斯头一个进了山洞，看见了伊摩琴，就拦住两个孩子说：“先别进来，要不是这人在吃着我们的东西，我一定会当他是个仙子。”

“怎么啦，父亲？”年轻人说。

“凭着朱庇特起誓，”培拉律斯又说，“我们的山洞里来了个天使，要不是天使，也是人间绝世的美少年。”穿着男装的伊摩琴确实俊美极了。

伊摩琴一听到说话的声音，就从山洞里走了出来，对他们说：“好朋友们，不要伤害我。我在走进你们的山洞之前，本来是想向你们讨一些或是买一些食物的。我确实什么也没有偷，即使地上撒满了金子我也不会拿的。这儿是我吃了洞里的肉的钱，我本来打算吃饱后把钱留在餐桌上，替这里的主人祷告之后再走呢。”他们坚决不肯收她的钱。“我知道你们生我的气，”怯弱的伊摩琴说，“可是先生，假如你们因为我做了这样的错事而杀死我，你们要知道，我不这么做的话早就已经饿死啦。”

“你要到哪里去？”培拉律斯问，“你叫什么名字？”

“我叫斐苔尔，”伊摩琴回答，“我有个亲戚要到意大利去，他准备在密尔福德搭船。我正要找他去，在路上快饿死了，才做了这样的错事。”

“漂亮的少年，”培拉律斯说，“请不要把我们当成乡野村夫，也不要凭着我们居住的这个鄙陋的地方，来估量我们善良的心性。你来得正巧，天就要黑了，你应该好好休息再动身赶路。请留下来和我们一起吃些东西吧。孩子们，你们也欢迎欢迎他。”

于是，那两位温柔的年轻人（其实就是伊摩琴的弟弟）

就亲切地把她迎进山洞，说他们愿意待她（他们口中说的是“他”）亲如兄弟。大家进了山洞，洞里有一只他们刚才打猎带回来的鹿。伊摩琴就施展她料理家务的本领，帮助他们准备晚餐，让他们十分高兴。虽然如今出身高贵的年轻女子已经不讲究要擅长烹饪了，但那时候却还很看重这个，而伊摩琴恰好精通厨艺。她的弟弟们形容得好，斐苔尔把菜根切得整整齐齐，又为他们调煮羹汤，就像曾经在天后朱诺生病时侍候过她的饮食一样。“而且，”波里多对弟弟说，“他唱起歌来多么像个天使啊！”

他们还私下里说起，斐苔尔虽然笑得很甜，但他那可爱的面庞上总是笼罩着一层愁云，好像全副身心都被悲伤和隐忍所占据。

也许是由于她温柔的个性，也许是由于他们的血缘关系（虽然他们自己并不知道），两个弟弟都非常疼爱伊摩琴，而伊摩琴也同样喜欢他们。伊摩琴心里想，要不是自己还牵挂着亲爱的波塞摩斯，她很愿意跟这两个森林里的质朴少年在山洞里过一辈子呢。因此她欣然同意留下来和他们一起生活，一直住到她养好身体，要出发去密尔福特的时候为止。

他们打来的鹿肉吃完之后，又要出去打猎去了。斐苔尔身体不舒服，不能跟他们一道去。她的病显然是因为被丈夫的无情伤透了心，又在森林里奔波劳累而引起的。

于是他们跟她告别，打猎去了，一路上都在交口称赞斐

苔尔这个少年高贵的品质和优雅的举止。

他们离开后不久，伊摩琴想起了毕萨尼奥给她的那瓶灵药，她拿出来一饮而尽，立刻就熟睡过去，像是死了一样。

培拉律斯和他的养子们打猎回来，波里多头一个走进了山洞。看到眼前的情景，他以为伊摩琴睡着了，就把自己笨重的鞋子脱掉，蹑着脚轻轻走路，生怕惊醒了她。这位王子出身的质朴少年真是发自内心地对她体贴入微。可是他很快发现什么声音都吵不醒她，就认为她已经死了。波里多怀着手足之情悲恸地哀悼她，就像他们是打小一块儿长大的一样。

培拉律斯提议把她抬到森林里去，按照当时的习俗，用庄重的哀乐和挽歌来为她举行葬礼。

于是，伊摩琴的两个弟弟把她抬到阴凉的树底下，轻轻安放在草地上，为她的亡灵唱起了安魂曲。波里多一边将花瓣和树叶盖在她身上，一边说：“当夏天尚未逝去、我还没有远去的时候，斐苔尔，我要每天用鲜花装饰你的坟墓。我要去采摘苍白的樱草花，它多么像你的脸庞；还有蓝铃花，它就像你清澈的血管；还有那野蔷薇的花瓣，尽管它的香气还不如你的呼吸芬芳；我要把这些鲜花全都撒在你身上。是的，到冬天百花凋谢的时候，我还要用茸茸的苍苔，盖住你可爱的身躯。”

他们举行完葬礼的仪式，就十分悲伤地走开了。

伊摩琴独自躺在那里没过多久，灵药的药力消退了，她悠悠醒转，轻松地抖落他们盖在她身上的树叶和花瓣，站了起来。她还以为自己在做梦呢，自言自语地说：“我依稀记得我是个看守山洞的人，给一些诚实的人做饭。怎么我会来到了这里，身上还盖满了花儿呢？”她找不到回山洞去的路，也望不见她新结识的伙伴，终于认定那都是一场幻梦。于是她又一次踏上了疲惫的旅途，盼着能一路走到密尔福德港，搭上一条开往意大利的船，因为她仍然心心念念牵挂着丈夫波塞摩斯，想扮成一个侍童前去找他。

可是这时发生了一件大事，伊摩琴还毫不知情。罗马皇帝奥古斯都·恺撒和大不列颠国王辛白林之间爆发了战争，一支罗马军队已经登陆，前来入侵不列颠，并且占领了伊摩琴正在穿行的这座森林。跟这支军队一同到来的还有波塞摩斯。

虽然波塞摩斯跟随罗马军队来到了不列颠，但他并不是要站在罗马人那边攻打他的本国同胞，而是打算加入不列颠的军队，为那个驱逐他的国王而战。

他依然认定伊摩琴对他不忠。可是他曾经深爱的女子死了，还死在了他的命令之下（毕萨尼奥后来给他写过一封信，谎称已经完成了他吩咐的事，杀死了伊摩琴），这件事一直让他的良心充满重负。因此他回到不列颠，盼着自己要么就死在战场上，要么就按照流放中私自回国的罪名，被辛白林处死。

伊摩琴还没走到密尔福德港就被罗马军队给俘虏了。她落落大方的风度举止很讨人喜欢，他们就让她做罗马将军路歇斯的侍童。

这时候，辛白林的军队前来迎敌。军队进入森林，波里多和凯德华尔也加入了国王的军队。这两个年轻人急于干一番英勇的事业，虽然他们并不知道是在为自己的父王作战。老培拉律斯也随他俩一起加入了战斗。培拉律斯年轻时也是个勇士，又一直后悔偷走辛白林的两个儿子，对他造成了巨大的伤害，因此他也很乐意投身战场，为他伤害过的国王效力。

于是双方军队激烈交战。如果不是因为波塞摩斯、培拉律斯以及国王的两个儿子都格外英勇善战，不列颠几乎要打败仗了，而辛白林本人也会丧命。他们救了国王一命，彻底扭转了战局，让不列颠获得胜利。

战争结束了，一心想寻死的波塞摩斯没能战死沙场，于是他向辛白林的一名军官自首，承认自己在流放中私自回国，准备接受因此被判处的死刑。

伊摩琴和她所侍奉的将军都成了阶下囚，被带到辛白林的面前。同时被押上来的还有她从前的仇人阿埃基摩，他现在是罗马军队里的一名军官。波塞摩斯这时也被带进来等待死刑的宣判。真可谓无巧不成书，培拉律斯、波里多和凯德华尔刚好也被领到辛白林面前，准备凭他们战场上的英勇表现论功行赏。毕萨尼奥作为国王的侍从，当然也在场。

就这样，大家各自怀着不同的希冀和恐惧，都来到了国王的面前：波塞摩斯、伊摩琴和她侍奉的罗马将军、忠诚的侍从毕萨尼奥、害人的朋友阿埃基摩，还有辛白林那两个失踪的儿子，以及把他们偷走的培拉律斯。

罗马将军首先开口说话，而其他人站在国王面前默不作声，虽然他们中有许多人的心激动得怦怦直跳。

伊摩琴看见了波塞摩斯，尽管他打扮成农夫的样子，她还是认出了他。可是他却没有认出女扮男装的伊摩琴。她也认出了阿埃基摩，还看见他手上戴着自己的那枚戒指，但她还不知道他就是她这番不幸的始作俑者。她以一个战俘的身份站在自己的父亲面前。

毕萨尼奥认出了伊摩琴，因为她身上的男装正是由他准备的。“那是我的女主人，”他想，“既然她还在人世，不管事情是好是坏，我都可以安心了。”

培拉律斯也认出了她，他轻声对凯德华尔说：“这孩子死而复生了吗？”

“两颗沙粒也没有这么相似，”凯德华尔回答，“这位脸红扑扑的可爱少年，跟死去的斐苔尔长得真是一模一样。”

“正是他死而复生了。”波里多说。“小声点，”培拉律斯说，“倘若真的是他，他准会跟咱们说话的。”

“可是我们明明看见他死了，”波里多又小声说。“别作声啦。”培拉律斯说道。

波塞摩斯静候着他十分期盼的死刑判决，他决心不让国王知道自己在战场上救过他的性命，生怕辛白林因此感动而赦免他。

正如前面所说，收留伊摩琴做侍童的那位罗马将军路歇斯首先开口了。他是一个十分勇敢、不卑不亢的人。他对国王这样说道：

“我听说你的俘虏不许赎身，唯有一死。我是一个罗马人，罗马人是不怕死的。不过我还有一事相求。”于是，他把伊摩琴领上前来，接着说："这是一个生于不列颠的孩子，让他赎回他的生命吧。他是我的侍童。从来不曾有哪个主人得到过这样一个殷勤忠心的侍童。他向来勤勤恳恳，诚实可靠，体贴入微。他虽然侍奉的是一个罗马人，却从没做过一件对不起不列颠人的事。即使别人的性命你都不饶，也请赦免了他吧。"

辛白林目不转睛地看着自己的女儿伊摩琴。他没有认出女扮男装的她，可是万能的造物主似乎在他心中发了话，只听他说道："我一定在什么地方见过他，他的面容是那么熟悉。我也不知道我为什么会这样说，活着吧，孩子，我饶恕你的性命，并且你向我要什么恩典，我都赏赐给你。是的，即使你要我饶恕一个最尊贵的俘虏，我也绝不吝惜。"

"谢谢陛下。"伊摩琴说。

当时所谓的"赏赐恩典"，就等于答应对方一件事情，无论受恩典的人有什么请求，都要满足他的意愿。大家都留心听着这个侍童有什么请求。她的主人路歇斯对她说道："我并不请求饶恕我的性命，好孩子，可是我知道那正是你想请求的。"

"不，不，唉，"伊摩琴说，"我还有要办的事，好主人，我不能请求饶您的命。"

罗马将军吃了一惊，觉得这孩子有些忘恩负义。

随后，伊摩琴的眼睛死死盯住阿埃基摩，她请求的正是这么一个恩典：求国王命令阿埃基摩招供出他手上的戒指是哪里来的。

辛白林答应了这个恩典，他威胁阿埃基摩说，如果他不招供实情，就要对他严刑逼问。于是，阿埃基摩一五一十地招认了他的全部罪行，把他怎样跟波塞摩斯打赌，又是怎样骗局得逞，从头到尾讲了一遍，就像前面的故事里讲过的那样。

波塞摩斯听到他的妻子确实是清白的，一时间心中苦不堪言。他立刻走上前去，向辛白林坦白他曾经下过残酷的命令，吩咐毕萨尼奥去把公主杀死。他发狂地呼喊着：“啊，伊摩琴！我的公主，我的生命，我的妻子！啊，伊摩琴，伊摩琴，伊摩琴！”

伊摩琴不忍心看到她深爱的丈夫这么痛苦，就站出来表明了自己的身份。波塞摩斯这下真有说不出的欢喜，他终于卸下心头悔恨不安的重担，重新得到了被他无情伤害过的妻子的接纳。

辛白林见到女儿神奇地归来，高兴得就像波塞摩斯一样不知所措。他对伊摩琴又像从前一样慈爱了，不但饶恕了她丈夫波塞摩斯的性命，还同意让波塞摩斯做自己的女婿。

培拉律斯选择了这个团圆喜庆的时刻来坦白他的秘密。他把波里多和凯德华尔带到国王面前，告诉国王这就是他丢失的两个儿子——吉德律斯和阿维拉古斯。

辛白林饶恕了老培拉律斯，在这样欢天喜地的时候，谁还会想要责罚呢！国王看到他的女儿还好端端地活着，又看到两个失踪的儿子英勇地保卫他，成了他战场上的救星，这真是他意想不到的快乐。

这时候，伊摩琴可以从容地为她的主人罗马将军来求情了。她刚一开口，她的父王就马上饶恕了这个人的性命。在这位路歇斯将军的调停下，罗马和不列颠握手言和，往后许多年里两个国家都相安无事。

至于辛白林那个恶毒的王后，她发现自己的盘算完全落空，又受到良心的折磨，就生病死掉了。她死前还看到自己的蠢儿子因为挑衅争斗而被人杀死。这些悲惨的事儿我们就一笔带过吧，可别打断了这个故事圆满的结尾。简而言之：好人皆有好报。至于那个阴谋害人的阿埃基摩，考虑到他的阴谋最终并没有得逞，也不加惩罚就直接释放了。

李尔王

不列颠国王李尔有三个女儿：大女儿高纳里尔是奥本尼公爵的夫人，二女儿里根是康华尔公爵的夫人，小女儿考狄利亚尚未成婚，法兰西国王和勃艮第公爵都是她的追求者，这时正为了向她求婚而住在李尔王的宫里。

老国王已经八十多岁了，他年纪老迈，又为国事操劳过度，于是决定把政务交给年轻力壮的人，自己就不再过问了。这样，他可以有时间享受安适的晚年生活，准备迎接即将来临的死亡。因此他将三个女儿召到自己身边，想从她们口中知道哪一个女儿最爱他，他好根据她们的孝心来分配他的王国和财富。

大女儿高纳里尔说，她对父亲的爱不是语言所能表达的，她爱他胜过自己的眼睛，胜过生命与自由。她说了一通这样的话，无非是信口编造的花言巧语，并不是出自真心。可是国王却十分欢喜，对女儿每一句动听的表白都信以为真。他也回报以父亲的慈爱，把广大国土的三分之一赐给了大女儿和她的丈夫。

接着他又把二女儿叫到跟前，让她也来说说看。里根和姐姐同样虚伪，也同样善于花言巧语。她说，姐姐那番话不足以表达她对父王的爱，因为世间的欢乐都无法引起她的兴趣，只有敬爱父王才是她无上的幸福。

李尔非常庆幸自己有这么贴心的好女儿，他对里根热情的表白也给予慷慨的回报，毫不犹豫地把另外三分之一的国土赐给了二女儿和她的丈夫。

然后他转过身问小女儿考狄利亚。那可是他最疼爱最宝贝的孩子，他的快乐源泉。国王满心以为能从小女儿口中听到比两位姐姐更加甜蜜动听的话。可是考狄利亚对姐姐的阿谀奉承十分反感，她知道两位姐姐向来嘴上一套心里一套，满口花言巧语只是为了诓骗国王交出权力，这样一来，不用等国王去世，她们和她们的丈夫就可以执掌大权了。因此她只回答道，她的爱一分不多，一分不少，只是按照做女儿的本分去爱父亲。

最疼爱的小女儿口中竟然说出这么忘恩负义的话来，国王听了大吃一惊。他要她考虑一下措辞，重新好好说一遍，否则就会自毁前途了。

考狄利亚却回答道，李尔王是她的父亲，生下了她，把她教养成人，疼爱她，厚待她；她也尽了自己的孝心来报答，服从他、爱他、敬重他。但是她不会像两位姐姐那样夸大其词，也不能保证在这世上只爱父亲，其他什么也不爱了。如果像姐姐们说的那样，用全部的心思来爱父亲，那她们为什么还要结婚呢？要是她有一天结了婚，自然会分给丈夫一半的爱、一半的关心和责任。假如她只爱着父亲，一定不会像两个姐姐一样去结婚的。

实际上，考狄利亚真心诚意地爱着父亲，她的孝心即使跟姐姐们夸大的言辞相比也毫不逊色。如果换作是个平常的场合，她一定会坦白而亲昵地把这份爱表现出来，而不会说出这番不中听的话。可是在两个姐姐天花乱坠地说了一通奉承话，并因此得到一份丰厚的赏赐之后，她觉得自己最好还是默默地爱着父亲。这样才能使她的爱逃脱功利的心机，才能证明她是发自内心地去爱，而不是为了得到什么利益。她的表白虽然没有两位姐姐说得那么动听，却更加真诚恳切。

然而，她这番真诚恳切的话却被李尔王视为大逆不道，让他勃然大怒。这位老迈的国王年轻时性子就很暴躁，如今上了年纪，人更糊涂了，轻易就被花言巧语蒙蔽，听不进一句逆耳忠言。国王在一阵狂怒之下，把原本要留给小女儿的国土断然收回，平分给她的两个姐姐和她们的丈夫。他把奥本尼公爵和康华尔公爵叫过来，当着所有朝臣的面，把王冠赐给他们，让他们共同掌管国事、政务和税收。他从此放弃一切君主大权，只保留国王的尊号。另外他还保留一百名骑士作为随从，每个月到两位女儿的宫中轮流居住，由她们负责供养。

朝臣们看到国王的决定如此草率盲目、感情用事，都感到又震惊又痛心，但他们谁也不敢向性情暴躁的国王提出反对。只有肯特伯爵站出来为考狄利亚辩解。肯特伯爵刚替考狄利亚说了几句好话，怒火中烧的国王就叫他住嘴，否则就要他的命，可是好心的肯特伯爵毫不退缩。他向来对国王忠心耿耿，把他当成君主来敬重，当成父亲来爱戴，当成主人来追随。他从来不看重自己的生命，认为活着就是为了替国王杀敌；为了保卫国王的安全，他也从来都不怕死。现在即使李尔王的所作所为对自己不利，这个忠实的仆人仍本着他一贯维护国王的精神，毅然站出来直言进谏，劝李尔王回心转意。只是因为李尔王发了疯，肯特才不顾君臣间的礼节。他向来是国王最忠实的臣子，在许多大事上国王都听从他的意见，如今他请国王再次听取他的劝告，收回先前草率的命令。他敢用性命担保，小女儿的孝心绝不比姐姐们逊色，尽管她说不出那些花言巧语，可并不表示她无情无义。当有权势者在谄媚面前低头，忠诚的臣子就只好直言进谏了。肯特一心要对国王尽忠，早已将生死置之度外，因此无论李尔王如何威胁，他就是不肯闭嘴。

这位忠诚的肯特公爵的直言进谏，只不过更激化了国王的怒火，就像疯子杀害了他的医生，把他的恶病养得一天比一天厉害；李尔王宣布驱逐这个忠诚的臣仆，限令他在五天之内动身离开，如果第六天他那可恨的身影还在不列颠的国土上出现，就要立刻把他处死。于是，肯特向国王告别，还说既然国王不知悔改，王宫就是真正的囚笼。他临走时还祈求神明保佑考狄利亚，保佑这位心地纯洁、说话真诚的好姑娘；又祈祷她的姐姐说过的花言巧语会变成孝顺的实际行

动。说完肯特就离开了，表示要到新的国土走他的旧路。

这时，法兰西国王和勃艮第公爵也被叫来听一听李尔王对他小女儿的处置。国王问他们，如今考狄利亚已经失去父亲的宠爱，也不会再分到什么财产，只剩下她本人的价值，他们是否还要向她求婚。勃艮第公爵立刻拒绝了这门婚事，表示在这种情况下不愿再娶她为妻了。可是法兰西国王却理解考狄利亚，他明白她只是缺少娓娓动人的口才，不愿说些虚情假意的言语，更不愿像姐姐们那样巧舌如簧地献媚，因此而失去了父亲的宠爱。他牵起这位姑娘的手说，她的美德是比王国还要贵重的嫁妆。他让考狄利亚向两个姐姐告别，也向父亲告别——虽然他待她冷酷无情；然后请考狄利亚随他同去，做他的王后，也做美丽的法兰西的女主人，她统治的王国将要比姐姐们的更加强盛。他又轻蔑地管勃艮第公爵叫“如水公爵”，因为勃艮第公爵对这位姑娘的爱就像流水，一眨眼就流走了。

于是，考狄利亚流着泪向两位姐姐告别，嘱咐她们要说到做到，好好地孝敬父亲。姐姐们却拉着脸说，她们会尽自己的本分，用不着她指手画脚；又嘲笑她说，既然丈夫把她当作命运的恩赐，她还是小心伺候丈夫去吧。考狄利亚心情沉重地出发了，她知道两个姐姐为人阴险，把父亲托付给她们，她始终感觉放心不下。

考狄利亚刚走，她的两个姐姐就露出了恶魔的本相。李尔王在高纳里尔宫里还没住满一个月，就发现大女儿做的跟说的完全不一样。这个不孝的女儿已经得到了父亲的全部赏赐，甚至连他头顶的王冠都摘了下来，对于父亲为维系国王的尊严而保留的一点皇家排场，她感到越来越不能容忍了。她讨厌看到老国王和他那一百名骑士。每次和父亲碰面，她总是摆出一副难看的脸色；每当父亲想和她聊聊天，她就假装生病，想方设法借口避开。她显然认为年迈的国王是个累赘，而他那一百名骑士纯属浪费。她对待老国王越来越怠慢，仆人们自然有样学样，甚至还受到她暗地里的指使，也对老国王不理不睬的，常常不听从他的吩咐，甚至轻蔑地装作没听见他说的话。李尔王当然也把女儿的有意怠慢看在眼里，可他还是尽量自欺欺人，装作什么也不知道，因为人们总是拒绝相信自己的一意孤行招来了不幸。

正如无论多么仁慈都无法感化虚情假意的人一样，一个人的爱和忠诚若是真挚的，无论遭受什么样的冤屈误解都不会就此疏离。这一点在高尚的肯特伯爵身上体现得淋漓尽致。他虽然被李尔王流放，并且只要在不列颠现身就会被处死，但是他宁愿冒着生命危险留下来，只求能继续为国王分忧效劳。看吧，忠诚之士在不得已的情况下要扮出多么低贱卑微的样子，但只要能尽到自己应尽的责任，那点低贱和卑微又有什么可计较的呢！

高尚的肯特伯爵抛开了全部的体面和排场，乔装成仆人的样子，自称名叫卡厄斯，回到老国王身边讨一份差使。李尔没有认出乔装的肯特，却很喜欢他直率甚至带点粗鲁的言辞，这种话绝不同于他女儿的花言巧语，李尔因为发现女儿说过的全是空话，早就非常讨厌那种假意奉承了。于是，李尔很快就同意收下这个卡厄斯做仆人，他怎么也料想不到，这正是他当年最宠信的臣子——位高权重的肯特伯爵。

卡厄斯马上就用行动表达了对国王的忠诚和爱戴。因为就在当天，高纳里尔的管家对李尔非常放肆，言语和神色都很无礼，毫无疑问这是源自女主人私下的怂恿。卡厄斯看他这样公然侮辱老国王，就干脆上去绊了他一跤，让那个无礼的奴才滚到阴沟里去了。见到卡厄斯这样尽忠效力，李尔对他越发亲近了。

除了肯特之外，李尔身边还有一个亲近的人。按照当时的习俗，国王或大人物都会蓄养一个弄人，在他们忙完一天的繁重公务后，为他们逗趣解闷。从前李尔大权在握时，宫中也有这么一个可怜的弄人。这个地位低微、无足轻重的小人物一直极尽所能地爱戴着李尔王。在李尔放弃王位之后，这个弄人仍然跟在他的身边，用机智诙谐的口才逗老国王开心。尽管他有时也忍不住揶揄老国王草率地放弃王位，把一切权力财富都给了不孝的女儿。他编了个歌儿唱道:

俩女儿欢喜得眼泪盈眶，

我只好唱起歌排遣悲痛，
可怜你堂堂的一个国王，
竟只能厮混在傻瓜群中。

他编的类似这样的俏皮话和酸曲儿真是数不胜数。即使当着高纳里尔本人的面，这个心直口快的弄人也毫不掩饰自己的想法，用尖锐的讥讽和嘲笑直接戳到她的痛处。他把国王比作一只篱雀，篱雀养大了幼小的杜鹃鸟，这份养育之恩得到的报答，却是杜鹃鸟把它的头咬掉。他还说，马儿倒过来被车子拖着走，哪怕一头蠢驴也能看得清咧。（这句话在讽刺李尔的女儿本该听父亲的话，现在却教训起父亲来了。）他又说，李尔已不再是李尔，只是李尔的影子罢了。由于这些肆无忌惮的话，弄人也受过一两次吃鞭子的警告。

李尔只感觉到女儿对他越来越冷漠无礼，然而那不孝的女儿对待又糊涂又溺爱她的老父亲还有更过分的呢。她现在明明白白地对他说，如果他坚持要保留一百个骑士，住在她的王宫里实在有诸多不便。这种排场既没用处，又很费钱，那些骑士到处吵吵嚷嚷，大吃大喝，把她的王宫搅得鸡犬不宁。她要求裁减骑士的人数，只留下一些跟李尔年龄相仿、身份相称的人。

李尔一开始简直不能相信自己的眼睛和耳朵，也不敢相信女儿居然说出了这么没有良心的话。他不相信他那继承了半个王位的女儿高纳里尔居然想裁减他的侍从，不让他享受晚年应有的尊荣。可是高纳里尔坚持她那不孝的要求，惹得老人大发雷霆，骂她是只“可恨的鸢”，指责她满口胡言。事实上，那一百名骑士都是品行端正、洁身自好的人，他们的一举一动都恪守礼节，绝不会像她说的那样吵吵嚷嚷、大吃大喝。于是他下令备马，要带着那一百名骑士到二女儿里根家里去。他痛斥忘恩负义的行为，说那是铁石心肠的魔鬼，一个女儿要是忘恩负义，那就比丑恶的海怪还要可怕。他用最恶毒的话来咒骂大女儿高纳里尔，诅咒她永远不能生儿育女，即使生了孩子，孩子长大后也会用同样的蔑视和侮辱来报答她，让她也体会到，一个忘恩负义的孩子比毒蛇的牙齿还要令人痛入骨髓。这时高纳里尔的丈夫奥本尼公爵开始出来替自己辩解，希望李尔不要认为他也站在不孝女儿那一边。可李尔王根本不等他把话说完，就怒气冲冲地命令备好马，带着随从动身前往二女儿里根的家。李尔心里想，考狄利亚的过错（假如那也算过错的话）和她姐姐的行为相比，是多么微不足道啊！想到这里，他不禁流下眼泪。然后他又想到，高纳里尔这么个东西竟然有本事让他不顾大丈夫的尊严流泪哭泣，更感到无地自容。

里根和她的丈夫正在宫中大摆排场，尽情享乐。李尔派仆人卡厄斯送一封信给他的女儿，让她提前安排好接待他和他的随从。可是高纳里尔早有准备，也派了人送信给里根，责备父亲喜怒无常、脾气暴躁，劝妹妹不要招待他带来的那么多随从。高纳里尔的信使和卡厄斯同时到达。可真是冤家路窄，来送信的刚好是高纳里尔的管家，他曾经对老国王无礼，被卡厄斯绊了一跤，两人从此结了怨。卡厄斯讨厌他的面孔，又猜到了他的来意，就破口大骂，要跟他决斗。这家伙不肯决斗，卡厄斯心头火起，就把他结结实实地揍了一顿。想来这家伙无事生非，又做了大女儿恶人先告状的传声筒，可真是活该挨揍。这事传到了里根和她丈夫的耳朵里，尽管他们明知卡厄斯是父王的信使，理应受到最高的礼遇，却吩咐人给他戴上脚枷。因此，当国王走进城堡，他第一眼看到的就是忠实的仆人卡厄斯十分屈辱地坐在那里。

然而这还只是老国王此行将会备受冷遇的不祥之兆，接下来还有更糟糕的。他问起女儿女婿时，得到的答复是：他们昨天晚上走了一夜的路，累坏了，不能见他。最后，由于老国王怒气冲天，坚持要见他们，他们才出来见面。和他们一道出来的竟然是可恨的高纳里尔，她跑来添油加醋地说了自己的遭遇，还挑拨妹妹也跟父亲作对！

李尔他老人家见了这情景，特别是看到里根还拉着高纳里尔的手，真是怒不可遏。他质问高纳里尔，看见父亲这一大把白胡子，她难道不觉得惭愧吗？里根劝他还是回到高纳里尔家里去，裁减掉一半的随从，向她赔一个不是，好

好地跟她在一起过日子；因为他年纪大了，人糊涂了，应该让一个更明智的人来约束引导。李尔让她看一看，让他低声下气地向亲生女儿讨吃讨穿是多么荒唐，他认为这是违反人伦的，坚决不肯再回到高纳里尔那里去。他又说他要带着他的一百位骑士跟里根住在一起，因为里根肯定没有忘记他曾经赐给她一半的国土，而且里根的眼睛是温柔善良的，不像高纳里尔那样目露凶光。他还说，与其把一半的随从裁掉，回去住在高纳里尔那里，他宁愿到法兰西去，向那个娶了没有嫁妆的小女儿的国王讨一份微薄的养老钱。

可是李尔又错了。他满以为里根待他会比高纳里尔好一些，可里根倒像是有意要在不孝上赢过姐姐一样，声称她认为用五十个骑士来侍候父亲太多了，二十五个就完全足够了。李尔听到这话心都碎了，转身对高纳里尔说，他愿意跟她回去，毕竟五十人比二十五人多一倍，证明她的孝心也比妹妹的大一倍。可这时高纳里尔又变卦了，她说，何必要二十五个这么多呢，连十个、五个也用不着，因为他尽可以使唤她和妹妹家里的仆人。就这样，这两个狠心的女儿像是在拼命比赛着对老父亲无情无义一样，丝毫不顾念父亲对他们的恩慈，竟然你一言我一语地想取消他作为老国王的全部尊荣和随从（作为曾经的一国之君而言，他保留的已经很少了）。并不是说非得有一群衣冠华丽的随从才算幸福，但是，从号令数百万人变成身边没有一个随从，从国王沦落为乞丐，这种巨变实在是非常难堪；而最令可怜的国王心中痛楚的还不是没有随从的事，而是女儿竟然忘恩负义地拒绝了他的要求。李尔承受着双重的折磨，同时又悔不该糊里糊涂地将王国拱手相送，开始有些神志不清了。他一边说着连自己也不明白的话，一边发誓要向这两个不孝的妖妇复仇，要她们遭到全世界的报应。

正当他这样徒劳地叫骂，威胁着要施加他根本无力实施的报复时，夜色降临了，来了一场电闪雷鸣的暴风雨。这时候，两个女儿仍然坚决不肯接待他的侍从。于是，李尔吩咐把马牵过来，他宁可到外面去承受狂风暴雨的袭击，也不愿跟这两个忘恩负义的女儿住在同一个屋檐下。她们则狠心地说，任性的人无论遭到什么伤害，都是他们自讨苦吃，因此也是罪有应得的。她们就这样关上了门，任凭李尔走进狂风暴雨之中。

风刮得很猛，雷雨也更大了，李尔老人家在外面迎风冒雨，却觉得暴风雨的袭击不像女儿们的不孝那么叫人寒心。他走了好多里路，也没看见一片可以躲雨的树丛。老国王就

在黑夜里迎着狂风暴雨，在一片荒原上狂奔，对着暴风雨怒吼。他叫狂风把大地吹进海里，叫泛滥的波涛吞没陆地，让人类这种忘恩负义的动物从此绝迹。这时候老国王身边只剩下那个卑微的弄人了，弄人一路陪伴着他，尽力说些怪诞的笑话来排解这种不幸。他说，在这么糟糕的夜晚游泳真没意思，说实话，国王还不如回去乞求女儿开恩呢：

> 只怪自己糊涂自己蠢，
> 风雨交加怎奈何！
> 莫怨天公也莫怨人，
> 哪怕朝朝风雨也忍得。

他还声称这是个连傲慢的女人都会低头认输的晚上。

曾经是堂堂一国之君的李尔，如今只剩下孤零零一个侍从。好在这时候他忠心耿耿的仆人、乔装成卡厄斯的肯特伯爵终于找到了他。虽然老国王认不出他的真实身份，但他还是一直形影不离地跟着国王。肯特说道：“唉！陛下，您在这儿吗？喜爱黑夜的生灵，也不会喜爱这样的黑夜。这狂风暴雨吓坏了黑暗中的野兽，使它们躲在洞里不敢出来。人类的心灵经受不住这样的折磨和恐怖。”李尔反驳他说，一个人要是身染重病，就不会感觉到小小的痛楚。人只有在心绪宁静的时候，肉体才是敏感的，而他心中的暴风雨已经将其他感觉都一扫而空，只剩下热血还在他心头搏动。他谈到儿女的忘恩负义，说那就像一只手把食物送进一张嘴里，这张嘴却把喂它的手咬了下来；因为对于儿女来说，父母就是手，是食物，也是一切。

而善良的卡厄斯一直苦苦哀求国王不要在露天淋雨，终于把他劝到了荒原上的一间破茅屋里。头一个进去的是弄人，他刚一进去，就惊慌失措地跑了出来，嚷嚷说看见了一个鬼。仔细一看，这个“鬼”原来只是个可怜的疯乞丐，爬到这间废弃的茅屋来躲雨，他对弄人说了些神神道道的

话，把弄人吓得不轻。当时有一些这样的人，有的是真疯了，有的是装疯，以此来骗取心软的乡下人怜悯施舍。他们自称是“可怜的汤姆”或“可怜的屠列古德”，在乡下四处流浪，嘴里叫着“哪位施舍点什么给可怜的汤姆吧”，还把针、钉子或是迷迭香的硬刺扎到手臂上，扎得鲜血淋漓。然后他们一面祈祷祝福，一面疯疯癫癫地诅咒，那些无知的乡下人见了这副吓人的样子，或是同情或是害怕，免不了拿出点钱来周济他们。这个可怜的家伙就是这种人。老国王见他这样穷苦，身上没有衣服穿，只在腰间围了一条毯子，就断定这个人也是把所有的财产都分给了女儿，才落到今天这个地步。因为他认为天下可怜沦落人，都是由于养了不孝女儿的缘故。

善良的卡厄斯听老国王说了许多疯话，看出他已经有几分神经错乱，两个女儿的无情无义真的把他给气疯了。在最紧要的关头，高尚的肯特伯爵十分忠勇，立了大功。天亮之后，他请一些仍然忠于国王的侍从帮忙护送国王到多佛[①]城堡去，作为肯特伯爵，他在那里的亲信特别多，势力特别大。他自己则搭船前往法兰西，匆匆赶到考狄利亚的王宫，用十分动人的话语叙述了她父王的悲惨遭遇，又活灵活现地形容了她那两个姐姐丧尽天良的行径。善良又孝顺的考

① 多佛在肯特郡，是肯特伯爵的封地，也是英国距离欧洲大陆最近的海港。

狄利亚听了他说的话，流着泪恳求法兰西王让她动身前往英格兰，率领足够的人马去讨伐无情无义的姐姐、姐夫，帮助她的父亲老国王重登王位、重掌大权。丈夫同意后，她就立刻出发，带着一支法国军队在多佛登了陆。

李尔发疯之后，善良的肯特伯爵派了好些人看护他，他却从他们眼皮底下逃了出来。当他在多佛附近的田野里流浪时，刚好被考狄利亚的随从看见了。他看起来真可怜，精神完全狂乱，一个人大声唱着歌，头上戴着个用稻草、荨麻和田间捡的野草编成的王冠。考狄利亚虽然盼着赶紧见到父亲，但还是听从了医生的建议，决定暂时先不见面，等待睡眠和草药产生效果，让老国王渐渐平静下来。考狄利亚承诺，只要能治好老国王，她愿意把自己所有的金银珠宝都送给妙手回春的医生。在医生的精心治疗下，李尔没多久就恢复到可以跟小女儿见面的程度了。

父女二人团圆的情景非常动人。可怜的老国王重新见到自己曾经最钟爱的小女儿，心中十分欢喜；可是想到当初因为一点点过错就怪罪于她，与她断绝关系，如今她却这么孝顺自己，又感到惭愧不已。这两种强烈的情感和尚未痊愈的疾病在他几近疯狂的头脑中纠缠不休，他一时记不清自己身在何处，是谁这样温柔地亲吻着他，和他说话；一时又说，这位夫人真像他女儿考狄利亚，要是他搞错了，还请旁人不要见笑。随后他就跪下来乞求女儿的宽恕，而善良的考狄利亚也一直跪在那里请求他的祝福，还对他说，请他千万不要下跪，这是自己应尽的孝道，因为她是他的孩子，真真切切是他的考狄利亚。考狄利亚一面亲吻父亲，一面说希望她的吻可以抹去姐姐们对他无情的伤害。她还说，两个姐姐把白发苍苍的慈父赶到寒风冷雨之中，理应感到羞愧才是；哪怕是敌人的狗，哪怕它曾经咬过她，在那样暴风雨的夜里，她也要让它躺在火炉旁暖暖身子呢。她告诉父亲，自己这次从法兰西来就是为了帮他主持公道。李尔则说，因为他年老糊涂了，不知道自己干的事，过去的错还请她不要记恨，请她务必原谅；她的确有理由不孝敬他，可是她的两个姐姐

却没有理由这么做。而考狄利亚回答说，她和姐姐们一样，都没有理由不孝敬他。

这样，我们暂时把老国王托付给这位爱他、孝敬他的孩子去守护吧。老国王原本被另外两个女儿的残忍无情刺激得精神错乱、神志不清，终于凭借考狄利亚和医生们的努力，在睡眠和药草的调理下渐渐康复了。现在我们再回过头来说说他那两个残忍无情的女儿。

这两个狠毒的恶魔既然对父亲不孝，那么，对自己的丈夫自然也难免不忠。没过多久，她们就连安分守己、夫妻恩爱的表面功夫都懒得做了，公然表示自己已经另有所爱。巧的是她们俩的情人是同一个家伙，那就是已故的葛罗斯特伯爵的私生子爱德蒙。他设计陷害哥哥爱德伽，剥夺了本该由他继承的爵位，靠这种卑劣的手段自己当上了伯爵。他是个卑鄙小人，跟高纳里尔和里根这两个毒妇勾搭，倒是非常相配。里根的丈夫康华尔公爵恰巧这时候死了，里根立刻就宣布要和这位新任葛罗斯特伯爵结婚。无耻的爱德蒙对这两个姐妹都曾经多次立下爱情的盟誓，因此高纳里尔听到这个消息妒火中烧，竟然设法毒死了妹妹里根。她的丈夫奥本尼公爵发现了这件事，又听说她和爱德蒙有私情，就把她关进了监牢。她因为爱情破灭，急怒交加，很快就自尽身亡了。上天的判决终于就这样降临到两个坏女儿身上。

大家正注目于这件事，感叹两个女儿罪有应得，上天的判决十分公正；忽然间他们又移开视线，惊讶地看着同一股力量——高深莫测的天意如何操纵着善良孝顺的小女儿考狄利亚悲惨的命运。考狄利亚是个好人，本应有个幸福的结局。然而事实是残酷的，这世上善良孝顺的人不一定总能得好报。高纳里尔和里根曾经派新任葛罗斯特伯爵率军迎敌，打了胜仗，把考狄利亚和老国王都给俘虏了。卑鄙的葛罗斯特伯爵担心有人妨碍他篡夺王位，在牢里杀害了考狄利亚。就这样，上天让考狄利亚向世人展示了孝行的光辉，很快又将这位纯真善良的年轻姑娘接回天上去了。这个善良的女儿死后没多久，李尔王也去世了。

从李尔王最初遭遇女儿的无情对待，到他临终前悲痛欲绝的时刻，善良的肯特伯爵一直追随在他的身边。肯特想在老国王去世前向他说明自己的真实身份，可是李尔此时狂乱的头脑已经无法理解事情的来龙去脉，也理解不了肯特和卡厄斯怎么会是同一个人。肯特想，事情到了这个地步，再解释也是徒劳。没过多久，李尔王就咽气了。国王的忠臣肯特也上了年纪，又对老主人的悲惨遭遇感到沉痛揪心，很快也追随主人而去了。

上天的判决终于也降临到卑鄙的葛罗斯特伯爵头上了。他的阴谋败露，在和哥哥爱德伽（也就是原本的爵位继承人）决斗中被刺死。高纳里尔的丈夫奥本尼公爵未曾卷入杀害考狄利亚的罪行，也从不赞同妻子对她的父亲忘恩负义，因此他在李尔死后继承了不列颠的王位，这里就不必多说了。毕竟这个故事讲的是李尔王和他三个女儿的经历，既然他们的生命结束了，我们的故事也就讲完了。

麦克白

仁厚的邓肯国王统治苏格兰王国时，国中有一位显赫的贵族名叫麦克白。这位麦克白是国王的近亲，他骁勇善战，立下了许多功劳，在朝中很有威望。他的最新战绩是平定了一场叛乱，还击败了同谋进犯的挪威大军。

一场激战结束之后，麦克白和班柯这两位苏格兰将军正走在凯旋的路途上。经过一片荒原时，他们眼前出现了三个怪模怪样的东西。她们似乎是女人，却又长着胡子，看那枯皱的皮肤和怪诞的衣服，简直是来自另一个世界的怪物。麦克白先开口向她们说话，她们却显得不太高兴，三个人都同时把满是皱纹的手指按在干瘪的嘴唇上，像是在示意他保持沉默。她们中的第一个站了出来，向麦克白行礼，称他为“葛莱密丝爵士”。将军发现她们竟然知道自己的身份，感到非常惊讶。然后第二个又站了出来，向麦克白行礼，称他为“考特爵士”，这下麦克白更加惊讶了，因为他知道这个头衔并不属于自己。接着第三个也站了出来，还向他叫道：“万岁！未来的国王！”这句预言般的致敬简直让麦克白摸不着头脑，他明知道国王的宝座由王子继承，根本不可能轮到自己来坐。这时她们又转向班柯，用谜语般令人费解的言辞对他宣布：他身份比麦克白低微，但地位在麦克白之上！他不像麦克白那么幸运，却比麦克白更有福气。她们还预言说，他虽然不能成为国王，但他的子子孙孙都将统治苏格兰。说完，她们就化作一阵风消失了。两位将军这才知道，他们遇到的是三个女巫。

他们还站在原地思索着这桩奇遇，国王派来的使者赶到了这里。原来，由于麦克白这次立下了大功，国王决定封他为考特爵士。这恰好跟三位女巫的预言不谋而合，麦克白被眼前的奇迹惊呆了，愣愣地站在那里，没办法向使者作答。与此同时他的心头涌起一股不断膨胀的热望，期盼着第三位女巫的预言也同样灵验，这样的话，他终有一天会成为苏格兰国王。

他转身对班柯说道：“女巫刚才称我为考特爵士，这么快就神奇地应验了；她们也预言你的子孙会有莫大的尊荣，难道你不希望子子孙孙将来做国王吗？”班柯将军回答：“那样的希望会激起你对王位的野心；可是魔鬼为了陷害我们，往往在小事情上向我们说些真话，却在紧要的关头将我们引入歧途。”

可是女巫邪恶的暗示已经渗入了麦克白心灵的深处，他再也听不进正直的班柯的忠告了。从那一刻起，他就一门心思地盘算着如何攫取苏格兰的王位。

麦克白有个妻子，他写信向她讲述了三个女巫的离奇预言，还告诉她其中一个预言已经应验了。她是个野心勃勃的坏女人，只要丈夫和她本人能够登上国王和王后的宝座，她做起事来可以完全不择手段。麦克白想到要去做谋害国王这种血腥的事情，良心上还有些不安，然而妻子极力煽动他的

野心，不断提醒他，想要实现女巫的预言，就非得把国王除掉不可。

国王时常到显贵的大臣府上做客，以示对他们的亲近和恩宠。这时候，恰好是为了庆祝和嘉奖麦克白立下的战功，国王带着两个儿子马尔康和道纳本，还有一大群臣子和侍从，到麦克白家里做客去了。

麦克白的城堡位置很好，景色绝佳，吹拂着一阵阵清新宜人的和风。城堡的飞檐拱柱、墙头屋角，到处都是燕子筑起的小巢。凡是燕子生息繁衍、常来常往的地方，空气总是十分新鲜芬芳。国王走进城堡，感到处处赏心悦目，而尊贵的女主人——麦克白夫人——的殷勤和周到，更让他感到心满意足。可是麦克白夫人只是善于用微笑掩饰她的险恶用心，她看起来像一朵纯洁的花儿，其实在花瓣底下却潜伏着一条毒蛇。

国王旅途劳累，早早就上床休息了。按照惯例，他的两个贴身侍卫睡在旁边保卫着他。他对此行所受的款待尤其满意，就寝前赏赐给臣仆们许多礼物，还特别赏给麦克白夫人一颗贵重的宝石，称赞她是“最殷勤的女主人”。

午夜时分，半个世界的生命仿佛死去了一般寂静，罪恶的梦境在睡眠中扰乱人们的心神，只有豺狼和杀人犯在外面游荡。就在这时候，麦克白夫人悄悄起身，准备动手谋害国王。作为一个女人，本不该由她来亲自行凶，然而她担心丈夫的心肠太软，不能照原定的计划动手谋杀。她知道他有野心，但同时又有太多顾忌，缺少那种野心家必备的心狠手辣。她已经说服了丈夫去谋害国王，但她唯恐他天性中的恻隐会动摇他的决心，妨碍他的行动。于是她自己拿着一把匕首，走近国王的床边。那两名侍卫早就被她用酒灌得烂醉，完全不顾他们保卫国王的职责，此刻正在呼呼大睡。国王旅途劳累，躺在旁边睡得正熟。麦克白夫人凝视着国王熟睡的面庞，总觉得他活像是她自己的父亲，就再没有勇气对他下手了。

于是她又回去鼓动丈夫动手。麦克白的决心早就动摇了。他思量再三，认为这件事万万不可。第一，他是国王的近亲，又是他的臣子，绝对不能干这样的事情；第二，那天国王在他家里做客，按照待客的礼仪，正应当保障国王的安全，怎么能自己持刀行刺呢？接着他又想到邓肯是一位仁慈而公正的国王，从来不欺压百姓，对大臣贵族都很爱护，对自己更是格外荣宠；这样一位国王一定深受上天的眷顾，要是被害死了，百姓们也一定会替他报仇。而且，由于国王的抬爱，麦克白在众人心中的地位非常崇高，怎么能让罪恶的谋杀来玷污他无上的美誉呢！

麦克白夫人发现，丈夫在一番思想斗争之后倒向了善的那面，不肯再去谋害国王了，又生气又失望。但她可不是一个轻易罢休的女人，于是她滔滔不绝地在他耳边说话，把自己邪恶的意志灌注到他的心里。她举出一条又一条的理由来劝说他不能半路退缩。她说，大丈夫就该敢作敢为；又说，这件事做起来轻而易举，一切都唾手可得，就凭这短短一夜之间的行动，他们今后尽可以日日夜夜君临天下，永掌大权。然后她又嘲讽丈夫的畏首畏尾、懦弱无能，声称她曾经哺乳过婴孩，知道一个母亲会多么疼爱那吮吸着乳汁的孩子；可是只要她也像麦克白一样，曾经发誓要下毒手的话，她就会在婴儿对着自己微笑的时候，把他从怀里扯开，

再将他的脑子砸碎。接着她还说，把这一件谋杀罪推到国王醉酒的侍卫身上，简直是再合适不过了，绝不会招来别人的怀疑。就这样，麦克白夫人利用她唇舌的威力，打消了麦克白的退缩之意，他再次鼓起勇气前去刺杀国王了。

他手握匕首，在黑暗中摸索着进入国王邓肯睡的那个房间。他正向前走，忽然看见空中出现了另一把刀子，刀柄正对着他，刀刃和刀尖上还滴着血。可当他伸手去抓时，却什么也抓不到。原来，这只不过是他狂热窒闷的脑子里冒出来的、他此刻杀人的恶念所造成的一个幻象。

他努力压抑心中的恐惧，来到国王的床前，一刀就把国王给干掉了。他刚杀了人，睡在国王房间里的一个侍卫就在梦中大笑起来，另一个侍卫则大声喊道："杀人啦！"他们惊醒了彼此，就喃喃祷告起来，一个说"上帝保佑"，一个说"阿门"，接着又睡过去了。麦克白站在一旁听他们说话，听见那人说"上帝保佑"，他也想接一句"阿门"，可尽管他才是最需要上帝宽恕的，"阿门"二字却哽在他的喉咙里，怎么也说不出来。

紧接着，他似乎又听到一个声音在喊："别睡了！麦克白已经杀害了睡眠！那清白无辜的睡眠！那滋补生命的养分！"那声音继续向整个屋子喊着："别睡了！葛莱密丝爵士已经杀害了睡眠！所以考特爵士再也睡不成觉了！麦克白再也睡不成觉了！"

这些幻象吓得麦克白失魂落魄，他赶紧回到妻子身边。麦克白夫人正小心听着周围的动静，还以为麦克白没把事情办好，夺取王位的计划要落空了。看见麦克白神色惊慌地走进来，她生气地叫他定定心神，别再胡思乱想，又叫他去把手上的血迹洗干净。她自己则拿上那把匕首回到国王的房间，在两位侍卫的脸上涂抹了血迹，好将杀害国王的罪责推到他们身上。

天亮了，这样一桩谋杀案是无从掩盖的，大家很快发现了国王的尸体。尽管麦克白夫妇都装出悲痛欲绝的样子，尽管两位侍卫杀人的证据十分确凿可信——匕首在他们身上，血迹在他们脸上，然而大家心中的怀疑却指向了麦克白，因为跟那两个糊涂可怜的侍卫相比，他的杀人动机要明显得多。邓肯国王的两个儿子马上逃离了麦克白的城堡，大儿子马尔康到英格兰的王宫避祸，小儿子道纳本则逃到爱尔兰。

既然邓肯国王的继承人都逃到了国外，放弃了王位，麦克白作为国王的近亲，就顺理成章地戴上了苏格兰的王冠。这样一来，三个女巫的预言就一字不差地应验了。

虽然登上了至高无上的王座，麦克白和夫人仍然对三个女巫的预言耿耿于怀。女巫说过，麦克白会当上国王，可是他的王位不能传给自己的后代，反而要传给班柯的子孙。女巫的预言已经在麦克白身上应验了，假如这个预言也同样灵验，那么他们双手沾满血污，犯下滔天大罪，岂不是徒劳一场，只落得把班柯的子孙扶上了王位？一想到这里，他们就觉得很不甘心。于是他们决心将班柯和他的儿子置于死地，好让女巫剩下的预言无法实现。

为此，他们举办了一场盛大的晚宴，邀请所有的王公大臣前来参加，当然还特别郑重地邀请了班柯和他的儿子弗里恩斯。当天晚上，麦克白事先在班柯赴宴的必经之路上安排了几名杀手，他们刺杀了班柯，但在混战中弗里恩斯逃脱了。这位弗里恩斯的子孙后来果然世代统治苏格兰，一直传位到詹姆士六世，他还继承了英格兰王位，因此在英格兰又称为詹姆士一世。

在晚宴上，仪态高贵、和颜悦色的王后（麦克白夫人）殷勤地招待大家，场上的每一位客人都感到十分舒服自在。麦克白向前来赴宴的王公大臣寒暄，要是他的好朋友班柯也在座的话，那真可以说是举国俊彦汇聚一堂了。他宁愿班柯没来赴宴是由于值得责怪的疏忽，也不愿他遭遇令人哀叹的不幸。可就在他说这番话的时候，被他害死的班柯的鬼魂走进了王宫，还坐在了麦克白即将落座的王椅上。麦克白原本是个大胆的人，哪怕面对着魔鬼也不会发抖，看到这可怕的景象也吓得脸色惨白，他面无血色地站在那里，两眼发直地盯着鬼魂。王后和满座客人看不见班柯的鬼魂，觉得麦克白在对着一张空椅子发愣，以为他只是一时出了神。王后一边责备国王怠慢了客人，一边小声对他说，他看到的只不过是幻觉，就像刺杀邓肯那天夜里在空中看到的匕首一样。然而麦克白的注意力完全被鬼魂给吸引了，根本顾及不到旁人对他说的话，甚至对着死去的班柯说起话来。他说的话虽然语无伦次，却又意味深长，王后担心这些胡话会泄露他们可怕的秘密，就借口说国王旧病复发，赶紧把客人打发走了。

从此，这些幻象不断纠缠在麦克白周围。他和王后日日夜夜被噩梦折磨，被恐惧包围。同样令他们不安的还有弗里恩斯的逃脱，麦克白和王后认定，就是这个弗里恩斯的子孙会世代统治苏格兰，而把自己的后代阻挡在王位之外。他们就这样满心忧虑，不得安宁，麦克白终于决定再去找那三个女巫，问问自己的命运最坏要到什么地步。

他在荒原上的一个山洞里找到了三个女巫，而女巫们早已预知到他会来，正忙着准备可怕的巫蛊。她们将用巫蛊召唤地狱的幽灵，由它们揭示未来的命运。巫蛊的配方令人毛骨悚然，有蛤蟆、蝙蝠、蟒蛇，又有蝾螈的眼睛、狗的舌头、蜥蜴的爪子和夜枭的翅膀，还有巨龙的鳞片、豺狼的牙齿、海中饿鲨的肠胃、女巫的干尸、夜里掘出的毒芹根、山羊的胆汁、犹太人的肝脏，以及坟墓上的杉树枝和夭折孩童的断指。女巫把这些材料都丢进一口大锅里熬煮，每当锅里开始沸腾，就浇上猩猩的鲜血使之冷却，还要往锅中淋上自食其子的母猪的血，向火里投进绞刑架上凝结的汗脂。女巫就靠这种巫蛊让地狱的幽灵回答她们的问题。

女巫问麦克白，是愿意从她们口中听到答复，还是让她们的主人（幽灵）来亲自解答他的疑惑。麦克白丝毫没被她们召唤幽灵的恐怖仪式吓倒，反而大胆地喊道：“叫它们出来，让我见它们。”于是，女巫先后召来了三个幽灵。第一个幽灵出现了，是一个戴着头盔的脑袋。它叫着麦克白的名字，嘱咐他当心费辅爵士。这句话说中了麦克白的心事，因为他向来对费辅爵士麦克德夫心怀猜忌。麦克白感谢了它的忠告，第一个幽灵就消失了。

第二个幽灵是个血淋淋的孩子，它也叫着麦克白的名字，告诉他不用害怕，因为凡是妇人分娩出来的人都不能伤

害他，它还劝麦克白要残忍、勇敢、坚决。“那么尽管活下去吧！麦克德夫，”麦克白喊道，“我何必惧怕你呢？但我要做到万无一失，所以你还是得死，那样我就可以斥胆怯的恐惧为虚妄，在雷电怒作的夜里也能安心睡觉。”

第二个幽灵消失的时候，第三个幽灵也出现了，它是个戴王冠的孩子，手里还举着一根树枝。它叫着麦克白的名字，安慰他不必怕别人的阴谋暗算，还说麦克白永远不会被人打败，除非有一天勃南的树林会跟他作对，向着邓西嫩的高山移动[①]。“幸运的预兆！好极了！”麦克白喊道，“谁能动摇森林，把它从扎根的地上挪开呢？看来我可以寿终正寝，不必担心会死于非命了。但我的心还怦怦直跳，想要叩问一件事情。既然你的法力能为我解答这么多疑惑，请告诉我，班柯的子孙日后会不会在这片国土上称王？”这时那口大锅沉进地里，接着传来了一阵音乐声。八个国王装束的影子从麦克白身旁走过，走在最后面的正是班柯。他手里举着一面镜子，镜中映出更多国王装束的人影。浑身血污的班柯对着麦克白微笑，然后又指了指那些人影。于是麦克白明白了他们正是班柯的子孙，日后会接替他的王位，世代统治苏格兰。随后，女巫们伴着轻柔的音乐跳了一段舞蹈，表示她们并没有怠慢麦克白，就和那些人影一同

① 邓西嫩山大约在勃南森林西北方向19公里处。

隐去了。麦克白独自一人站在山洞里，心中满是血腥恐怖的念头。

走出女巫的山洞，麦克白立刻听到了一个新消息，费辅爵士麦克德夫已经逃往英格兰，去加入已故邓肯国王的长子马尔康率领的军队，他们要举兵推翻他的统治，帮助马尔康夺回本该属于他的王位。麦克白勃然大怒，立刻下令攻打麦克德夫的城堡，杀害了他留下的妻儿老小，就连跟他只是沾亲带故的人也全都杀光了。

如此种种的暴行遭到了王公大臣的唾弃。这时马尔康和麦克德夫已经在英格兰组织起一支强大的军队，正在逼近麦克白的国境。但凡能逃跑的都逃出去投靠马尔康和麦克德夫了，留下的那些也都暗自盼望英格兰军队能早日获胜，只是出于对麦克白的畏惧，才不敢公然表露出来。麦克白招募士兵的进展极其缓慢。因为人人都憎恨这个暴君，没有人爱戴他，没有人尊敬他，反而都对他充满了猜疑和防备。麦克白开始羡慕起被他杀害的邓肯国王来。邓肯现在好端端地睡在他的坟墓里，叛逆已经对他施过最狠毒的伤害，再没有刀剑、毒药、内忧、外患可以加害于他了。

原本，妻子是麦克白残忍罪行的唯一同谋，当他们两人饱受连夜噩梦的折磨时，他只能偶尔在妻子怀中得到片刻安宁。然而就在这众叛亲离的时刻，他的妻子也忽然死去了。也许是承受不住良心的负疚和天下的公愤，终于自寻了死路。这样一来，麦克白就真的成了孤家寡人，再也没有人关心他、爱护他，也没有人能让他倾吐隐秘的心声了。

他变得厌弃生命，甚至盼望死亡的到来，可是马尔康的军队日渐逼近，又激起了他从前的英勇，他决意要像从前说过的那样“身披铠甲，战死沙场”。并且，幽灵的预言也让他产生了盲目的自信。他还记得幽灵说过的话：凡是妇人分娩出来的人都不能伤害他；除非勃南的树林到邓西嫩高山上来，他永远不会被人打败。他认为这些事是不可能发生的。于是他在城堡里深居不出，又把城堡防御得牢不可破，就在那里等候着马尔康的军队攻打过来。

有一天，一个信使面色苍白、浑身发抖地跑了进来，几乎不知该如何报告他看见的情景。信使声称，当他站在山头守望时，向勃南一眼望去，发现勃南的树林居然动起来了！“说谎的奴才！”麦克白叫道，“要是你说了谎话，我要把你吊在旁边这棵树上，让你活活饿死；要是你说的是真话，你也尽管把我吊死吧。”这时，麦克白的决心已经有些动摇，开始怀疑幽灵说的含糊不清的话了。幽灵说过，除非勃南的树林到邓西嫩高山上来，他永远不会被人打败；可现在勃南的树林真的来了！“无论如何，如果他所言非虚，”麦克白说，“我们就披上铠甲，出去迎战吧！逃固然逃不了，留在这儿也不过是坐以待毙。我现在开始厌倦白昼的阳光，但愿我的生命就此了结。”他说着这番绝望的话，就冲上前去迎击敌军，此时马尔康的军队已经包围了城堡。

信使看到的树林移动的奇观其实不难解释。原来，当前来围攻的军队经过勃南树林时，善战的马尔康命令每一个士兵都砍下一根树枝，举在身前作为掩护，好让敌人看不出他们军队的人数。前进的士兵举着树枝，远远望去，就像是一片树林在移动似的。正是这奇异的景象吓坏了那位信使。幽灵的预言在冥冥中应验了，虽然并不像麦克白以为的那么离奇，而麦克白基于幽灵预言产生的不会被人打败的信心，也随之彻底瓦解了。

一场激烈的战斗终于开始了。麦克白已经众叛亲离，少

数几个亲信表面上还在追随着他，心中也憎恨这个暴君，纷纷临阵倒戈，投向了马尔康和麦克德夫的阵营。但麦克白在敌军的包围中奋勇作战，把挡住他去路的士兵都砍得人仰马翻，杀出一条血路，这时他忽然看见了麦克德夫。一见到麦克德夫，他就想起幽灵提醒过他要格外小心这个人。可是，麦克白刚想转身避开，麦克德夫已经拦住了他的去路。为了给亲人报仇，麦克德夫一直在战场上苦苦寻找麦克白的身影，现在终于仇人相见，一场激战在所难免。麦克德夫高声痛骂麦克白杀害了他的妻儿。麦克白原本对麦克德夫一家的惨死有些内疚，不愿与麦克德夫直接交手，但麦克德夫骂他是暴君、杀人犯、恶魔和坏蛋，要他赶紧来和自己决一死战。

这时麦克白又想起了幽灵的话，幽灵说过凡是妇人分娩出来的人都不能伤害他。于是他满怀自信，笑着对麦克德夫说道:“麦克德夫，你不过是白费力气。你想要让我受伤，就像用剑锋划破空气那般困难。我的生命有法术保护，凡是妇人分娩出来的人，都不能伤害我。”

“不要再指望你的法术了，”麦克德夫说，“让你信奉的那个胡说八道的幽灵告诉你吧，麦克德夫不是像常人那样被母亲生下来的，而是没有足月就从母亲的肚子里剖出来的。”

“愿告诉我这话的舌头永受诅咒，”麦克白瑟瑟发抖，他感觉自己的最后一线希望也破灭了。“愿这些骗人的魔鬼再也不要有人相信，它们用模棱两可的话愚弄我们，虽然照字面看来句句应验，结果却令我们大失所望。我不跟你交手了。”

“那么就投降吧，我们可以饶你一命，”麦克德夫轻蔑地说，“我们要把你拿去展览，就像人们展览怪物一样，还要挂上你的画像做招牌，底下写着‘这就是暴君的下场’。”

“绝不，”麦克白在绝望中又鼓起了勇气，“我不愿低头去吻马尔康那小子脚下的土地，也不愿被那些贫贱百姓任意唾骂。虽然勃南的树林已经到了邓西嫩，虽然我今天和你狭路相逢，而你又偏偏不是妇人分娩生下的，可是我还要拼尽我的全力。”他一边说着这些狂乱的话，一边向麦克德夫扑了过去。经过一番苦战，麦克德夫终于杀死了麦克白，他砍下麦克白的首级，当作礼物献给新登基的年轻国王马尔康。马尔康最终夺回了阴谋篡位者窃据的国家，在王公大臣和平民百姓的欢呼声中，登上了仁厚的邓肯国王留下的王位。

终成眷属

勃特拉姆的父亲不久前去世了，于是他继承了父亲的爵位和产业，成了罗西昂伯爵。法兰西国王跟勃特拉姆的父亲是至交好友，听闻他的死讯之后，就立即派人召他的儿子到巴黎王宫里去，因为国王顾念与已故伯爵之间的友情，想好好照顾年轻的勃特拉姆，给他格外的恩典和保护。

法国宫廷的一位老贵族拉佛奉命前来，准备带领勃特拉姆去见国王，而勃特拉姆正住在寡母伯爵夫人身边。法兰西国王有着至高无上的权力，他请人到宫里去时，只要下一道谕旨或者命令，无论多么显贵的臣民都必须服从。因此，虽然伯爵夫人跟亲爱的儿子分别时，伤心得就像是再次埋葬了她深爱的丈夫，可她也不敢叫他多留一天，而是吩咐他赶快动身。看到伯爵夫人刚刚痛失了丈夫，马上又要跟儿子告别，前来接勃特拉姆入宫的拉佛竭力安慰着她，殷勤又委婉地表示，国王是一位仁慈的君主，一定会像她丈夫在世时一样关照她，也会像父亲一样照顾她的儿子。他指的是国王一定会为勃特拉姆安排一个大好前途。拉佛又告诉伯爵夫人，国王最近得了一种绝症，御医都说他已经病入膏肓了。伯爵夫人听说国王重病，表示十分难过，她还说，要是海丽娜的父亲还活着就好了，因为他一定可以治好国王的病。海丽娜是侍候在伯爵夫人身边的一位年轻姑娘，伯爵夫人对拉佛简单地介绍了她的身世。原来，海丽娜的父亲是名医吉拉·德·拿滂，他临死前把独生女儿托付给伯爵夫人照顾，因此自从名医去世之后，伯爵夫人一直是海丽娜的保护人。伯爵夫人称赞海丽娜天性纯良、品格高尚，还说她这些美德都是从可敬的父亲那里遗传下来的。伯爵夫人一边说，海丽娜就一边悄悄悲泣起来，伯爵夫人只好轻轻提醒她，不要对父亲的离世太过悲伤。

这时勃特拉姆来向母亲辞行了。伯爵夫人流着泪与儿子告别，对他说了许多祝福的话，还把他郑重托付给拉佛，说：“大人啊，请您多多指点他，他还是个不通世故的孩子。”

勃特拉姆动身前也对海丽娜说了告别的话，但只不过是几句“祝她幸福”之类的客套话罢了。他最后一句简短的临别赠言是这样说的：“安慰我的母亲，你的女主人，替我好好侍候她吧。”

其实海丽娜一直爱着勃特拉姆，她在一旁悄悄悲泣时，眼泪并不是为父亲而流的。海丽娜固然很爱自己的父亲，但她此刻对勃特拉姆的爱更深，而且她眼下就要失去这个心上人了，这一刻，她脑海中除了勃特拉姆以外，再没有别人的身影，就连父亲的音容笑貌也忘记了。

尽管海丽娜深爱勃特拉姆已久，她却总是想着他是罗西昂伯爵，是法国最古老的家族的后裔。勃特拉姆家中世代都是贵族，而她自己却出身低微，父母都是平民百姓。因此，她把出身高贵的勃特拉姆看作她的主人、她的少爷，对他不敢有什么奢望，只希望在世上做他的婢仆，侍候他一直到死。在勃特拉姆的尊贵地位和她的贫寒家境之间，仿佛有一道不可逾越的鸿沟，对此她哀叹道：“我就像爱上了一颗灿烂的明星，痴心地希望有一天能够和它结合；勃特拉姆对我而言就是这样高不可攀。”

勃特拉姆的离去使她眼中满是泪水，心中满是哀愁。因为她从前虽然是毫无指望地爱着他，却总还能时时刻刻见到他，从中获得许多安慰。海丽娜喜欢坐在他旁边，凝望着他深色的眼眸、弯弯的眉毛和迷人的卷发，直到她似乎能在自己的心版上刻画出他的肖像，因为他那可爱脸庞上的每一根线条、每一处细微的特点，都已经清清楚楚地印在她心里。

吉拉·德·拿滂去世的时候，没给女儿留下什么财产，只留下了一些灵验的秘方，都是他凭借潜心研究和多年行医经验调配而成的，几乎可以说是万无一失的妙方。这其中有一个药方里记载着可以治疗的某种怪病，刚好跟拉佛描述的国王的绝症相符。海丽娜原本一直沉浸在自卑和绝望中，听到国王的病况之后，她忽然产生了一个大胆的设想，想亲自去巴黎给国王治病。可是，就算海丽娜手里有父亲传给她的秘方，不幸的是国王和御医早已认定那是绝症，即使海丽娜主动请求为国王治病，他们又怎会相信一个没有学问的姑娘呢？不过海丽娜坚信，只要他们允许她冒险一试，她就一定能治好国王的病。她药到病除的信心不仅源自父亲举世无双的医术，更是由于她相信这剂良药受到了天上吉星的祝福，父亲的这份遗产一定会带来极大的幸运，甚至可以帮助她实现嫁给罗西昂伯爵为妻的梦想。

勃特拉姆走后不久，伯爵夫人就从管家那里得知，他曾经无意中听见海丽娜自言自语，话语中流露出她对勃特拉姆的爱慕，以及想追随勃特拉姆到巴黎去的念头。伯爵夫人向管家道了谢，并且打发他去告诉海丽娜，伯爵夫人有话对她说。原来，海丽娜的心事让伯爵夫人想起了一些遥远的往事，那时候她才刚刚爱上勃特拉姆的父亲。她自言自语道："我在年轻时也是这样。爱情这一枚棘刺，正是青春的蔷薇上少不了的。只要我们是大自然的孩子，就难免会在青春年少时犯下这样的过错，尽管当时的我们并不认为那是什么过错。"

伯爵夫人正在回忆自己年少时爱情的过错，海丽娜走了进来。于是，伯爵夫人对海丽娜说："海丽娜，你知道我就像你的母亲一样。"海丽娜回答："您是我尊贵的女主人。"

"可你是我的女儿啊，"伯爵夫人又说，"我说我是你的母亲，为什么你听到这句话，就吓得脸色惨白呢？"海丽娜生怕伯爵夫人发现自己爱着勃特拉姆，不免流露出几分惊慌失措，但她仍然强作镇定地回答道："夫人，请原谅我，您不是我的母亲。罗西昂伯爵不能做我的哥哥，我也不能做您的女儿。”

“可是，海丽娜，”伯爵夫人说，“你可以做我的儿媳，恐怕你想的就是这么一回事，所以母亲、女儿这些字眼才会令你如此不安。海丽娜，你爱不爱我的儿子？”

“好夫人，原谅我吧！”海丽娜慌乱地说。

伯爵夫人又问了一遍：“你爱不爱我的儿子？”

“夫人，难道您不爱他吗？”海丽娜答非所问。

伯爵夫人步步紧逼：“别再兜圈子了，海丽娜。来吧，快说吧，把你的心事都讲出来，因为你的感情早就出卖了你。”

于是海丽娜跪倒在伯爵夫人面前，承认了她对勃特拉姆的爱。她又是羞惭又是害怕，恳求高贵的女主人不要怪罪于她。她还非常动情地说，她深知双方地位悬殊，而勃特拉姆并不知道她心里爱着他。她把自己卑微无望的爱意比作一个可怜的印第安人对太阳的崇拜，太阳的光辉虽然也照到了崇拜者的身上，却根本不知道有这样一个人存在。伯爵夫人追问海丽娜最近有没有想去巴黎的打算。海丽娜只好承认，当她听拉佛描述国王病情的时候，心里曾经有过去巴黎给国王治病的计划。

“你就是为了这个才想去巴黎的吗？”伯爵夫人问道，“是这样吗？老实说吧。”海丽娜诚实地回答：“就是因为您的儿子、我的少爷，我才产生了这个念头；不然的话，什

么巴黎，什么药方，什么国王的病，我的心思根本就不在这些上面。”

伯爵夫人听了她这一番坦白，既没说一句赞成，也没有一句责备，只是细细地向海丽娜询问，她的药方是不是真的能治好国王的病。伯爵夫人得知，那是名医吉拉·德·拿滂最珍视的药方，直到临终前才传给了女儿；她又回想起在那个肃穆的时刻，自己曾经郑重承诺会照顾这位年轻姑娘。如今，海丽娜的前途和国王的性命，似乎都取决于去巴黎给国王治病的计策能不能实现了。虽然这个计策只是一位痴情的姑娘设想出来的，可伯爵夫人心想，也许冥冥之中自有天意，就是要借助此事治好国王的病，同时也替名医的女儿改写未来的命运。于是，伯爵夫人欣然同意海丽娜前往巴黎，按她自己的计划行事，还慷慨地为她准备了充足的盘缠和合适的随从。就这样，海丽娜带着伯爵夫人最诚挚的祈福和祝愿，向着巴黎出发了。

海丽娜来到巴黎，在老朋友拉佛的帮助下见到了国王。但她面前仍是困难重重，因为国王不会轻易接受这么一位年轻美丽的女医生的治疗。但海丽娜告诉国王，她是国王久仰的吉拉·德·拿滂的女儿，而她如珍似宝献上的灵药，正是父亲多年来医术和经验凝结的精华。她还大胆地承诺，如果两天内国王不能完全康复，她情愿以命相抵。最终，国王同意姑且一试，也就是说，如果两天内他的病没好，海丽娜就要送命；但如果药到病除，他会让海丽娜在全法兰西挑选除了王子之外的任何一个男人做她的丈夫，因为这正是海丽娜索要的唯一回报。

海丽娜坚信父亲的药会灵验，她的希望果然没有落空。不出两天，国王就完全康复了。他召集了朝中所有的年轻贵族，按照约定中的回报，让美丽的女医生在其中挑选一位丈夫。他请海丽娜仔细打量这群单身的年轻贵族，选一个最合心意的丈夫。海丽娜不假思索地做出了选择，因为在这群贵族当中，她一眼就看见了罗西昂伯爵。她转身对勃特拉姆说:“就是这一位。我的少爷，我不敢说我选中了您，可是我愿意把自己奉献给您，终身服侍在您左右，一切听从您的指导。”

“那么,”国王说,“年轻的勃特拉姆，你娶了她吧，她就是你的妻子了。”

勃特拉姆立刻表示，他不喜欢国王赐给他的这个主动求婚的海丽娜。他说，她只不过是个穷医生的女儿，是他父亲出钱养大的，如今还在靠着他母亲的恩典过日子。海丽娜听到他这番充满嫌弃和轻蔑的话语，就对国王说道:“陛下，您的身体康复，已使我万分欣慰，其余的事情就随缘吧。”可是国王不能容忍有人这样轻视他的旨意，法兰西国王有许多权力，其中一项就是可以决定贵族们的婚事。当天勃特拉姆就被迫和海丽娜举行了婚礼。对勃特拉姆而言，这是一场被逼无奈的婚事。而对可怜的海丽娜来说，也没有什么获得幸福的指望。尽管她冒着生命危险才嫁给了这个高贵的丈夫，可她真正得到的却是一场空欢喜，因为法国国王的权力可以赏赐她一个中意的丈夫，却不能赐给她丈夫的爱情。

海丽娜刚结完婚，勃特拉姆就要她帮忙向国王请假，让他离开王宫一段时间。海丽娜为丈夫带来了国王恩准出宫的消息，这时勃特拉姆却对海丽娜说，他实在对这场仓促的婚事毫无准备，一想到这件事就心神不宁，因此请她不要对他未来的打算感到奇怪。海丽娜发现丈夫打算离她而去，虽然她努力去理解丈夫的决定，可还是感到十分伤心。接着，勃特拉姆还吩咐海丽娜回家服侍他的母亲。听到这个无情的安排，海丽娜答道：“夫君，我对这件事没有什么可说的，只想说我是您最恭顺的仆人，今后我将永远忠实地服从您，好为我命中不配享受的这份福气做出一些补偿。”可是海丽娜这一番低声下气的话丝毫没有打动傲慢的勃特拉姆，他仍然对温柔的妻子没有半点怜惜之情。临别之际，他甚至连一句再见之类的客套话都没有说。

于是海丽娜又回到了伯爵夫人身边。她这趟旅行的目的全都达成了，既救了国王的性命，也和心上人罗西昂伯爵结了婚。然而她回到高贵的婆婆身边时，却分明是一个失意的女人。她刚进家门就收到了一封勃特拉姆的信，信中的话真是令人心碎。

善良的伯爵夫人热情地迎接海丽娜，仿佛这是她儿子亲自选中的妻子，是一位出身高贵的小姐。看到勃特拉姆这么冷酷无情，把新婚妻子独自一人打发回家，伯爵夫人说了许多好话来宽慰海丽娜。尽管伯爵夫人对她这么慈祥，海丽娜还是郁郁寡欢，她说：“夫人，我的丈夫走了，一去不回头了！”勃特拉姆的信中写道：“倘若你能拿到我这枚永不离手的戒指，到‘那时’你就能管我叫‘丈夫’，然而你的‘那时’，正是我的‘永不’。”“这真是个可怕的判决！”海丽娜说道。伯爵夫人劝她耐心等待，说既然勃特拉姆走了，她就是伯爵夫人唯一的孩子，还说她配得上嫁给一位堂堂贵人，让二十个像勃特拉姆那样的莽撞小子供她使唤，口口声声称呼她为“女主人”。可是不管这位无比慈爱的婆婆如何尊敬她、恭维她、安慰她，都无法抚平她内心的伤痛。

海丽娜的眼睛一直盯着那封信，还在痛苦中脱口而出：“只要法兰西还有我的妻子，法兰西就没有什么可留恋的。”伯爵夫人问海丽娜，这也是信里的话吗？“是呀，夫人。”可怜的海丽娜只能这样回答。

第二天早上，海丽娜不见了。她留下一封信，吩咐等她走后交给伯爵夫人，好让伯爵夫人知道她突然出走的原因。她在信中告诉伯爵夫人，她感到十分伤心，因为她害得勃特拉姆远离了家园和祖国，为了弥补她的过失，她发愿要走一次伟大的圣雅各布朝圣之旅。信的最后她还要伯爵夫人通知勃特拉姆，就说那个令他厌恶的妻子已经永远离家而去了。

勃特拉姆离开巴黎之后就前往佛罗伦萨，在佛罗伦萨公爵的军队里当了军官。军队打了个漂亮的胜仗，他也因作战英勇立下了不少战功。勃特拉姆收到母亲的信，信中说到海丽娜已经出走，不会再烦扰他了。听到这个大好消息，勃特拉姆准备动身回家，就在这时，海丽娜恰好穿着朝圣者的装束，来到了佛罗伦萨。

人们去朝拜圣雅各布时通常途经佛罗伦萨。海丽娜进

了城，听说这里住着一位热情好客的寡妇，时常接待朝圣路过的女客，为她们提供食宿，给她们周到的款待。因此海丽娜就去见了这位好心的寡妇。寡妇十分客气地接待了海丽娜，并且邀她去参观这座城市的名胜古迹，还对海丽娜说，如果她想见识一下公爵的军队，自己也能把她带到看得见军队全貌的地方。“你还可以见到一位本国同胞，”寡妇说，“他就是罗西昂伯爵，在公爵军中立下了很大的功劳。”海丽娜一听说能看到勃特拉姆，二话不说就接受了寡妇的邀请。她跟随女主人前去，想到能再次见到亲爱的丈夫的脸庞，她的心中又是欣喜又是悲凉。

“他算得上是个俊美的男子吧？”寡妇问。

“我觉得他非常可爱。”海丽娜回答，她心里确实是这么想的。

她们边走边聊，那位健谈的寡妇一路上聊的全是勃特拉姆，她告诉海丽娜，勃特拉姆曾经结过婚，还说起他是如何抛弃了可怜的妻子，因为不愿和她一起生活，才来到这里加入公爵的军队。寡妇所说的故事正是海丽娜自己的不幸遭遇，对此海丽娜耐心地听着，但等这一段讲完，勃特拉姆的故事却还没有结束，寡妇接着谈到另一件事，她说出的字字句句都刺痛了海丽娜的心，因为后面说的正是勃特拉姆怎样爱上了她的女儿。

尽管勃特拉姆不喜欢国王强加给他的婚事，但看起来他并不是对爱情无动于衷。自从他随军驻扎在佛罗伦萨，他就爱上了一位年轻貌美的姑娘黛安娜。黛安娜就是那位招待海丽娜的寡妇的女儿。勃特拉姆夜夜来到黛安娜的窗前，弹唱各种乐曲歌颂她的美貌，向她大献殷勤。他天天缠着黛安娜就是为了一个目的，等她的家人都睡着之后，让他偷偷到她家去幽会。不过黛安娜知道他是个有妇之夫，无论如何也不答应这个非分的请求，也毫不理会他的追求。因为她是由一位洁身自好的母亲教养长大的，寡妇的家道虽然已经中落，但她出身高贵，是显赫的凯普莱特家族的后人。

那位好心的寡妇将这些事对海丽娜娓娓道来，极力称赞自己的女儿规矩守礼，说这多亏了她一直在女儿身边悉心教导、谆谆告诫。她还告诉海丽娜，勃特拉姆特别热切地恳求黛安娜让他当天晚上前来相会，因为第二天清晨他就要离开佛罗伦萨了。

海丽娜听说勃特拉姆爱上了寡妇的女儿，虽然感到十分伤心，可她一时急中生智，从这件事情上想出了一条计策。尽管上回的计策失败了，但她并不因此就灰心丧气，而是希望抓住这次机会使薄情郎回心转意。她向那个寡妇坦白，她就是被勃特拉姆抛弃的妻子海丽娜，并且恳求好心的女主人和黛安娜同意勃特拉姆当天晚上前来相会，到时候就让她假扮成黛安娜代为赴约。海丽娜告诉她们，她想要冒名与丈夫见面，主要是为了拿到他的戒指，因为他曾经说过，只有等她得到戒指，他才认她这个妻子。

寡妇和她的女儿既同情这位不幸被抛弃的妻子，又被海丽娜许诺的酬劳打动，因此她们答应帮海丽娜促成此事。海丽娜先给了她们一袋钱作为预付的定金。当天，海丽娜设法让人送信给勃特拉姆，就说她已经死了，希望他听到妻子的死讯、得知自己恢复自由之身以后，会去向假扮成黛安娜的海丽娜求婚。海丽娜相信，如果她能同时得到他的戒指和求婚的誓言，他们的婚姻一定会有良好的转机。

当晚天黑之后，勃特拉姆终于获许进入黛安娜的房间，海丽娜就在房里等着与他相会。勃特拉姆对着海丽娜说了许多痴狂的赞美和缠绵的情话，海丽娜听在耳中如获珍宝，虽然她知道那些话都是说给黛安娜听的。勃特拉姆对她越看越中意，和她越聊越投机，就发誓一定要娶她为妻，还要始终如一地爱她到永远。海丽娜则痴心地期盼着这些誓言会化为真情，终有一天，勃特拉姆会发现那位迷人的女郎正是他自己的妻子、他百般嫌弃的海丽娜。

勃特拉姆从来也不知道海丽娜是个多么柔情似水的女子，否则他就不会丝毫不把她放在眼里了。因为朝夕相处，他完全忽略了她的美貌——一张初次看见的脸庞会令我们敏锐地察觉它的美丑，一张习以为常的脸庞就失去了这个效果。至于海丽娜的见识和才华，勃特拉姆就更是一无所知了。因为她对勃特拉姆十分尊敬，又怀有恋慕之情，在他面前总是沉默寡言。可是事到如今，她未来的命运怎样，她的爱情能否圆满，似乎都取决于她当天晚上是否能给勃特拉姆留下一个美好的印象。于是当晚相会的时候，她使尽浑身解数来讨他的欢心，她优雅的气质、活泼的谈吐和温柔可爱的举止都让勃特拉姆十分着迷，发誓一定要娶她为妻。海丽娜向他索要手上的戒指作为爱情的信物，他立刻就摘下来给她。这枚戒指对她来说可真是太重要了。她也给了他一枚戒指作为回赠，那是之前国王赏赐给她的礼物。天还没亮，她就把勃特拉姆打发走了。他也就立刻动身回他母亲那里去了。

随后，海丽娜请寡妇和她的女儿陪她一同到巴黎去，因为要完成她定下的全套计策，还需要她们进一步的帮助。到了巴黎之后，她们才得知国王到伯爵夫人家里做客去了。于是海丽娜又连忙追随国王前往。

国王的身体仍然很健康，他也仍对妙手回春的海丽娜充满了感激之情。因此，他一见到伯爵夫人就提起海丽娜，说她是因勃特拉姆的愚蠢而遗失的一颗宝石。不过，看到伯爵夫人对海丽娜的死十分哀恸，一提起来就痛心不已，国王又说："尊敬的夫人，我现在已经宽恕一切，忘怀一切了。"然而，善良的老拉佛也在场，他不愿看到他最欣赏的海丽娜被轻易遗忘，于是他开口了："这番话我不吐不快，这位年轻的爵爷太对不起陛下，太对不起他的母亲，也太对不起他的妻子了。可是他最对不起的是他自己，因为他所失去的这位妻子，美貌足以使每个人见之惊艳，言谈足以令每个人听之迷醉，她简直尽善尽美，足以让每个人倾倒臣服。"国王说道："越是赞美那已经失去的事物，就越觉得回忆可贵。好了，叫他过来吧。"国王指的是勃特拉姆，这时他才出来拜见国王。国王见他对伤害海丽娜的事十分悔恨，又看在他已故父亲和贤德母亲的分上，就宽恕了他，并且恢复了对他的宠爱。

可是国王慈祥的脸色很快就变了，因为他看见勃特拉姆手上戴着的正是他赏赐给海丽娜的那枚戒指。他清清楚楚记得，海丽娜曾对着天上的圣人发誓，绝不让戒指离开她的手

指，除非遇到大灾大难，才会脱下它送还给国王本人，以此来向国王求助。国王追问勃特拉姆是怎么得到那枚戒指的，他只好编了个荒唐的故事，说是一位小姐从窗户里丢出来给他的，还坚持说自从结婚后他就没再见过海丽娜的面。国王知道勃特拉姆厌恶他的妻子，不由担心是他杀害了海丽娜，他吩咐卫兵把勃特拉姆拿下，并说："我心中充满了可怕的猜测，我恐怕海丽娜是被人杀害的。"

这时，黛安娜和她的寡母走进来，向国王递上了一纸诉状。诉状中说勃特拉姆曾郑重地向黛安娜许下婚约，请国王出面主持公道，迫使勃特拉姆履行承诺，娶黛安娜为妻。

勃特拉姆怕国王发怒，一口否认他许过什么婚约。这时黛安娜拿出海丽娜事先交给她的戒指，来证明自己所言非虚。黛安娜还说，勃特拉姆发誓要娶她为妻时，他们两人交换了戒指，她的那枚此刻就戴在勃特拉姆手上。听黛安娜这么一说，国王立刻吩咐卫兵把她也抓起来。关于戒指的来历，她讲述的版本跟勃特拉姆的大不相同，这更加深了国王的怀疑。国王说，要是他们不老实招认怎么拿到了海丽娜的戒指，就把他们两人一起处死。黛安娜求国王让她母亲去把那个卖戒指的珠宝商找来，国王准许了。寡妇出去后没多久，就领着海丽娜走了进来。

善良的伯爵夫人一直在暗自神伤，她不仅担心儿子的安危，更令她痛心恐惧的是，海丽娜真的有可能是被自己的儿子杀害的。这时她忽然看到她当作亲生女儿疼爱的海丽娜仍然活着，简直欢喜得不得了。国王高兴得几乎不敢相信自己的眼睛，问道："我所看见的真的就是勃特拉姆的妻子吗？"海丽娜想到自己是个还没得到丈夫承认的妻子，就回答说："不，陛下，您所看见的只是一个妻子的影子，有名无实。"

勃特拉姆连忙叫出声来："有名有实，有名有实！啊，请原谅我吧！"

"啊，我的少爷，"海丽娜说，"当我假扮成这位美丽的小姐时，我觉得您真是体贴入微。可是，看看您这封信！"于是，她用轻快的语气念出了她曾经一次次伤心呢喃的话：

“倘若你能拿到我这枚永不离手的戒指——我已经做到了，您亲手把那枚戒指交给了我。您还亲口许下了与我的婚约。现在，您愿意做我的丈夫吗？”

勃特拉姆回答：“如果你能证明那天晚上跟我相会的就是你，我愿意永远永远深爱着你。”这件事不难办到，因为黛安娜和寡妇跟着海丽娜来到这里，就是为了证明这个事实。国王感激海丽娜治好了他的病，对她非常看重，而黛安娜这么好心地帮助海丽娜，自然深得国王好感。于是国王许诺也赐给黛安娜一个高贵的丈夫。海丽娜的经历给了他一个启示：每逢可爱的姑娘立下大功，国王对她们最合适的赏赐莫过于一个好丈夫。

就这样，海丽娜发现，父亲留下的遗产确实受到了天上吉星的祝福，如今她终于成为心上人勃特拉姆的爱妻、她的高贵主母的儿媳，她自己也当上了罗西昂伯爵夫人。

驯悍记

这个出了名的悍妇叫作凯瑟琳，是帕多瓦一位富翁巴普提斯塔的大女儿。她脾气火暴，谁也不服，吵起架来十分泼辣，因此，在帕多瓦人人都称她为“悍妇凯瑟琳”。看来不太会有——其实可以说是根本没有男人胆敢娶她为妻。她的妹妹比恩卡性情温柔，已经有许多优秀的青年前来向她求婚，可她们的父亲一直拖延着不肯同意，为此受了不少抱怨。不过，巴普提斯塔对所有来向比恩卡求婚的人都这样回答：得等大女儿成功嫁出去之后，他们才有机会向小女儿求婚。

但事情就是这么凑巧。有一天，一位名叫彼特鲁乔的先生来到了帕多瓦，打算在这儿找个太太。他完全没有被凯瑟琳脾气火暴的传闻吓退，一听说凯瑟琳又有钱又美貌，就打定主意要娶到这位出了名的悍妇，再把她驯服成一个温柔

乖巧的妻子。要完成这样艰巨的任务，除了彼特鲁乔之外，也确实没有更合适的人选了。彼特鲁乔的性格跟凯瑟琳一样倔强，并且非常理性，懂得审时度势，同时还是个机智乐观的幽默大师。他能在十分冷静的状态下装出激动愤怒的样子，心里则对自己假装的坏脾气暗暗发笑，因为他素来是个大大咧咧、和气随性的人。所以，他娶了凯瑟琳之后做出大发雷霆的样子，都只不过是在捉弄她，或者说得更准确些，是因为他早就聪明地意识到，唯一的办法就是以其人之道还治其人之身，用和凯瑟琳一样的暴脾气来压倒脾气火爆的凯瑟琳。

于是，彼特鲁乔来向凯瑟琳求婚了。他先去请求巴普提斯塔允许他向这位“名门淑女”求婚，还故意调侃说，因为久闻这位小姐端庄贤淑、举止温柔，他专程从维洛那来到这里，只盼能得到她的垂青。尽管巴普提斯塔这个做父亲的很希望把女儿嫁出去，却不得不坦承凯瑟琳跟他所形容的对不上号。话刚说完，凯瑟琳就亲自展示了她究竟有多么“淑女”。只见她的音乐老师慌慌张张地冲进屋里，控诉他的学生“淑女”凯瑟琳刚刚用鲁特琴打破了他的头，就因为他给她的演奏指出了一点小毛病。彼特鲁乔一听这话，立刻赞道:“好一个勇敢的姑娘，我现在更爱慕她了，真想和她聊聊天。”为了催促巴普提斯塔尽快给出肯定的答复，彼特鲁乔又说:“巴普提斯塔先生，我事务繁忙，不能每天到府上来求婚。您知道我父亲是个什么样的人，他去世之后，所有田地和财产都留给了我。现在请您告诉我，要是我得到了令爱的垂青，您愿意给她怎样一份陪嫁?”

虽然巴普提斯塔觉得彼特鲁乔这样问有些唐突，不太像一个前来求婚的人，但他实在很想把大女儿嫁出去，就回答说，他会给大女儿两万克朗作为陪嫁，将来还会给她一半的遗产。于是，这桩奇怪的婚事很快就谈妥了，巴普提斯塔赶紧去告诉他那凶悍的女儿，有人上门向她求婚了，让她去见彼特鲁乔，听听他怎么求婚。

这时候，彼特鲁乔正在暗自演练求婚的招数。他自言自语道：“等她来到，我可得打起精神来向她求婚；要是她开口骂人，我就对她说她唱的歌儿像夜莺一样美妙；要是她向我皱眉头，我就说她看上去像沐浴着朝露的玫瑰一样清丽。要是她默不作声，我就恭维她的能言善辩；要是她叫我滚蛋，我就向她道谢，好像她留我多住一个星期一样。”

他正说着，凯瑟琳气势汹汹地走了进来。彼特鲁乔抢先和她打招呼说：“早安，凯特[①]，我听说这是你的小名。”凯瑟琳不喜欢他叫得这么亲热，轻蔑地说：“别人跟我说话的时候，都管我叫凯瑟琳。”

“你骗我，”求婚者回答，“你的名字就叫凯特，你是可爱的凯特，人家有时也叫你‘悍妇凯特’，可是凯特啊，你是世上最美最美的凯特，我到处听见人家称赞你温柔贤淑，所以特意来向你求婚，请你做我的妻子。”

这真是一场奇怪的求婚。她气冲冲地大嚷大叫，向他证明她的“悍妇”称号真是名不虚传，他却还在称赞她的温柔可爱和知书达理。直到最后，彼特鲁乔听到她父亲来了，为了尽快完成这场求婚，他说道：“可爱的凯瑟琳，我们不必说这些闲话了，你的父亲已经答应把你嫁给我做妻子，你的嫁妆也已经谈妥了，不管你愿不愿意，我都要娶你为妻。”

---

① 凯特（Kate）是凯瑟琳（Katherine）的昵称。

这时巴普提斯塔走了进来，彼特鲁乔说，凯瑟琳待他很亲热，还答应就在星期天与他完婚。凯瑟琳断然否认有这回事，并且说她情愿看他在星期天上绞架，一边痛骂父亲竟要把她嫁给彼特鲁乔这样一个疯疯癫癫的无赖。彼特鲁乔请巴普提斯塔不要介意她说的这些气话，因为他们两人刚才已经约好，当着人的时候，她还是装出不情愿的样子，其实在单独相处的时候，他早已领略了她的似水柔情。随后，他对凯瑟琳说:“凯特，让我吻一吻你的手。我就要到威尼斯去为你置办结婚礼服了。岳父，麻烦您预备酒席，宴请宾客。我会带回结婚戒指、精致的首饰和华丽的衣服，好让我的凯瑟琳打扮得漂漂亮亮的。吻我吧，凯特，我们星期天就要结婚了。”

到了星期天，所有参加婚礼的宾客都来齐了，左等右等就是不见彼特鲁乔的身影。凯瑟琳气哭了，认为他只不过是在拿她取笑。最后，彼特鲁乔总算出现了，可他答应过要送给凯瑟琳的华丽的结婚行头，一件也没有带来。他自己打扮得不伦不类，一点儿也不像个新郎，倒像是要在这正经场合上耍把戏似的。就连他随身带的仆人和他们骑的马，也都像他一样打扮得又寒酸又古怪。

无论大家怎么劝说，彼特鲁乔也不肯换掉这身衣服。他还说，凯瑟琳是要嫁给他，又不是嫁给他的衣服。大家发现跟他争辩没用，就只好这样子上教堂去了。在教堂里，他仍是这么疯疯癫癫的，牧师问他愿不愿意娶凯瑟琳为妻的时候，他大吼一声“是啊，愿意”，大家都吓了一跳，牧师更是吓得连手里的《圣经》都掉到了地上。牧师正要弯下身去捡书，这个疯狂的新郎又一拳把他连人带书一并打翻在地。在整个婚礼过程中，他一直这样又是跺脚，又是叫骂，连脾气暴躁的凯瑟琳都吓得浑身发抖。行完婚礼，还没等走出教堂，他就叫人上酒，扯开嗓子向来宾们敬酒，喝干酒后还把杯底浸过酒的面包片丢到教堂司事的脸上，而他这个古怪举动的唯一理由只是因为司事的胡子稀疏，一脸饿相，在他喝酒时像在向他讨要那块面包似的。这么一场疯狂的婚礼简直是空前绝后。然而彼特鲁乔这样装疯卖傻，只是为了更好地实现他那驯服悍妻的计划。

巴普提斯塔已经摆下了豪华的婚宴。可大家从教堂回来之后，彼特鲁乔就一把抓住凯瑟琳，宣布要马上带着新娘回家去。不管岳父怎么反对，也不管火冒三丈的凯瑟琳怎么怒骂，他还是坚持自己的主张。他声称做丈夫的有权对妻子随意驱使，于是就催逼着凯瑟琳快快上路——他看起来那么决然无畏，没有人敢上前阻拦他。

彼特鲁乔把妻子扶上一匹十分疲乏的马，那马是他特意挑选的，又瘦又弱，他自己和仆人们骑的马也好不到哪里去。他们一路走的都是坑坑洼洼、泥泞不堪的小道，凯瑟琳骑的马几乎要走不动了。每次只要它绊了一跤，彼特鲁乔就对着那可怜的筋疲力尽的牲畜大发雷霆，看上去他简直是全天下火气最大的人。

这真是一段十分艰苦的旅程，一路上凯瑟琳只听到彼特鲁乔对着仆人和马匹大吼大叫、狂轰滥炸。最后，他们总算到家了。彼特鲁乔很热情地欢迎女主人来到她的新家，但他心里已经打定主意，这一晚上什么东西也不给她吃，更不让她休息。不一会儿，桌子摆好了，晚饭也端上来了。然而彼特鲁乔对每一道菜都假意挑剔，把饭菜扔在地板上，还命令仆人把晚饭撤了。他还说这么做都是出于对凯瑟琳的爱护，绝不能让她吃这种没烧好的饭菜。凯瑟琳又累又饿，还吃不着晚饭，回到房间准备休息时，彼特鲁乔偏又挑起床铺的毛病来。他把枕头和床单满屋子乱丢，凯瑟琳只好坐在一把椅子上，每次她刚昏昏欲睡，马上就被丈夫的高声叫骂吵醒，他假意大发脾气，骂仆人没有把新娘子的床铺好。

第二天彼特鲁乔又重施故技，他对凯瑟琳说话总是和颜悦色，可每当她准备吃东西时，他就横挑鼻子竖挑眼，把摆在她面前的每样食物都扔出去，第二天的早饭也像头天的晚饭一样，被扔了一地。凯瑟琳，曾经那么盛气凌人的凯瑟琳，现在不得不恳求仆人偷偷给她一点吃的，但这些仆人早已受到了彼特鲁乔的吩咐，只回答她说，背着主人他们什么也不敢给她。

“啊，”凯瑟琳说，“难道他娶了我来，是要饿死我吗？到我父亲门前乞食的叫花子，也总可以讨到一点吃的。而从来不需要向人恳求什么的我，现在却吃不到一点东西，得不到一刻钟的安眠。他用高声的叫骂使我不能合眼，让我听他喧哗的吵闹听到饱。尤其气人的是，他这一切都借着爱护我的名义，好像我只要一睡觉、一吃饭，就会立刻死去一样。”

彼特鲁乔突然走进来，打断了她的自言自语。他也不希望妻子饿得太狠，于是给她端来了一小份肉。他还说：“我可爱的凯特，你今天好吗？亲爱的，看我对你是多么体贴，这可是我亲手为你煮的。我相信你一定会感谢我这番好意的。怎么，一句话也不说吗？看来你不喜欢它，我的辛苦都白费了。”接着他就吩咐仆人把盘子撤下去。极度的饥饿已经消磨了凯瑟琳的傲气，她虽然心中窝火，嘴上却说：“请您让它放着吧。”

但彼特鲁乔听她这么说还不满意，他回答说：“最微不足道的服务也应该得到一声道谢，你在吃肉之前应该谢谢我才是。”

这么一来，凯瑟琳只好勉强挤出一句：“谢谢您，夫君。”

彼特鲁乔这才让她吃了一丁点儿肉，还说：“凯特，但愿吃点东西会让你的心更加温柔。快吃吧！现在，我亲爱的宝贝，咱们现在要回你父亲家了，你可要打扮得十分体面，我们要穿绸衣、戴缎帽，还要戴上金戒指，衬上绉领、围上围巾、拿着扇子，什么都要备两套替换。”为了让凯瑟琳相信他真要给她置办这些华丽的装束，彼特鲁乔叫来了一个裁缝和一个帽匠。他们还拿来了他替妻子定做的一些新衣裳。这时，凯瑟琳还没吃个半饱，彼特鲁乔就说道：“怎么，你已经吃完了？”一边吩咐仆人把她的盘子拿走了。

帽匠拿出一顶帽子，说：“这是您叫我做的那顶帽子。”彼特鲁乔立刻又发起了脾气，说那帽子像一只汤碗，最多只有蛤蜊壳或者胡桃壳那么大，要帽匠拿回去做个更大的来。

凯瑟琳说：“我就要这一顶，名媛淑女都戴这种帽子。”

“等你成为淑女，”彼特鲁乔说，“你也可以戴一顶；现在还不行。”

凯瑟琳刚刚吃下去的肉多多少少振奋了她的精神，她说：“哼，先生，我相信我也有说话的权利，而且我一定要说。我不是个不谙世事的小孩，更不是个任人摆布的婴儿，比你尊长的人都让我畅所欲言，你要是不爱听，最好堵上你的耳朵。”

彼特鲁乔就当没听见妻子的这些气话，因为他早已找到一个更好的办法来对付她，根本用不着跟她吵嘴。因此他回答说：“是啊，你说得对，这帽子的确糟糕。你这么不喜欢它，所以我才格外爱你。”

“爱我也好，不爱我也罢，”凯瑟琳说，“我喜欢这顶帽

子，我只要这顶，不要别的。”

“你是说你想看看那件袍子吧。”彼特鲁乔继续故意曲解她的话。于是裁缝走上前来，给她看一件为她缝制的华丽的袍子。彼特鲁乔本就打算帽子和袍子都不给她，又照样挑起了袍子的毛病。“哎哟，天哪！”他说，“这成什么东西了！你管这玩意儿叫袖子吗？简直是个小炮筒。上上下下都是褶儿，活像一只苹果挞。”

裁缝说：“这是您叫我照着流行的式样做的。”凯瑟琳也说，她从没见过一件比这更时髦的袍子。到这儿彼特鲁乔已经铺垫完毕。他那边暗中派人告诉帽匠和裁缝这些货款都会照付，并为自己莫名其妙的态度道歉；这边却破口大骂，粗暴无礼地把帽匠和裁缝赶出了门。然后，他转过身对凯瑟琳说：“好吧，来，我的凯特，我们就老老实实穿着这身寒酸的家常衣裳，到你父亲家里去吧。”

于是他吩咐备马，声称现在大概是七点钟，他们要在午饭时分赶到巴普提斯塔家。其实，他说话的时候根本不是大清早，而是已经到中午了。因此，凯瑟琳虽然几乎被他的火暴脾气给镇住了，但还是忍不住小心翼翼地说：“夫君，我敢说现在快两点了，到那里去也许赶不上吃晚饭呢。”

可彼特鲁乔就是想使她完全顺服，非要她对他说的话随声附和，才肯带她回去见她父亲。因此，仿佛他连太阳也能主宰，连时间也能操控一样，彼特鲁乔说，他高兴什么时辰走就什么时辰走，要不然他就不动身。“我说的话，做的事，”他说道，“你总是要跟我闹别扭。好，那我今天不去了，等我要去的时候，我说几点钟就是几点钟。”

就这样，凯瑟琳不得不学着成为一个顺从的妻子。彼特鲁乔一直等到把她这块百炼钢磨成了绕指柔，磨到甚至都不敢想起还有“反驳”这样的词，才肯带她回去见她的父亲。即使出发到了半路上，她又险些被迫折返，只因为大中午的时候，彼特鲁乔说天上的月亮照得很亮，而她不经意间说出了那是太阳。

“现在，我以我母亲的儿子——也就是我自己——的名义起誓，”彼特鲁乔说，“我要说它是月亮，它就是月亮；我要说它是星星，它就是星星；我说它是什么，它就是什么，否则就不到你父亲那里去。”接着他就假装要再次折返。可这时的凯瑟琳已经不再是“悍妇凯瑟琳”，而是一个柔顺的妻子，她连忙说道：“请您还是继续前进吧，我们都已经走了这么远了。它是太阳也好，是月亮也罢，随便您怎么说都对。您要高兴说它是灯芯草做的蜡烛，我也一定就认为它是蜡烛。”

彼特鲁乔决心再试她一试，就又说道：“我说——它是月亮。”

“我知道它是月亮。”凯瑟琳回答。

“你胡说，它明明是耀眼的太阳。”彼特鲁乔说。

“那就是耀眼的太阳吧，”凯瑟琳回答，“可您要说它不是太阳，那它就不是太阳了。随便您叫它什么名字吧，您说它叫什么，凯瑟琳就管它叫什么好了。”

这样一来，他才让她继续往前走。可他还想试试她会不会一直这么柔顺。于是，他们在路上遇到一位老人，他就硬要把老人当成年轻姑娘，打招呼说：“高贵的小姐，您早啊。”他还问凯瑟琳她可曾见过更漂亮的姑娘，夸奖老先生的脸蛋白嫩红润，又把他的眼睛比作两颗明亮的星星。接着还对他说:“漂亮的小姐，再一次向您问好!”并且对他妻子说:“亲爱的凯特，她长得这么美，你应该跟她亲热亲热。”

如今的凯瑟琳已经彻底被驯服了，她立刻照着丈夫的话去做，有样学样地对那位老先生大声赞美道:“娇嫩如蓓蕾的姑娘，您真是美丽、水灵又可爱，请问您要到哪里去?您家住在什么地方?您的父母生下您这么美丽的孩子，真是太有福气了。”

“啊，怎么，凯特，”彼特鲁乔说，“你可别发疯呀。这明明是个男人，还是个满脸皱纹、又干又瘦的白发老翁，并不是你说的什么年轻姑娘。”

一听这话，凯瑟琳赶紧改口:“老先生，请您原谅，太阳光照得我一时眼花，看什么东西都是迷迷糊糊的。现在我才发现您是一位可敬的老人家，请您千万原谅我刚才的唐突吧。”

“老先生，请您原谅她，”彼特鲁乔说，“还请问您现在到哪里去，要是咱们同路的话，我们倒很乐意跟您做个伴儿。”老先生回答:“好先生，还有你，这位淘气的夫人，这番萍水相逢，倒是让我有点摸不着头脑。我的名字叫文森修，正准备去看望我的儿子，他住在帕多瓦。”

彼特鲁乔这才发现，这位老先生原来是路森修的父亲，而路森修就要跟巴普提斯塔的小女儿比恩卡结婚了。彼特鲁乔告诉文森修他的儿子结了一门阔亲事，文森修听了心花怒放。他们十分愉快地结伴同行，一直走到了巴普提斯塔的家。只见屋里聚集了许多宾客，都是来参加比恩卡和路森修的婚礼的——巴普提斯塔把凯瑟琳嫁出去之后，很快欣然同意了比恩卡的婚事。

他们一进屋，巴普提斯塔就欢迎他们来参加婚宴。宾客中还有另一对新婚夫妇。其中的丈夫霍坦西奥正在跟比恩卡的新郎路森修讲着悄悄话，他们忍不住要嘲笑彼特鲁乔娶了个脾气火暴的悍妇，暗自庆幸自己挑选的妻子性格柔顺，调侃彼特鲁乔运气不好，看走了眼。

彼特鲁乔起初不去理会他们的玩笑，可是等到吃完晚宴，女士们退席之后，他才发现岳父大人巴普提斯塔也和他们一起嘲笑他。当彼特鲁乔声称他的妻子比其他两人的妻子更顺从时，凯瑟琳的父亲却说："哎，彼特鲁乔贤婿，说句实在话，我恐怕你是娶了一个最凶悍的女人。"

"哦，"彼特鲁乔说，"我认为不然，为了证实我说的话，让我们打个赌：我们各自派人去叫自己的妻子过来，看谁的妻子最顺从——谁的妻子一叫就来，就算谁赢了。"

另外两个做丈夫的都很乐意打这个赌，因为他们都确信自己温柔的妻子肯定比蛮横的凯瑟琳顺从得多。他们提议赌二十克朗，但彼特鲁乔高高兴兴地说，他就算拿自己的鹰犬来打赌，也会赌上这个数目；如今既然是拿他的妻子打赌，应当加上二十倍赌注。于是，路森修和霍坦西奥把赌注加

到了一百克朗。路森修第一个派人去把比恩卡叫到他们这儿来。可仆人来回话说:“先生，太太说她没有空，不能来。”

“什么!”彼特鲁乔说，“她竟然说没有空不能来，这是一个妻子该有的答复吗?”

路森修和霍坦西奥都嘲笑起他来，纷纷说只怕凯瑟琳的答复还要不客气呢。这下轮到霍坦西奥派人去叫他的妻子来了，他对仆人说道:“你去恳请太太到这儿来一趟吧。”

“哎哟，恳请!”彼特鲁乔说，“这么着她总该来了吧。”

“老兄，”霍坦西奥说，“我怕尊夫人连恳请都请不来呢。”但没过多久，这位有礼貌的丈夫就傻眼了，因为他看见仆人自个儿回来了，根本没有女主人的身影。“怎么回事？我太太在哪里?”

“先生，”仆人回答，“太太说您准是在开玩笑，所以她不愿意来。她还叫您到她那儿去呢。”

“一个比一个糟!”彼特鲁乔说。他叫来自己的仆人吩咐道:“嘿，到太太那儿去，就说我命令她过来见我。”大家还没来得及细想凯瑟琳能否接受这种命令的语气，巴普提斯塔就惊讶地叫出了声:“哎呀，我的天，凯瑟琳真的来了!”凯瑟琳走进来，温柔地对彼特鲁乔说:“夫君，您叫我来有什么吩咐?”

“你的妹妹和霍坦西奥的太太到哪里去了?”彼特鲁乔问。

凯瑟琳回答:“她们都在火炉旁聊天。”

“你去把她们叫过来。”彼特鲁乔说。凯瑟琳二话不说，连忙去完成丈夫的吩咐。

“假如天底下有怪事，”路森修说，“这可算是咄咄怪事了。”

“真是怪事，”霍坦西奥说，“也不知这预兆着什么呢?”

“它预兆着和睦，”彼特鲁乔说，“恩爱、恬静、夫唱妇随的婚姻生活，总而言之，预兆着一切的美满与幸福。”凯瑟琳的父亲见到女儿有如此改变，十分欣喜地说:“恭喜恭喜，彼特鲁乔贤婿！你已经赢了，我还要额外添上两万克朗，就当作给我另一个女儿的嫁妆，因为她简直完全变成另一个人啦。”

“好，”彼特鲁乔说，“为了让你们知道我赢得并非侥幸，我还要让你们看看她现在是多么柔顺贤淑。”

这时，凯瑟琳正好带着另外两位太太进来了。彼特鲁乔接着说:“瞧，她已经用她的为妇之道，把你们俩的妻子俘虏来了。凯瑟琳，你那顶帽子戴着不好看，把那玩意儿脱下来，丢在地上吧。”凯瑟琳立刻摘下帽子，丢在地上。

“天哪，”霍坦西奥的妻子叫道，“我从没见过比这更傻的事儿!”

比恩卡也说:“呸，这叫什么为妇之道，真是愚蠢透顶啦。”听到这话，比恩卡的丈夫对她说道:“我倒希望你的为妇之道像她一样愚蠢呢，亲爱的比恩卡，你的为妇之道倒是明智，却害我在晚饭后这点时间里就输掉了一百克朗。”

“那还是要怪你愚蠢，”比恩卡说，“拿我的为妇之道来打赌。”

“凯瑟琳，”彼特鲁乔发话了，“你去告诉这些蛮横的女人，做妻子的应该对她们的夫君履行什么妇道。”

这位刚刚洗心革面的悍妇竟然滔滔不绝地夸口说，为妇之道在于顺从丈夫，正如她对彼特鲁乔百依百顺一样。在场的人听她这么说，都目瞪口呆。于是，凯瑟琳又在帕多瓦城中出名了，但这一回她不再是大名鼎鼎的“悍妇凯瑟琳”，而是作为帕多瓦城最顺从、最贤惠的妻子远近闻名。

错误的喜剧

叙拉古和以弗所这两个城邦彼此敌对，因此叙拉古制定了一条严酷的法律，规定只要叙拉古商人在以弗所城中出现，这个人就要被处死，除非他能够缴纳一千个马克，才能赎回他的性命。

有一天，来自叙拉古的老商人伊勤在以弗所的街道上被人发现，于是人们把他带到以弗所的公爵面前，问他是打算缴纳那一大笔赎金，还是准备接受死刑。伊勤没有钱支付赎金，公爵即将判他死刑，可是在宣判之前，公爵要他先讲讲自己的身世，并且解释一下为什么他明知有这一条法律，还要不顾性命来到以弗所。

伊勤说他并不怕死，因为悲伤早已让他厌弃了自己的生活，但要他说出他不幸的人生，那才是一个巨大的难题。然后他就开始讲述自己的身世，原来是一个这样的故事：

“我出生在叙拉古，长大后学会了做买卖。我娶了个妻子，日子过得和和美美。后来我有事要到埃必丹农去，因为生意上的事务待了半年多，当我发现还得再耽搁些时候，就把妻子接到了我的身边。她来到后没多久，就生下了两个男孩。说来也奇怪，这两个孩子长得一模一样，完全分不出谁是谁来。就在他们诞生的时辰，同一家客店里一个贫苦女子也生下了两个儿子，这对双胞胎长得也是一模一样。我见他们贫苦无依，就出钱买下了这对双胞胎，把他们抚养长大，侍候我的两个儿子。

“我的儿子长得十分好看，妻子对他们非常宠爱，每天催促我早早归乡，我虽然不大愿意，终于答应了她。哎，只是我们上船的日子选得太不凑巧了！船才刚离开埃必丹农

一海里，海上就掀起了可怕的风暴，风暴越来越猛烈，水手们眼看救船无望，纷纷挤上一艘小艇逃命，把我们丢在那条随时会被风暴摧毁的大船上。

“我的妻子不停地哭泣，还有我那两个可爱的小宝宝，他们还不知道什么是害怕，看到妈妈在哭，也跟着一起哭。我虽然并不怕死，但看到这番凄惨的情景，也忍不住为他们的命运战栗，一心想要设法保全他们的性命。于是我效仿航海的人们遇到风暴时采取的办法，把小儿子绑在一根小的备用桅杆上，又把另一对双胞胎中的弟弟绑在桅杆的另一头。同时我还教着妻子用另一根桅杆把剩下的两个孩子也照样绑好。就这样，她照看两个哥哥，我照看两个弟弟，我们把自己也绑到各自的桅杆上。后来，我们的船碰上了一块巨大的礁石，撞得粉碎，要不是靠着先前的准备，我们都会被海浪卷走。我们紧紧抱住细长的桅杆，在海面上漂浮起来，我忙着照看两个孩子，腾不出手去帮我的妻子，她和另外两个孩子一起，很快就被海水冲向了远处。我只能远远地望见，他们大概是被科林多的渔夫救起来了。看到他们安全脱险，我也就能专心跟狂暴的海浪搏斗，以保护我亲爱的小儿子和那个小仆人。最后我们也被一条船救了起来，船上的水手认识我，因此殷勤地招待了我们，还把我们安全送回了叙拉古。可是，自从那场不幸发生之后，我就再也不知道妻子和大儿子的下落了。

“小儿子成了我唯一的亲人。他长到十八岁时，就开始不断向我问起母亲和哥哥的下落，央求我准许他带着他的随从，也就是那个同样失去了哥哥的小仆人，一起出去寻找他们。最终我勉勉强强地同意了，我虽然非常渴望听到妻子和大儿子的消息，却也担心会失去我仅有的这个小儿子。到如今小儿子离开我身边已有七个年头了。五年以来，我到处搜寻他们，走遍了希腊，直达亚洲边界，然后又沿着海路往回走。我不愿漏过任何一处有人烟的地方，这才在以弗所上了岸。可是我这一生今天要在这里告终了，要是我能确信我的妻儿尚在人间，也就死而无憾了。”

伊勤的悲惨遭遇打动了公爵的心。公爵非常同情这位为了寻找妻儿招来杀身之祸的可怜父亲，他说，若不是因为法律不可违背，并且他自己的地位和誓言不可逾越，他一定会赦免伊勤；但即使无法收回死刑的命令，他也不愿立刻执行，而是再宽限伊勤一天时间，无论是乞讨还是借贷，总之要想办法筹到一笔钱来赎回自己的生命。

可是这一天的宽限并没有带给伊勤多少希望。因为他在以弗所一个人也不认识，靠陌生人借或者给他一千马克来交罚金的机会更是渺茫。满怀着无助和绝望，伊勤在狱卒的押送下离开了公爵的殿堂。

伊勤还以为自己在以弗所举目无亲，可事实上，就在他冒着生命危险前来寻找妻儿的时候，他的两个儿子正好都在以弗所城中。

伊勤的两个儿子不仅身材相貌一模一样，还取了相同的名字，都叫安提福勒斯，而他们的双胞胎仆人也都叫德洛米奥。伊勤的小儿子（我们称他为叙拉古的安提福勒斯，或者小安提福勒斯），就在父亲进入以弗所城寻找他的同一天，刚好也带着仆人小德洛米奥来到了这里。作为叙拉古的商人，他也面临着跟父亲相同的危险；幸好他遇到了一个朋友，告诉他有一位年迈的叙拉古商人在城中遇险，建议他乔装打扮成埃必丹农的商人。小安提福勒斯照着朋友的话改变了衣装。他听说自己的同乡被判死刑，感到十分惋惜和难过，但他万万没有想到的是，那位年迈的商人正是自己的父亲。

伊勤的大儿子（为了跟弟弟区分开，我们管他叫以弗所的安提福勒斯，或者大安提福勒斯）已经在以弗所生活了二十多年。他十分富有，完全有能力交出罚金，为父亲赎回性命。但他根本就对父亲一无所知。因为渔夫在海上救起他和他母亲的时候，他的年纪还太小，只记得自己得救了，对父亲和母亲都没有什么印象。渔夫救起他们之后，就从那位悲痛欲绝的女子怀中夺走了两个孩子，打算把他们卖掉。

后来，渔夫把这两个孩子卖给了著名的将军米那封公爵，他是以弗所公爵的叔叔。他去探望自己的侄儿时，也把这两个孩子一并带到了以弗所。

以弗所公爵很喜欢大安提福勒斯，就抚养他长大，还让他在自己军队里当了一名军官。大安提福勒斯也没有令公爵失望，他作战英勇，立下许多战功，还在战场上救了恩人公爵一命。公爵为了奖赏他，就撮合他和以弗所城中一位富家小姐阿德里安娜结了婚。他的父亲来到以弗所时，大安提福勒斯正和家人一同生活在这个城市里，仆人大德洛米奥也还在他身边侍候着。

小安提福勒斯跟那位提醒他乔装避祸的朋友告别之后，就将一些钱交给仆人小德洛米奥，让他带到他们投宿的客店里，而他自己准备先在城里逛逛，看看当地的风土人情。

小德洛米奥生性活泼，每当小安提福勒斯感到郁闷，总是靠小德洛米奥的插科打诨来排解情绪。因此，他们之间不像一般的主仆那样尊卑分明，倒像是能随意聊天的朋友。

小安提福勒斯把小德洛米奥派走之后，就在原地站了一会儿，他回想自己出门寻找母亲和哥哥，一路上到处扑空，没能打听到一点消息，不禁悲伤地自言自语道：“我就像海中的一滴水，出门去找另一滴水，结果在茫茫大海中迷失了方向。为了找到母亲和哥哥，我一直苦苦漂泊，不知哪一天才能重返家园。”

他正在悲叹着寻亲之旅的风尘仆仆、徒劳无获的时候，忽然看见德洛米奥已经回来了。小安提福勒斯很奇怪他怎么回来得这么快，就问他把钱放在哪里了。其实，这个人并不是他的仆人小德洛米奥，而是跟大安提福勒斯一起生活在以弗所的大德洛米奥。正如伊勤所说，这两对双胞胎长得一模一样，现在他们长大后仍是这么相像。难怪小安提福勒斯把大德洛米奥错认为自己的仆人，问他为什么回来得这么快；而大德洛米奥也把小安提福勒斯当成了自己的主人，回答他说：“太太吩咐我来请您回去吃晚饭。鸡肉已经烧焦了，猪肉也快烤化了，如果您再不回家，肉就都要凉掉了。”

“这不是开玩笑的时候，”小安提福勒斯说，“你把钱放在哪儿了？”可大德洛米奥还是回答说，太太派他来请安提福勒斯回去吃饭呢。

“什么太太？”小安提福勒斯一头雾水。

“噢，就是您的太太呀。”大德洛米奥回答。

小安提福勒斯还没有娶妻，他认为德洛米奥在胡说八道，感到非常生气，就说：“我平日里和你闲谈说笑惯了，你就敢对我这么放肆胡闹吗？我现在没有心思跟你耍贫嘴，钱究竟放在什么地方了？我们在这里人生地不熟的，你怎么敢把这么多的钱随便丢下？”

大德洛米奥听见主人说他们“人生地不熟”，还以为安提福勒斯在开玩笑呢，就嬉皮笑脸地回答：“老爷，您如果要说笑话，请留到饭桌上再说吧。我只是奉命来请您回去吃饭的，太太和姑太太都在等着您呢。”

这下小安提福勒斯实在是忍不住了，挥拳揍了大德洛米奥。大德洛米奥赶紧跑回家去禀告太太，说主人不愿意回家吃饭，还声称自己根本没有太太。

大安提福勒斯的妻子阿德里安娜听到丈夫自称没有太太，顿时大为光火，她向来喜欢吃醋，这时更是愤愤地说，安提福勒斯准是爱上了别的女人。她越想越气，对想象中有了外遇的丈夫狠狠地指责起来。和她住在一起的妹妹露西安娜试图劝她冷静一点，可是她根本听不进去。

小安提福勒斯回到客店，发现小德洛米奥好端端地带着钱在那里等他。他一看见德洛米奥，正准备责备仆人刚才不该跟自己乱开玩笑，这时阿德里安娜来到了他的面前。她以为眼前的安提福勒斯就是她的丈夫，开始责怪他用这种陌生的眼光瞧着自己（可小安提福勒斯确实没见过这个气势汹汹的女人，当然会把她当作陌生人）。然后她又对他说，想当年没结婚时，他是多么爱她，如今竟然移情别恋了。“怎么会这样啊，我的夫君，”她说道，“我怎么就失去了你的欢心？”

“您是在对我说这些话吗？尊敬的夫人？”小安提福勒斯惊讶地说。接着他又对她百般解释，说自己并不是她的丈夫，而是两个小时前刚刚来到以弗所的过客，可这些都只是白费口舌，这位夫人坚持要他一起回家。小安提福勒斯实在没法脱身，最后只好跟着她回了家（其实是他哥哥大安提福勒斯的家）。他和阿德里安娜姐妹一起吃了饭，她们俩一个

叫他“夫君”，一个叫他“姐夫”，他彻底被弄糊涂了，心想自己一定是在梦中跟她结的婚，要不就是现在还在做梦未醒呢。跟他们同去的小德洛米奥也大吃一惊，因为这家里的厨娘是大德洛米奥的妻子，见了他就口口声声叫他丈夫。

正当小安提福勒斯一头雾水地跟他的嫂子吃饭时，他的哥哥，也就是真正的男主人带着大德洛米奥回家来了。可是家里的仆人不肯给他们开门，因为女主人吩咐过今天不接待客人。他们使劲地敲门，又大喊“安提福勒斯和德洛米奥回来啦”，却只引来女仆们的嘲笑，她们说安提福勒斯正和太太一起吃饭呢，德洛米奥也早就进了厨房。他们都快要把门敲破了，还是没有人开门让他们进去，大安提福勒斯听说竟然有另一个男人在和自己的妻子共进晚餐，更是感到十分诧异。最后，大安提福勒斯愤愤然离开了自己的家。

小安提福勒斯终于吃完了饭，他听那位夫人仍然不停地叫他“夫君”，又见厨娘声称小德洛米奥是她的丈夫，觉得整件事情真是太离谱了。虽然他觉得妹妹露西安娜非常迷人，但实在无法忍受阿德里安娜的醋劲儿，他赶紧找借口走了出去。而小德洛米奥在厨房里面对着厨娘也是如坐针毡，恨不得马上离开。就这样，主仆二人都以最快的速度从他们的新太太身边溜之大吉了。

小安提福勒斯刚走出这栋房子，就遇到了一个金匠。金匠也跟阿德里安娜一样，把他当成了大安提福勒斯，叫着他

的名字，交给他一条金链子。尽管小安提福勒斯一再拒绝，说这链子不是他的，金匠却回答说这分明是他定做的，把链子硬塞在小安提福勒斯手里，然后就走开了。小安提福勒斯接二连三地碰上这些怪事，觉得自己简直是中了邪，他吩咐小德洛米奥赶紧把行李搬上船，只求尽快离开这个古怪的地方。

错将金链子交给小安提福勒斯的那个金匠，很快就因为拖欠债务被抓了起来，这时大安提福勒斯恰巧从旁边路过。金匠一看到他，就向他索要定做金链子的费用，因为这笔货款的钱数刚好跟他欠下的数目差不多。大安提福勒斯一口咬定自己没有收到什么金链子，而金匠坚持说自己在几分钟前刚把金链子交给了他，双方争执了好半天，都认为自己有理。在大安提福勒斯看来，金匠确实没有给过他金链子；而由于这对双胞胎兄弟长得一模一样，在金匠眼中，他绝对已经把金链子交到了面前这个人的手里。最后，金匠由于欠债被官差带走了，同时他又控告大安提福勒斯不付货款，让官差也逮捕了大安提福勒斯。于是一番争执之后，两人都进了监狱。

大安提福勒斯被押送入狱的路上，遇到了弟弟的仆人小德洛米奥，误以为那是他自己的仆人大德洛米奥，就吩咐他去见太太阿德里安娜，叫她带上钱来把账付清。小德洛米奥实在想不通，主人在那个古怪的地方吃完饭，刚刚迫不及待地逃出来，为什么又要派他回到那里去呢？他原本是为了来告诉主人船就要开了，可他看主人的神情不像在开玩笑，就不敢多说什么，赶紧向阿德里安娜的房子走去，一边走还一边小声地抱怨。“那里，”他嘀咕道，“还有一个婆娘要认我做丈夫。我只好硬着头皮去一趟，主人之命不可违抗。”

阿德里安娜把钱交给了小德洛米奥。他拿着钱袋往回赶的时候，却遇上了他真正的主人——小安提福勒斯。小安提福勒斯还在为一路上的奇遇惊诧不已，他的双胞胎哥哥在以弗所人脉很广，因此街上的人都像老朋友一样向他问好致意，有人还钱给他，说是欠他的债，有人请他到家里坐坐，有人感谢他帮的忙，还有一个裁缝拿出些绸缎给他看，说是为他采买的，还非要给他量尺寸、做衣裳。人们都把他认成了他的哥哥。

小安提福勒斯越发觉得自己来到了一个邪门的地方。小德洛米奥的出现丝毫没有减轻他的困惑，因为这个仆人一个劲地问他，官差刚才不是正押送他到监狱去吗？他是怎么逃脱出来的？还交给他一袋金子，说是阿德里安娜给他用来还账的钱。小德洛米奥满口说的押送啦、监狱啦，还有阿德里安娜给的钱，把小安提福勒斯搞得更糊涂了。他说："德洛米奥这家伙准是疯了，我们已经迷失在幻境之中。"他被自己这种胡思乱想吓得不轻，不禁叫道："上帝保佑我们快快离开这鬼地方！"

就在这时，又一个陌生女人走到他的面前，亲热地叫着他的名字，说自己刚刚和他一起吃饭，还说他答应送她一条金链子，现在特地来向他索要。小安提福勒斯实在是忍无可忍，开口就骂那女人是魔鬼，还说自己从来没有答应送她什么金链子，也没有和她吃过饭，甚至连她的面都没有见过。那个女人一口咬定饭也吃过，金链子也许诺过，小安提福勒斯一再否认，那个女人只好让步说，她给过他一只贵重的戒指，如果他不信守承诺给她金链子，她必须拿回自己的戒指。小安提福勒斯简直要被她逼疯了，大骂她是妖魔鬼怪，辩称自己跟她和她的戒指根本扯不上任何关系，然后就赶紧跑开了。显然那个女人和其他人一样，也把他错认成了他哥哥，她向小安提福勒斯纠缠不休的事情，其实都是大安提福勒斯干的。

原来，话说大安提福勒斯那天在自家门口吃了闭门羹，气冲冲地转身离去。他知道妻子素来是个醋坛子，认为她又在拈酸作怪；他还想起妻子经常乱吃飞醋，责怪他找了别的女人；为了报复妻子把他关在门外，他决定索性真去寻欢作乐一番。于是他就去找那个女人一起吃饭，见那女人对他十分殷勤，又想起在妻子那里饱受委屈，大安提福勒斯当场就许诺要送给她一条金链子，而那原本是他打算送给妻子的礼物，也正是后来金匠错交给小安提福勒斯的那条。那个女人听说能得到一条金链子十分欢喜，就先送了一只戒指给大安提福勒斯。因此，毫不知情的小安提福勒斯刚才否认收过戒指，还说根本不认识她，最后还愤愤而去，在那个女人看来，简直是神经错乱了一样。于是那个女人决定去找阿德里安娜，告诉她说她的丈夫发疯了。她正在向阿德里安娜诉苦，官差押送着大安提福勒斯走了进来。因为阿德里安娜交给小德洛米奥的钱袋给错了人，大安提福勒斯左等右等不见钱来，还得回家拿钱还债呢。

阿德里安娜见丈夫责备自己不该把他关在门外，已经开始相信那个女人所说的她丈夫发疯的事，她又想起吃饭时丈夫一直念叨着他不是她的丈夫，刚刚才到以弗所，越想越觉得他真的发疯了。因此她把钱交给官差让他们放人，又吩咐仆人用绳索把她丈夫绑起来，关进一间黑屋子，请医生来治他的疯病。大安提福勒斯竭力辩解、拼命挣扎，可他这副歇斯底里的样子只能让大家更加确信他发疯了。大德洛米奥试图证明主人说的是事实，结果也被当成疯子一起绑了起来。

阿德里安娜才刚把丈夫关起来没多久，就有一个仆人跑来向她报告：安提福勒斯和德洛米奥正在街上大摇大摆地走着，想必是从看管他们的人那里逃走了。阿德里安娜一听竟有这样的事，就和妹妹一起带了几个帮手，马上要去把丈夫

抓回家。他们一行人走到附近一个女修道院门口，看见了小安提福勒斯和小德洛米奥。小安提福勒斯脖子上还挂着那条金链子，正在同金匠争论不休。金匠怪他刚才硬说没收到链子，还想赖账；小安提福勒斯则反驳说链子明明是金匠主动送给他的，而且他早晨收下链子后没再跟金匠碰过面。

阿德里安娜赶紧冲上前去，说她这个发疯的丈夫怎么从家里跑出来了，吩咐帮手们把主仆二人抓住；但这两个人立刻逃进了修道院，小安提福勒斯恳求修道院的女院长让他们在那里暂避一下。

这位女院长是个严肃审慎、受人敬重的女士，对人对事总能明察秋毫，因此她不愿轻易交出这两个前来求助的人，而是先亲自出来询问骚乱的起因。院长向阿德里安娜仔细盘问她丈夫发疯的经过："你丈夫为什么会突然发疯呢？是因为船只失事，损失了许多财产吗？还是有好朋友最近去世，使他精神崩溃了呢？"阿德里安娜回答说，并没有发生过这样的事情。"也许，"女院长说，"他爱上了别的女人，因此迷失了心智。"阿德里安娜说，她确实一直怀疑他有了外遇，所以才老是不着家。女院长见阿德里安娜神情这么激动，她猜想那位做丈夫的不回家不是因为外遇，而是因为妻子的醋劲儿实在太大了。于是院长试探地说："那么你就该责备他呀。"

"是呀，我也曾责备过他。"阿德里安娜回答。

“也许你责备得不够厉害。”院长又说。

阿德里安娜为了向院长证明自己确实充分警告过安提福勒斯，就回答说：“我们成天都谈这个话题。在床上他被我劝告得不能入睡，吃饭时他被我劝告得不能下咽。没有旁人的时候，我就专跟他谈论这件事；当着客人的面，我就旁敲侧击地警告他。我总是对他说，移情别恋是一件最最卑鄙无耻的事。”

女院长听到这个善妒的阿德里安娜已经不打自招，就说道：“所以你丈夫才发疯了呀。妒妇的长舌比疯狗的牙齿更毒。他被你骂得失眠，所以才头脑发昏。他吃饭时听饱了你的教训，所以害得他消化不良，郁积成病。你说他在游戏的时候，也因你的呵斥而破坏了兴致，一个人既然找不到慰藉的消遣，他自然要闷闷不乐，心灰意冷，百病丛生了。总之，你丈夫是由于你的多疑善妒，才丧失了理智的。”

露西安娜想替姐姐辩解，就说姐姐只不过是轻轻劝告他几句罢了。她又对姐姐说：“你怎么能让她这样责备你，却一句嘴都不回？”可是女院长已经一针见血地指出了阿德里安娜的问题，她只好回答说：“经院长这么一指点，我都想责备自己了。”

尽管阿德里安娜也对自己的所作所为感到羞愧，她还是坚持要把丈夫带走。不过女院长不许外人进入修道院，也不肯把那个可怜的丈夫交给他善妒的妻子，她说自己会用更温和的办法治好他的疯病，说完就转身走进修道院，还吩咐锁上大门，把她们关在门外。

这一天诸多波折，都是由于那两对双胞胎兄弟长得一模一样，造成了各种误会。时间慢慢过去，太阳就要下山了，而老商人伊勤的宽限期即将结束，如果他还是交不出那笔罚金，日落时他就要被处死。

执行死刑的地点就在这座修道院附近，女院长刚刚关上大门，伊勤就被押送过来了。公爵也亲自到场，只要有人替伊勤交上赎金，他就会立刻释放伊勤。

阿德里安娜拦住了这列悲惨的队伍，嚷嚷着要公爵为她主持公道，说女院长不肯把她精神错乱的丈夫交出来。她正在大声控诉，她真正的丈夫大安提福勒斯也带着仆人大德洛米奥来到了这里，原来他们主仆二人终于从黑屋子里逃了出来，也来找公爵主持公道。大安提福勒斯告状说妻子诬赖他发疯，把他关了起来，又痛诉自己是如何费尽周折地挣脱绳索，从看守人的眼皮底下逃脱。阿德里安娜见到丈夫出现大吃一惊，因为她明明看见他躲进了修道院。

伊勤在一旁看见了大安提福勒斯，还以为是七年前离家去找母亲和哥哥的小儿子，他相信这个好儿子一定会出钱为他交赎金。于是他用父亲的口吻向大安提福勒斯求救，满怀欣喜地期待获得释放。但他万万没想到的是，这个儿子声称不认识他。大安提福勒斯说的倒是实话，因为自从他小时候在风暴中和父亲失散，他们就再也没有见过面。可怜的伊勤想方设法让儿子认出他来，但他的努力都是白费，他还以为是由于这些年伤心憔悴，衰老了许多，变得连儿子都认不出来了；又或者儿子见他沦落到这地步，不好意思相认。就在这一片混乱之中，女院长领着小安提福勒斯和小德洛米奥走了出来。阿德里安娜看见两个丈夫和两个德洛米奥站在她面前，简直惊呆了。

此时此刻，一切谜团、一切误会都自动解开了。公爵看到这两对长得一模一样的安提福勒斯和德洛米奥，马上就猜出了这些神秘事件的原委，因为他想起早上伊勤曾经向他讲述的故事，断定这就是伊勤的双胞胎儿子和买下的双胞胎仆人。

但是对伊勤而言，还有一份意外的惊喜让他真正实现全家团圆，原来那位受人敬重的女修道院长正是伊勤失散多年的妻子，也就是两个安提福勒斯的亲生母亲。当初渔夫把大安提福勒斯和大德洛米奥抢走之后，她就进了一家女修道院，并且凭借她的智慧和人品，最终当上了这家女修道院的院长，结果还无意中保护了自己的儿子。

就这样，早晨伊勤面临着死刑，讲述了一段悲惨的故事；还没等太阳落山，这个故事就有了一个幸福的结尾。

久别重逢的亲人欢天喜地，彼此有说不完的话，一时间竟忘记了伊勤的危险处境。等他们稍稍冷静下来，大安提福勒斯立刻拿出钱来，向公爵要求赎回父亲的性命。但公爵不肯收钱，而是将伊勤无罪释放了。随后公爵和这对团聚的夫妻还有他们的孩子一同走进修道院，去听这快乐的一家人畅叙他们苦尽甘来的大团圆。当然，那两个德洛米奥也同样喜气洋洋，他们看到对方就像照镜子一样看到了自己，快乐地吹嘘着兄弟和自己都是帅气的小伙子呢。

阿德里安娜经过她婆婆的一番劝导，吸取了不少教训，从此再也不对丈夫无端猜疑、乱吃飞醋了。

小安提福勒斯和嫂子的妹妹、美丽的露西安娜喜结良缘。善良的老伊勤和他的妻子还有孩子们在以弗所又幸福地生活了许多年。这两对双胞胎共同生活在一个城市里，又闹出了许多误会和笑话，而这些小误会总会让他们想起那天一波三折的奇遇：这个安提福勒斯和这个德洛米奥被当成那个安提福勒斯和那个德洛米奥，就演出了一幕轻松有趣的“错误的喜剧”。

一报还一报

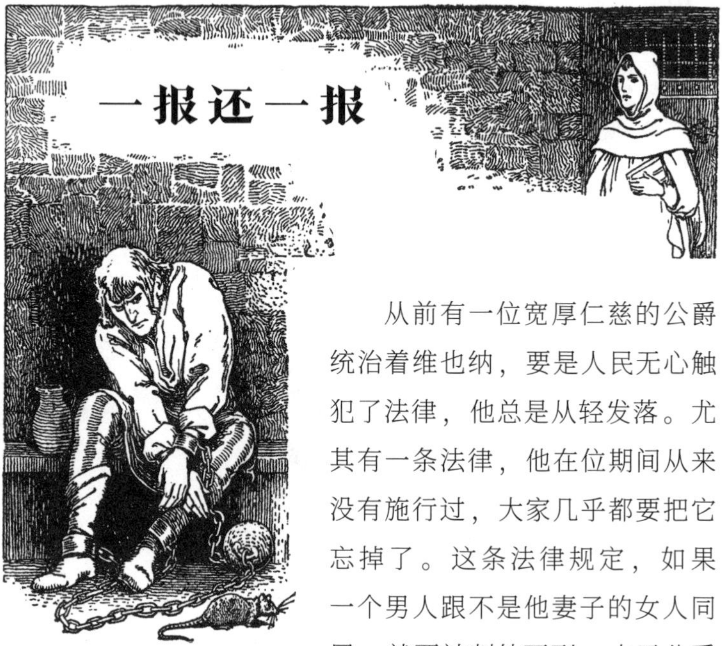

从前有一位宽厚仁慈的公爵统治着维也纳，要是人民无心触犯了法律，他总是从轻发落。尤其有一条法律，他在位期间从来没有施行过，大家几乎都要把它忘掉了。这条法律规定，如果一个男人跟不是他妻子的女人同居，就要被判处死刑。由于公爵的网开一面，人们便不把这条法律放在眼里，婚姻的神圣约束也因此废弛了。维也纳城中年轻姑娘的父母天天来找公爵告状，说他们的女儿被人诱骗，离家出走，和未婚男子同居去了。

善良的公爵看到这种不良风气在民间愈演愈烈，感到忧心忡忡；可他又想，要是为了去除这股不良风气，他从过去的姑息纵容突然变成严刑峻法，也许会使一直爱戴他的人民把他当作暴君。因此他打算离开公国一段时间，委派一个人全权代他管理国事，借机施行这条禁止男女发生不正当关系的法律，而不会因重整法纪招来对他本人的不满。

在公爵心目中，担此重任最合适的人选就是安哲鲁，他持身严谨，在维也纳素有正人君子的美名。公爵把这个安排告诉了他的首辅大臣爱斯卡勒斯。爱斯卡勒斯说道："在维也纳要是有人配得上这样隆重的眷宠和恩典，那就是安哲鲁大人了。"

就这样公爵借口要到波兰去，离开了维也纳，让安哲鲁暂且摄政。但其实他只是假装离开，随即又偷偷回到维也纳，装扮成修道士，打算暗中观察正人君子安哲鲁究竟如何行事。

安哲鲁刚开始摄政，就有一个名叫克劳狄奥的男子，怂恿一个年轻姑娘和他私奔了。这位新摄政王下令把克劳狄奥抓起来关进监牢，还根据那条废弛已久的法律，判处克劳狄奥死刑。人们都希望年轻的克劳狄奥能得到赦免，好心的爱斯卡勒斯大人也亲自为他求情。"唉，"爱斯卡勒斯说，"我所要营救的这位绅士，他有一个德高望重的父亲，请你看在他父亲的分上，对他从轻发落。"可安哲鲁回答道："我们不能把法律当作吓唬鸟儿的稻草人，让它安然不动地矗立在那里，鸟儿们司空见惯以后，不但不会怕它，还会在它头上撒野呢。大人，克劳狄奥难逃一死。"

克劳狄奥的朋友路西奥到监牢里看望他。克劳狄奥对他

说:“路西奥，求求你帮我一个忙。我姐姐伊莎贝拉今天要进圣克来修道院开始修行，你快去把我现在的危急情形告诉她，请求她替我向那位严厉的摄政王说情。请她务必亲自去见安哲鲁。我相信她会成功，因为她能言善辩，令人信服，此外少女的愁容自有一种超越语言的力量，能打动男人的心。”

正如克劳狄奥所说，他的姐姐伊莎贝拉这天刚进入修道院修行，她打算先见习一段时间，然后就戴上面纱正式持戒。她正在向一位修女打听修道院的规矩，忽然传来了路西奥的声音。路西奥来到修道院，朝里打招呼说:“喂，上帝保佑你们平安!”

“谁在外面喊叫?”伊莎贝拉说。

“是个男人的声音，”修女回答，“好伊莎贝拉，你去开开门，问他有什么事。你可以去见他，我却不能，因为你还没有受戒。等你正式成为修女之后，除非当着院长的面，你不能跟男人说话。而且说话的时候不能露面，露面的时候不准讲话。”

“那么你们做修女的还有什么特殊待遇吗？”伊莎贝拉问。

“你觉得这样还不够吗？”修女回答。

“够了够了，”伊莎贝拉说，“我并不是想得到更多的特殊待遇，而是希望我们皈依圣克来的姊妹们守持更严格的戒律。”

这时她们又听到路西奥的声音。那个修女说：“他又在叫门了，请你去回应他吧。”于是伊莎贝拉前去招呼路西奥，她向他回礼说：“平安如意！是谁在叫门呀？”路西奥恭敬地向她走来，说道：“愿你有福，姑娘！我看你脸上的红晕，就知道你是个童贞女。你可以带我去见伊莎贝拉吗？她是刚来这儿修行的，这位好姑娘有个不幸的弟弟叫克劳狄奥。”

“请问您为什么说‘不幸的弟弟’？”伊莎贝拉说，“请告诉我，因为我就是他姐姐伊莎贝拉。”他回答说：“温柔美丽的姑娘，令弟叫我向您再三致意。他现在被关到牢里去了。”“天哪，怎么回事？”伊莎贝拉问。路西奥告诉她，克劳狄奥勾引了一个年轻姑娘，因此被关了起来。她听了说：“啊，那恐怕是我的妹妹朱丽叶吧。”朱丽叶和伊莎贝拉不是亲戚，而是十分要好的同学，因此她俩以姐妹相称。伊莎贝拉早就知道朱丽叶爱着克劳狄奥，也许就是这份爱让他们犯下了错。

“正是她。”路西奥回答。“那让我弟弟跟朱丽叶结婚就好了。”伊莎贝拉说。路西奥告诉她，克劳狄奥倒是很愿意娶朱丽叶，但那位严厉的摄政王已经依照他所犯的罪过，判处他死刑了。路西奥说：“除非您肯去向安哲鲁婉转求情，软化他的铁石心肠，令弟还有一线生机；我受令弟之托前来找您，正是为了这个目的。”

“唉，”伊莎贝拉说，“我区区这点力量，怎么能救得了他呢？我不相信我能说动安哲鲁。”

“疑虑只会坏事，”路西奥说，“我们往往因为遇事畏缩，失去了成功的机会。到安哲鲁那里去一趟吧！当少女跪下哀求，流下眼泪，男人就会像天神一样慷慨。”

“那么我就去试试看吧。”伊莎贝拉说，“我先去向院长告个假，然后就去见安哲鲁。请转告我的弟弟，事情成功与否，今天晚上我就给他消息。”

伊莎贝拉匆匆赶进宫里，跪倒在安哲鲁面前，说道：“我是一个不幸的人，向大人请求一桩恩典，请大人听听我的哀诉。”安哲鲁回答：“好，你说吧。”

伊莎贝拉用最动人的言辞恳求安哲鲁赦免弟弟的死罪。可是安哲鲁说：“姑娘，这件事已经无法挽回了。你的弟弟已经定了罪，他难逃一死。”

“唉，法律是公正的，可是太严酷了！”伊莎贝拉说，“那么我已经失去了一个兄弟。上天保佑您吧！”说完她就要离去，但陪同她进宫的路西奥赶紧说：“别这么轻易放弃！再上前去求求他吧，跪下来攀扯他的衣角。你刚才那样太冷淡了。你就是向别人讨一根针，也要说得再恳切些才行呀。”于是伊莎贝拉又跪下来恳求安哲鲁开恩。安哲鲁只是说：“他已经定罪了，太迟了。”

“太迟了吗？”伊莎贝拉说，“不，说出去的话还可以把它收回。请您相信我吧，任何大人物的章饰，无论是国王

的冠冕、摄政王的宝剑、大将的军杖，还是法官的礼袍，都远不如仁慈更能衬托他们高贵的威仪。”

“请回吧。”安哲鲁说。可伊莎贝拉仍在苦苦哀求，她说:“假如您和我的弟弟易地而处，也许您也会像他一样行差踏错，可他绝不会像您这样冷酷无情。但愿我有您的权力，而您是我伊莎贝拉，这么一来我也会同样拒绝您吗？不，我要让您知道做一个法官是怎样的，做一个犯人又是怎样的。”

“好姑娘，你死心吧，”安哲鲁说，“判你弟弟有罪的是法律，并不是我。他即使是我的亲人、我的兄弟，甚至是我的儿子，我也会一视同仁。明天他一定得死。”

“明天？”伊莎贝拉说，“啊，那太快了！饶了他吧！饶了他吧！他还没有准备赴死呢！我们就是在厨房里宰一只鸡鸭，也要讲究季节；对于履行上天的公道，我们难道比满足自己的口腹之欲还草率吗？大人啊大人，请您想一想，多少人都犯过和他同样的罪，可是谁也没有因此而死。那么您就要做第一个判罪的人，而他就要成为第一个受死的人了。大人，请您扪心自问，有没有犯过和我弟弟同样的罪过，要是您自觉也曾沾染过这种发乎人情的罪恶，那么请您饶恕我弟弟的性命吧！”她最后这番话比前面所说的都更打动安哲鲁，因为伊莎贝拉的美貌确实令他心荡神迷，心中不由得涌起了邪念，就像克劳狄奥犯错时那样。他心中天人交战，干脆转身要离开伊莎贝拉。伊莎贝拉却叫住了他，说道:

“仁慈的大人，请您回过身来。请您听我说说我要怎样报答您的恩典。大人啊，回过身来吧。”

“怎么，你竟要贿赂我！”安哲鲁听到她说要报答自己，大吃一惊。

“啊，”伊莎贝拉说，“是的，我要用上天也愿意笑纳的礼物来贿赂您。我不向您呈献黄金铸成的钱财，也不向您呈献贵贱随人喜恶的宝石；我要献给您的，是黎明前上达天听的虔诚祈祷，它发自吃斋修行的少女的心灵，是不沾染半点俗尘的。”

“好，你明天再来见我。”安哲鲁说。

伊莎贝拉为弟弟求到了短暂的缓刑，安哲鲁又让她明天再来相见，她想着最终总能求得安哲鲁回心转意，就满怀希望地告辞了，她说：“上天保佑大人平平安安！上天保佑您消灾免祸！”安哲鲁听见了，心中转念道：“阿门，保佑我免受你和你的美德的引诱。”说着他被自己的邪念吓了一跳，不由自主地想：“怎么回事？怎么回事？我竟是这样爱她，所以才想再听她说话、饱餐她的美色吗？我在做些什么梦？狡猾的魔鬼为了引诱圣徒，会用圣徒做他钩上的诱饵。轻狂的女子从来不能让我的心泛起半点涟漪，这位纯洁的姑娘却将我彻底征服了。我从前嘲笑人家为了女人神魂颠倒，想不到我自己也会有这么一天！”

这一夜安哲鲁辗转难眠，比被他判了死刑的囚犯还要煎熬。那位善良的公爵扮作修道士，到监牢里探望克劳狄奥，教导他升上天堂的路径，告诉他怎样忏悔和祈祷。而安哲鲁纠结于内心的欲念不可自拔，一会儿想引诱伊莎贝拉，玷污她的纯洁清誉；一会儿又因心生邪念而感到悔恨恐惧。可是邪恶的念头最终占了上风，他之前以为伊莎贝拉要贿赂他，大吃一惊，现在却决意用一份她无法抗拒的恩惠，比如她弟弟宝贵的生命，来引诱这位少女。

早上伊莎贝拉来了，安哲鲁只许她一个人进殿。见面后他就对她说，如果她愿意向他献上少女的芳心，甚至像朱丽

叶对克劳狄奥那样以身相许，他就会饶他弟弟一命。安哲鲁情不自禁地说："因为我爱上了你，伊莎贝拉！"

伊莎贝拉回答："可是我的弟弟爱朱丽叶，你却告诉我他必须因此受死。"

"但是克劳狄奥可以不死，"安哲鲁说，"如果你同意夜里偷偷来和我相会，就像朱丽叶夜里偷偷离开家去见克劳狄奥一样。"

伊莎贝拉见安哲鲁竟然说出这么无耻的话，先判了她的弟弟死罪，现在又引诱她去犯同样的罪过，十分震惊。她说："即使是为了我可怜的弟弟，我也不能去做自己无法容忍的事。换句话说，我宁愿接受死刑的宣判，让无情的皮鞭在我身上留下斑斑的血迹，我会当成是佩戴着红宝石；即使让我粉身碎骨，我也会从容赴死，就像一个疲倦的人终于躺上了他渴望的床。然而我不能让自己蒙受这样的羞辱。"然后她又说，但愿他刚才的话只是为了试探她的品德。可他却说："凭我的名誉起誓，请相信我的话出于本心。"伊莎贝拉听他用"名誉"来为这样无耻的邪念起誓，心中愤怒不已，义正词严地说："哼，你的本心如此卑鄙龌龊，有什么名誉值得相信！安哲鲁，我要公开你的罪恶，你等着瞧吧！快给我签署一张赦免我弟弟的命令，否则我要向世人高声宣布你是一个怎样的人。"

"伊莎贝拉，谁会相信你的话呢？"安哲鲁说，"我清白无瑕的名声，我洁身自好的生活，我振振有词的反驳，都可以压倒你的控诉。照我说的去做，就能救你弟弟一命，否则他明天一定会死。至于你呢，你尽管向人们说我吧，我的虚伪会压倒你的真实。明天给我答复。”

“我将向谁诉说呢？就是说了，又有谁会相信我呢？”伊莎贝拉一边向关押弟弟的监牢走去，一边自言自语。她走进牢里的时候，她的弟弟正虔诚地和公爵谈话。原来公爵乔装成修道士，分别探望了朱丽叶和克劳狄奥，让这对逾越礼法的恋人悔悟了自己的过错。不幸的朱丽叶流下泪来，带着真诚的悔恨向公爵承认，在这件事情上她的责任比克劳狄奥更大，因为她心甘情愿地答应了他的非分之想。

伊莎贝拉走进关押弟弟的牢房，一边说：“有人吗？愿你们平安幸福，好运常相伴！”“谁呀？”公爵回答，“进来吧，这样的祝福理应得到欢迎。”

“我想跟克劳狄奥说几句话。”伊莎贝拉说。于是公爵走了出去，让他们单独聊聊，实际上他要求管理犯人的狱吏把他带到了一个可以偷听他们说话的地方。

“姐姐，你给我带来什么好消息？”克劳狄奥问。伊莎贝拉只好告诉他，要准备好明天上天堂了。“没有挽回的余地了吗？”克劳狄奥又问。

“有倒是有，”伊莎贝拉说，“可你要是屈服同意了，你将蒙受奇耻大辱，再无面目做人。”“请明白告诉我吧。”克劳狄奥说。

“啊，克劳狄奥，我对你有些担心，”伊莎贝拉说，“我害怕你会贪图活命，重视有限的岁月胜于永久的名誉。你敢毅然赴死吗？死亡的惨痛大多是心理作用，是被我们践踏的一只无知的甲虫，它的痛苦和巨人临死时所感到的并没有什么两样。”

“你为什么要这样羞辱我？”克劳狄奥说，“你以为这些花言巧语就可以坚定我的决心吗？假如我必须去死，我会把黑暗当作新娘，将它拥抱在我的怀里。”

“这才是我的好兄弟。”伊莎贝拉说，“父亲泉下有知，也一定会这样说。是的，你非死不可。克劳狄奥，你能想到吗，那个道貌岸然的摄政王竟然告诉我，要是我对他以身相许，他就可以让你活命。唉，倘若他要的是我的命，那我为了救你，一定会毫不犹豫地将它抛掷！”

“谢谢你，亲爱的伊莎贝拉！”克劳狄奥回答。“那么你预备好明天面对死亡吧。”伊莎贝拉又说。“死亡是很可怕的。”克劳狄奥说。“可是耻辱地活着更不堪忍受。”伊莎贝拉回答。

可是死亡的阴影压垮了克劳狄奥的意志，囚犯临刑前的恐惧和悔恨一阵阵向他袭来，他哭喊道：“亲爱的姐姐，让我活下去吧！你为了救你弟弟而犯的罪过，上天不但不会责罚于你，还会把它当作一件功德。”

“呀，你这没有良心的懦夫！不知廉耻的恶人！”伊莎贝拉说，“你想靠姐姐遭受污辱来保全性命吗？呸，呸，呸！弟弟，我本以为你是个爱惜名誉的人，你就是有二十颗头颅，也宁愿上二十次断头台，而不愿让姐姐受到这样的屈辱。”

“不，听我说，伊莎贝拉。”克劳狄奥说。他原本打算向姐姐辩解自己为何如此懦弱，可这时公爵走进来，把他的话打断了。公爵说：“克劳狄奥，我已经听到了你们姐弟俩的谈话。安哲鲁其实无意非礼你的姐姐，他只是要试探一下她的品德。她确实是个坚贞的女子，断然拒绝了他的试探，而这样的结果令他十分欣慰。安哲鲁是不会赦免你的，因此你还是把这点时间用来祈祷，好去面对明天的死亡吧。”于是，克劳狄奥对自己刚才的懦弱表示忏悔，他说：“让我向我的姐姐赔罪，现在我对生命已经没有什么留恋，只想要快快了却此生。”就这样，克劳狄奥怀着对自己罪过的悔恨和悲哀，默默地退下了。

这时公爵和伊莎贝拉开始单独谈话，公爵称赞她的坚贞，说：“上天给了你美丽的容貌，也给了你美好的品德。”

“唉，”伊莎贝拉说，“我们那位善良的公爵受了安哲鲁多大的蒙骗啊！要是等他回来，我能见到他的面，一定要向他揭发安哲鲁的真面目。”伊莎贝拉并不知道，其实她这时候正是在向公爵进行揭发。公爵回答说：“那么做也可以，但是照现在的情形来看，安哲鲁还是会驳倒你的控诉。所以我劝你听一听我的主意。我敢说你可以仗义帮助一位受了委屈的可怜小姐，还能从严酷的法律下救出你的弟弟，这些不但不会使你高贵的清白遭到玷污，而且万一公爵回来后知道了这件事情，他也会感到十分欣慰。”

伊莎贝拉回答说，只要是问心无愧的事情，她什么都敢去做。“有德之人必定是勇敢的，他们无所畏惧。”公爵这么说道，然后又问她有没有听说过溺海而死的勇士弗莱德里克有个妹妹叫玛利安娜。

“我听说过这位小姐，”伊莎贝拉说，“提起她来人人赞不绝口。”

“这位小姐跟安哲鲁订了婚，”公爵说，“但她的嫁妆就在那条失事的船上，跟她的哥哥一同葬身海底了。这位可怜的小姐真是损失惨重，她不但失去了一位高贵有名望的哥哥，他对玛利安娜向来呵护备至；而且随着她的嫁妆一同失去的还有丈夫的欢心。那个道貌岸然的安哲鲁故意污蔑这位清清白白的小姐品行不端，将她弃之不顾，任她以泪洗面，连半句安慰的话也不说。他的无情无义照理应该浇灭了她的爱火，可就像流水被淤塞时反而流得更急，她对这无情的丈夫却爱得更加炽烈。”

随后，公爵明白说出了他的计划。伊莎贝拉去见安哲鲁，假装同意他的要求，当天夜里跟他幽会，以此换取他对弟弟的赦免。实际上玛利安娜会顶替她前去赴约，借由夜色的掩饰让安哲鲁把她当成伊莎贝拉。“好姑娘，你做这件事不必顾虑，”扮成修道士的公爵说道，“安哲鲁本来就是她的未婚夫，用计撮合他们不算是什么罪恶。”伊莎贝拉对这个计划十分满意，就前去依计行事。公爵则去见玛利安娜，让她也配合他们的计划。原来，之前公爵曾经扮成修道士去拜访这位可怜的小姐，用教义开导她，温和地宽慰她，几次拜访下来，小姐亲口向他倾诉了这段伤心往事。如今她把公爵当作一个贤明的修道士，对他言听计从。

伊莎贝拉见过安哲鲁，就按照公爵的吩咐，到玛利安娜家跟他会面。公爵问:“你来得正好，正是时候，你从我们的好摄政王那里带来了什么好消息?”伊莎贝拉就把晚上幽会的安排说了一遍。她说:“安哲鲁有一座砖墙围砌的花园，花园西面有个葡萄园，进葡萄园要经过一道门。”她一边说，一边拿出安哲鲁给她的两把钥匙让公爵和玛利安娜看。“这把大钥匙是开葡萄园的门的，另一把小钥匙则用来开葡萄园和花园之间的小门。我答应在今晚夜深人静时，到花园里与他相会。而他也承诺会赦免我弟弟的死罪。我已经把路线详细地记在心头，他带着不怀好意的殷勤，用耳语低声领着我认了两趟路。”

“你们有没有约定其他玛利安娜必须遵守的暗号?”公爵问。

“没有，”伊莎贝拉说，“我只对他说我们必须在黑暗中相会，我也告诉他我不能久留，因为会有个仆人陪着我一道来，而且仆人只当我是在为弟弟的事情奔走。”公爵夸她考虑周全，于是她转身对玛利安娜说：“你和安哲鲁分别的时候，不必多说什么，只要低声温柔地说：别忘了我的弟弟！”

当天晚上，伊莎贝拉就把玛利安娜带到了约定的地点，想到这个办法既能救下弟弟的性命，又能保全自己的清白，她感到非常高兴。可公爵还是担心克劳狄奥的安危，半夜里又扮成修道士去探监。幸亏他去了，否则克劳狄奥当天夜里就被处死了。因为公爵前脚刚走进牢里，后脚就传来了旨意，残酷的摄政王命令处死克劳狄奥，而且次日凌晨五点要把他的首级呈送给摄政王验看。这时，扮成修道士的公爵拿出一封公爵亲笔信给狱吏看，上面还有公爵的签名和印鉴，

狱吏看了信，认为这个修道士肯定是公爵派来的密使。就这样，公爵终于说服狱吏暂不执行克劳狄奥的死刑，而把当天早上死在牢里的另一个囚犯的首级送去交差，以此蒙骗安哲鲁。

然后，公爵用自己的真实身份给安哲鲁写了一封信，说他在旅行途中遇到了一些意外，明天早上就会回到维也纳，要求安哲鲁在城门迎接，在那里把政权交还给他。公爵还吩咐安哲鲁向百姓宣告，如果谁有什么冤屈，可以趁他进城的时候拦道告状。

伊莎贝拉一大清早就来到监牢，乔装成修道士的公爵已经在那里等着她了。为了防止走漏风声，公爵要先向她隐瞒克劳狄奥获救的事。因此，当伊莎贝拉问起安哲鲁是否传来了赦免的命令，公爵回答说："安哲鲁已经让他脱离烦恼的尘世了。他的头已经被砍下，送去给摄政大人了。"做姐姐的哀恸欲绝，哭喊道："啊，可怜的克劳狄奥！不幸的伊莎贝拉！万恶的世界！狠心的安哲鲁！"乔装成修道士的公爵劝她不要太过悲伤，等她慢慢平静下来，又告诉她公爵马上就要回来了，她可以如此这般地控告安哲鲁。他还提醒她说，如果控告的情势一时间对她不利，也不必灰心害怕。公爵对伊莎贝拉细细叮嘱之后，又去见玛利安娜，告诉她应该如何行事。

然后，公爵脱下修道士的装扮，穿上他华丽的衣袍，走进维也纳城。爱戴他的王公百姓都簇拥在道旁，热烈欢迎他的归来。安哲鲁早已在城门边候驾，正式将政权交还给他。这时候，伊莎贝拉出来拦道喊冤，她说:“公爵殿下，请为我申冤！我是克劳狄奥的姐姐，他因为与一个姑娘私奔，被判处死刑。我向安哲鲁大人求情，请他赦免我的弟弟。我怎样向他跪地哀求，他怎样严词拒绝，我又怎样回答他，这些说来话长，也不必细说了。我只说这丑恶的结局，一提起来就叫人羞愤不堪。安哲鲁说，我必须以身相许，他才会放过我的弟弟。我内心挣扎了很久，最终我的手足之情战胜了我的原则，我不得已答应了他。可是到了第二天早晨，安哲鲁竟然背弃承诺，下令处死了我的弟弟。”公爵故意装作不相信她说的话，安哲鲁也说，她弟弟是依法处决的，她一定是伤心过度，精神错乱了。

这时又有一个人拦道喊冤，这人正是玛利安娜。她开口说道:“公爵殿下，皇天在上，我说出口的都是真话，我是这人的妻子，我作证伊莎贝拉在说谎，因为她说她和安哲鲁幽会的那一夜，分明是我和他在花园中共度的。如果我所言非虚，我就能安然无恙地站起来，否则，就让我变成一座石像，永远跪在这里。”

听了这话，伊莎贝拉恳请修道士洛度维克（这是公爵假扮修道士时的化名）出来为她作证。其实，伊莎贝拉和玛利安娜都是按照公爵的吩咐说话，而公爵让她们这么说，是想

在维也纳全城百姓面前表明伊莎贝拉的清白。可安哲鲁不明白个中原委，还指望利用她们证词的矛盾，洗脱伊莎贝拉对他的指控。他装出一副被诬告陷害的样子说：“我刚才只不过觉得可笑，可是殿下，现在我真是忍无可忍了，我看这两个胡说八道的可怜女人背后一定有人指使，她们只是被人利用罢了。殿下，让我把这个阴谋追究到底吧。”

“我完全同意，”公爵说，“照你的意思重重惩罚她们吧。爱斯卡勒斯，你也陪安哲鲁一起审问，帮助他推究出谁是这件事的主谋。我已经派人去捉拿她们所说的修道士，等他来了以后，你可以照你认为最合适的办法，将这些污蔑你的人一并发落。我有事要暂时离开一下，可是你们不必起身，把这些造谣生事的人处理完了再走。”

就这样公爵走开了，安哲鲁能亲自审理关于自己的案子，别提有多高兴了。可是实际上，公爵走开只是为了脱下华贵的衣袍，换上修道士的装束，以修道士洛度维克的身份，重新回到安哲鲁和爱斯卡勒斯面前。善良的爱斯卡勒斯以为安哲鲁真是被诬告了，就对这个假修道士说：“来，是你叫这两个女人来诬告安哲鲁大人的吗？”修道士回答：“公爵到哪里去了，他应该在这里听我陈说。”爱斯卡勒斯说：“我们就代表公爵来听你陈说，你可要如实说来。”

“至少我会大胆直言。”修道士回敬道。随后他就责怪公爵竟然让伊莎贝拉指控的恶人来审问他们，又毫不避讳地说出维也纳城中教化废弛的乱象，还说这些都是他在此地游历时冷眼旁观所见。爱斯卡勒斯大吃一惊，说他胆敢再这样污蔑政府、诽谤公爵，就要大刑伺候，还下令把他关进监牢。这时，假扮的修道士卸下了他的伪装，大家忽然发现他就是公爵本人，在场的人都十分惊愕，安哲鲁更是惊慌失措。

公爵首先对伊莎贝拉开口说道：“过来，伊莎贝拉，你的修道士现在是你的公爵殿下了。我的装扮虽然改变了，内心却始终不改，仍旧愿意继续为你效劳。”

“啊，请殿下恕罪，”伊莎贝拉说，“我一介民女，冒昧无知，对殿下多有劳烦，真是罪过。”公爵回答说，他更需要她的原谅，因为他没能阻止她弟弟遭受死刑——他故意先不告诉她克劳狄奥还活着，想再考验考验她的善良。这下安哲鲁明白了公爵一直在暗中探查他的恶行，他说:“我威严的主上！您像天上的神明一样洞悉了我的过错，如果我还想在您面前掩饰过去，那我就是罪上加罪了。殿下，我已经悔恨不堪，不用审问就愿意全部招认。求殿下判我一个斩立决，那就是莫大的恩典了。”公爵答道:“安哲鲁，你的罪行已经暴露，我们就判你在处死克劳狄奥的绞架上受刑，也像他一样被迅速处决。至于安哲鲁的财产，玛利安娜，你作为他的遗孀，就通通都判给你，你可以凭着财产去找一个更好的丈夫。”

“啊，好殿下，”玛利安娜说，“我不要别人，也不要什么更好的人。”说着她就跪下来，像伊莎贝拉为克劳狄奥求情时那样，这个善良的妻子也替她无情无义的丈夫哀求起来。她又说道:“仁慈的君主，啊，我的好殿下，亲爱的伊莎贝拉，帮我求求情吧。请你也陪着我跪下来，生生世世我都会记得报答你的恩情！”公爵说:“你这样求她实在是强人所难。她要是答应了你，她弟弟的鬼魂也会劈开坟墓，愤怒地把她抓进去。”可玛利安娜仍在哀求:“伊莎贝拉，好伊莎贝拉，你只要在我身旁跪下，把手举起，不用说一句话，一切由我来说。常言道，人非圣贤，孰能无过，知错能改，善莫大焉。我的丈夫也会悔改的。啊，伊莎贝拉，你愿意陪着我下跪吗?”公爵立刻说:“他必须给克劳狄奥偿命。”可是当他看见伊莎贝拉在他面前跪下求情，善良的公爵心中十分欣慰，毕竟他已经深知她是个光明磊落、宽宏大量的人。伊莎贝拉说道:“仁慈无比的殿下，要是这能令您宽心，请您看着这个罪人，就当作我的弟弟尚在人世吧。我想他在看见我之前，还是一个正人君子，既然如此，就饶他一命吧！我的弟弟确实触犯了法律，也不能说是含冤枉死的。”

伊莎贝拉的品格如此高洁，竟然为自己的仇人求情免死，对此公爵也给出了最好的答复：这时克劳狄奥正在监牢里对自己的命运忐忑不安，公爵派人去带他过来，就这样把伊莎贝拉痛心哀悼的弟弟活生生地送到了她的面前。然后他对伊莎贝拉说:“把手给我，伊莎贝拉，为了可爱的你，我要赦免克劳狄奥。你对我说一声‘我愿意’，他也将成为我的弟弟。”安哲鲁这时也意识到他的性命可以保全，眼睛里似乎闪动着喜色。公爵发现后就说:“好吧，安哲鲁，你可得爱你的妻子，赦免你是看在她的分上。愿你从此快乐，玛利安娜！好好爱她，安哲鲁！我曾经听过她的忏悔，知道她是一位贤德的女子。”安哲鲁想起他短暂摄政的那段时间，是多么铁面无情，如今才发觉仁慈的美好可贵。

公爵吩咐克劳狄奥与朱丽叶完婚，然后又正式向伊莎贝拉求婚，她美好而高洁的品行赢得了他的爱慕。伊莎贝拉尚未正式修道持戒，仍然可以结婚，高贵的公爵曾乔装成卑微的修道士，一路开导她、帮助她，于是她怀着感激之情，欣然答应了他的求婚。就这样伊莎贝拉成了维也纳公爵夫人，她高洁的品格给大家树立了最好的榜样，城中的年轻姑娘争相效仿，维也纳的民风为之一新，从此再也没有人像克劳狄奥和朱丽叶一样，犯下逾越礼法的罪过了。仁慈的公爵和他深爱的伊莎贝拉共同执掌了维也纳许多年，他成了最幸福的君主，最快乐的丈夫。

第十二夜

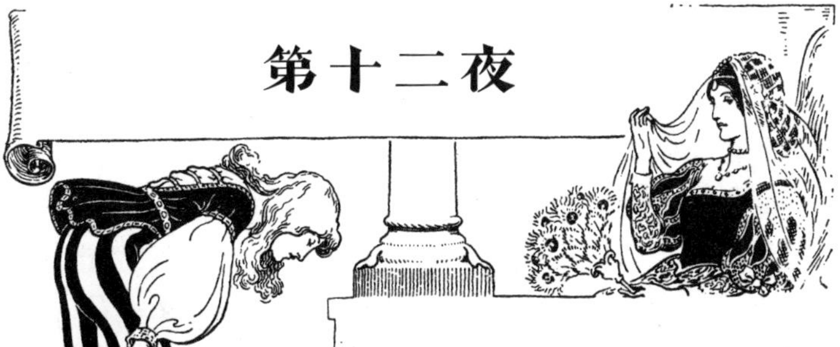

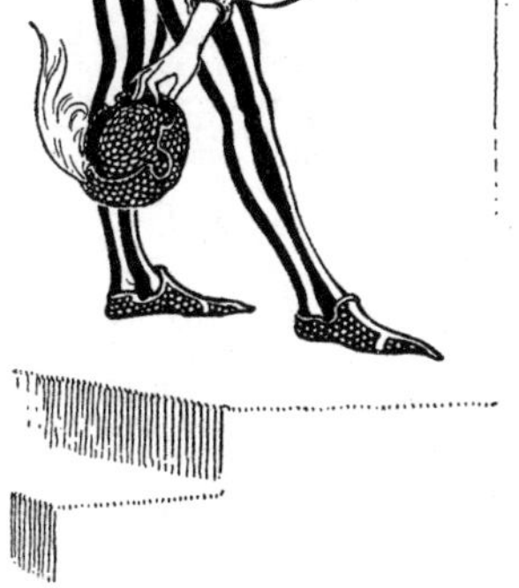

西巴斯辛和薇奥拉是在梅萨林根城出生的一对双胞胎兄妹，他们长得惊人的相像，倘若不是穿着打扮不同，人们简直无法把他俩区分开来。他们同一时刻出生，也在同一时刻遭遇生命危险。那时他们在海上航行，乘坐的船只途经伊利里亚沿岸时发生了海难。那艘船在风暴中撞上了礁石，能从船上逃生的人寥寥无几。脱险的船长和几名水手坐着小船靠了岸，同时也把薇奥拉安全带到了伊利里亚。这位可怜的小姐没有因自己得救而感到庆幸，而是为哥哥的遇难悲泣起来。可是船长安慰她说，船被撞碎时，他瞧见她哥哥把自己绑在一根浮在海面的桅樯上。船长还望见他随着海浪漂浮，直到他消失在视线之内。薇奥拉听船长这么说，心中燃起一丝希望，略感宽慰，就开始考虑在这个举目无亲的地方应该如何谋生。于是她问船长是否了解伊利里亚的情况。“啊，我对这里很熟悉，”船长说，“因为我出生长大的地方离这儿还不到三小时路程。”

“谁统治着这个地方？”薇奥拉问。船长告诉她，统治伊利里亚的是一位名副其实的高贵的公爵，名叫奥西诺。薇奥拉说，她曾经听父亲说起过奥西诺，那时他还没有结婚。“现在还是如此，”船长回答，“至少近来还是如此，因为一个月前我从这里出发时，刚听到一些风言风语，说公爵在向美丽的奥丽维娅求爱——你知道人们总喜欢对大人物议论纷纷。奥丽维娅是一位贤淑的姑娘，她父亲是位伯爵，大概一年前去世了，把她托付给她的哥哥照顾，可是她哥哥没多久也死了。据说，出于对她哥哥深切的手足之情，她已经发誓不再跟男人来往，也不见男人的面了。”薇奥拉当然非常了解这种失去哥哥的伤痛，所以很想跟这位小姐一起生活，于是她问船长能否将她介绍给奥丽维娅，说自己愿意侍候这位小姐。可船长回答说，这事很难办到，因为在她哥哥死后，她不肯接见任何人，即使公爵本人求见她也会拒绝。这时薇奥拉又想到另一个主意，那就是女扮男装去做公爵的侍童。虽然女扮男装对一个姑娘来说是非常荒唐的行为，但薇奥拉是个年轻貌美的姑娘，在伊利里亚孤身一人，无依无靠，也只能出此下策了。

她看船长为人正派，又对她十分关心，就对船长说了她的计划，船长也马上答应帮她的忙。薇奥拉给了船长一些钱，让他去为她置办一些跟哥哥西巴斯辛素日里穿的同样颜色款式的衣服。她穿戴起这些男装来就跟西巴斯辛一模一样，这在之后还闹出了不少误会来。

薇奥拉女扮男装，又化名为西萨里奥，由她的船长朋友想办法介绍给了公爵。公爵见这少年生得俊秀，谈吐举止又落落大方，十分喜欢，就把她留下作为侍童。薇奥拉如愿以偿，对这份新差事尽心尽力，对主人又忠诚又体贴，她很快就成了最得公爵欢心的仆人。奥西诺向薇奥拉倾吐了他对奥丽维娅小姐的一片痴情。他还告诉薇奥拉，他向奥丽维娅献了许多殷勤，但都被拒之门外，奥丽维娅看不上他，不愿和他见面。由于在奥丽维娅那里碰了一鼻子灰，高贵的奥西诺公爵近来闭门不出，郁郁寡欢，连向来喜爱的游猎等消遣都停止了，整天无精打采，沉浸在缠绵悱恻的音乐之中。他疏远了过去交好的渊博明智的贵族朋友，整日和年轻的西萨里奥一道聊天。难怪这些严肃的王公大臣都认为西萨里奥不适合当公爵的亲信。

让年轻姑娘陪伴在一个年轻英俊的公爵左右是件危险的事，薇奥拉很快就发现，公爵向她倾诉痴恋奥丽维娅的痛苦，如今她也对这种苦恋深有体会了，因为她渐渐爱上了公爵。她实在是想不通，奥丽维娅竟会对公爵这样无动于衷，在她看来，像公爵这样出类拔萃的贵人，任谁见了都会心

生爱慕的。她甚至鼓足勇气向公爵暗示了自己的爱意。她试探地说，可惜他偏偏爱上了那位对他的真心视若无睹的小姐。“假如有一位姑娘，也像您爱着奥丽维娅一样痛苦地爱着您，如果您实在没法爱上她，您不是也只能干脆这么告诉她，而她不是也必须接受这个答复吗?”

可奥西诺不同意她的看法，他认为没有一个女人能像他这样深情苦恋。他说，女人的心没有这么广大，可以藏得下这么多爱，因此不要把任何女人对他的爱和他对于奥丽维娅的爱情相提并论。

尽管薇奥拉向来信服公爵的看法，这次却不禁认为他说得不太对，因为她分明感到自己心中埋藏着跟公爵同样多的爱。她脱口而出:“啊，殿下，可是我知道——”

“你知道什么，西萨里奥?”奥西诺问。

“我知道得很清楚，”薇奥拉说，“女人对于男人会怀着怎样的爱情。她们是和我们一样真心的。我父亲有个女儿，她爱上了一个男人；就像假如我是个女人，也许会爱上殿下您一样。”

“她有过什么经历?”公爵问。

“一片空白而已，殿下。”薇奥拉回答，“她从不向人诉说她的爱情，让隐藏在心中的抑郁像蓓蕾中的蛀虫一样，侵蚀着她绯红的脸颊。她因相思而憔悴，饱受忧郁折磨，像是墓碑上刻着的‘忍耐’的化身，默坐着向悲哀微笑。”

公爵问起这个姑娘有没有殉情而死，薇奥拉却说了些别的话搪塞过去，因为这个故事其实是她编的，只是为了向奥西诺暗示她隐秘的爱意和无言的悲哀。

他们正在说话，一个被公爵派去见奥丽维娅的侍从走了进来。他向公爵报告说:“启禀殿下，那位小姐不肯接见，只让侍女传口信作答：除非再过七个寒暑，就是青天也不能窥见她的面容；她要像修女一样蒙面而行，每天用心酸的泪水浇洒她的卧室，以此寄托她对死去的哥哥的哀思。”

公爵一听这话，不由感叹道:“唉，她有这么美好的一颗心，连对死去的哥哥都念念不忘，假如爱神有力的金箭射中了她的心房，那时她会爱得多么热烈啊！”然后他就吩咐薇奥拉说：“西萨里奥，我的心事你已全部知晓，因此，好孩子，到奥丽维娅家里去，别让他们把你拒之门外，站在她的门口，对他们说，要是不让你进去见她，你就一直站到脚底下生根为止。”

“假如我能和她见面谈话，殿下，我该做什么呢？”薇奥拉问。

“噢！”公爵回答，“那么就向她描述我的爱有多热烈，把我的一片挚诚细细说给她听。你表演起我的伤心来一定很出色，你一定比那些板着面孔的使者更讨她喜欢。”

于是薇奥拉出发了，尽管她并不情愿做这个求爱使者，因为她要说服一个女人去做她心上人的妻子，但是既然接下了这件差使，她就要尽忠职守地去完成。很快，奥丽维娅就听说有个少年站在门外，非要她接见不可。

“我对他说您病了，”仆人说，“他说他知道，因此要来跟您谈谈。我对他说您睡了，他似乎也早有准备，说因此要来跟您谈谈。还有什么话好对他说呢，小姐？看来怎么也拒绝不了他，不管您愿不愿意，他就是要跟您谈谈。”

奥丽维娅对这个固执的使者有点好奇，就吩咐仆人带他进来。她一边用面纱罩住自己的面容，一边说她倒要听听奥西诺的使者还会说些什么，她知道这么纠缠不休的使者一定是公爵派来的。

薇奥拉走进奥丽维娅的房间，竭力装出男儿的气概，并且以大人物的侍童那种文雅的谈吐，对蒙着面纱的奥丽维娅说：“最辉煌的、卓越的、无双的美人！请您告诉我您是不是这府中的小姐，我没有见过她，不甘心浪掷我的言辞；因为它不但写得非常出色，而且我费了好大的辛苦才把它背熟。”

“先生，你从哪里来？”奥丽维娅问。

“除了我背熟的之外，我不会答别的话，”薇奥拉说，“您的问题不在我背的词儿里。”

“你是个演员吗？”奥丽维娅问。

“不是，”薇奥拉说，“我并不是我所扮演的角色。”她的意思是说，她本是个女子，现在扮成了侍童。接着她又问奥丽维娅是不是这府中的小姐。奥丽维娅说她正是。这下薇奥拉想要一睹情敌芳容的好奇心，比为主人传递口信的心情还要迫切，她说：“好小姐，让我瞧瞧您的脸吧。”奥丽维娅听到这个唐突的请求倒没有生气，原来，这个让奥西诺公爵苦恋无果的孤傲美人，却在第一眼看到这个乔装的侍童——卑微的西萨里奥时，就对他产生了好感。

因此，当薇奥拉提出要瞧瞧她的脸时，奥丽维娅只说：“贵主人有什么事要派你来跟我的脸接洽吗？”随后，她似乎完全忘记了自己许下的七年不见外人的誓言，一边掀起面纱，一边说：“我不妨拉开幕，让你看看这幅图画。画得美

不美呀?”薇奥拉回答:“真是精妙调和而成的美貌，脸颊上的红润白皙都是造化亲自用它的妙手描绘出来的。小姐，要是您甘心让这样的美貌埋没到坟墓里，不给世间留下一份副本，您就是天底下最狠心的女人了。”

“啊，先生!”奥丽维娅说，“我不会那样狠心，我可以为世界列出一张我的美貌清单，比如说，浓淡适中的朱唇两片；灰色的美目一双，附带眼睑；玉颈一条；秀颏一个；等等。你是奉命到这儿来恭维我的吗?”

薇奥拉回答:“我明白您是个什么样的人了，您太骄傲了，可您又是如此美貌，令我的主人深爱着您，啊！这样一种爱情，即使您是人间绝色，也应该好好酬答他才是。因为奥西诺是用崇拜和泪水，用雷鸣般的呻吟，用烈火般的叹息，在深深地爱着您。”

“你的主人知道我的心意，”奥丽维娅说，“我不爱他，虽然我觉得他品德高尚，知道他身份尊贵，正当青春，十分纯洁。大家交口称赞他博学、慷慨、勇敢，可我就是不爱他。他老早就已经得到我的回音了。”

“要是我也像我的主人那样爱着您，”薇奥拉说，“我要在您门前用柳枝筑成一间小屋，在那里呼唤你的芳名；我要写下以奥丽维娅为题的诗篇，在寂夜中歌咏不倦；我要让群山回响您的名字，使饶舌的风都叫着‘奥丽维娅’。啊，您在天地之间都将不得安宁，除非您对我垂怜！”

“你的口才真好，”奥丽维娅说，“你的家世如何？”薇奥拉回答：“超过我目前的境遇，但我现在也是个体面的绅士。”

这时奥丽维娅恋恋不舍地叫这个使者回去复命，她说：“回到你主人那里去，对他说我不能爱他，叫他不要再派人来了，除非是你再来见我，告诉我他听了答复意下如何。”于是薇奥拉就管这位小姐叫“冰霜美人”，向她告辞离开了。她走后，奥丽维娅还喃喃重复着她说的话：“超过我目前的境遇，但我现在也是个体面的绅士。”奥丽维娅不知不觉就叫出了声：“我可以发誓他一定是。他的语调，他的面庞，他的肢体、动作、精神，各方面都能证明他是个体面的人！”她暗自希望西萨里奥就是公爵，并感觉到这个美少年已经迅速俘获了她的芳心。她虽然也责怪自己陷入了突如其来的爱情，但人们对自己的过错总是轻轻放过。很快，高贵的奥丽维娅小姐就毫不在意自己和小侍童之间的地位差距了，同时她也把少女的矜持丢到一边，决心要赢得西萨里奥的爱。她派一个仆人带着一枚钻石戒指去追赶西萨里奥，并说他把代奥西诺送给自己的礼物忘记了，其实她只是想借此巧妙地送给西萨里奥一枚戒指，向他暗示她的心意。这确实让薇奥拉感到蹊跷，因为她明知奥西诺并没有送奥丽维娅什么戒指。于是她回想起奥丽维娅那含情脉脉的神情和态度，推断主人的心上人一定是爱上了自己。“啊，”她说，“可怜的小姐，她真是做梦了！我现在才明白女扮男装的确不是一桩好事，因为我是个男人，没有可能叫我的主人爱上我；因为我是个女人，可怜的奥丽维娅也要白费无数的叹息了！”

薇奥拉回到奥西诺那里，向奥西诺报告这场徒劳无功的会面，又转达奥丽维娅的话，让公爵别再纠缠着她。可公爵还是不死心，认定可爱的西萨里奥总能劝得奥丽维娅回心转意，所以他吩咐这位侍童明天再去求见奥丽维娅。为了打发这段无聊的时光，他命人唱起一首他喜欢的歌儿，还说：“我亲爱的西萨里奥，当我昨夜听着这首歌儿，心中的痛苦也减轻了不少。好好听着，西萨里奥，这是首古老而平凡的歌儿，纺工和织工晒太阳时唱它，年轻姑娘钩花时也唱它。歌词没什么道理，可我很喜欢它，歌唱着古老爱情的天真无邪。”

过来吧，过来吧，死神！
就让我横陈在凄凉的柏棺中央，
飞去吧，飞去吧，浮生！
我命丧于一个狠心美丽的姑娘。
为我罩上白色殓衾铺满紫杉，
没有一个人会真心为我悲哀，
莫让一朵花儿，甜柔的花儿，
撒上我那黑色的、黑色的棺材。
没有一个朋友，一个朋友守候，
我可怜的身躯，不久我将骨骼四散，
为免多情的人们千万次的感伤，
请把我埋葬在无从凭吊的荒场。

薇奥拉深深地被这首歌打动，因为那简单朴素的歌词唱着爱情无望的痛苦，恰恰也戳中了她的心事。她不禁流露出忧伤的神色，奥西诺看在眼里，就问她说：“西萨里奥，你虽然这样年轻，我却敢说你的眼睛一定曾经看中过什么人，是不是，孩子？”

“确实有过，请您恕罪。”薇奥拉回答。

“她是个什么样的女人，多大年纪?”奥西诺又问。

“相貌跟您差不多，年纪也跟您相仿。”薇奥拉说。

这回答在公爵听来着实荒唐可笑，眼前这位俊秀少年怎会爱上一个比他年长许多、皮肤粗黑的女人呢？其实，薇奥拉的潜台词就是指他本人，并不是什么相貌跟他相似的女人。

薇奥拉第二次拜访奥丽维娅时，很顺利就来到了那位小姐的面前。仆人们早就发现这位侍童很讨小姐的欢心，薇奥拉一到，府里的重重门户都为她敞开，仆人们客客气气地把她领进了奥丽维娅的房间。薇奥拉告诉奥丽维娅，自己这次仍是替主人向她求爱而来。奥丽维娅听了就说："请你别再提起他了。但如果你肯为另一个人求爱，我倒愿意听听你的请求，胜于聆听美妙的天乐。"这暗示已经相当明显，但紧接着奥丽维娅说的话还更大胆露骨，她直接向薇奥拉表白了自己的爱意。她瞧见薇奥拉一脸茫然中还带有几分不悦，又说："啊，他嘴角的轻蔑和怒气，可这冷傲的神态多么美丽！西萨里奥，凭着春日的蔷薇，凭着贞洁、忠信与真心，我爱你，尽管你那么骄傲，可理智拦不住我热情的宣告。"

但她这番爱的宣告没有奏效。薇奥拉匆匆告辞，说自己从此不会再来替主人求爱了。奥丽维娅热情如火的表白换来的唯一答复是——西萨里奥绝不会爱上女人。

薇奥拉刚离开奥丽维娅家没多久，又遇上一个考验。有个年轻绅士曾向奥丽维娅求婚遭到拒绝，现在听说公爵的侍童深得小姐欢心，就向薇奥拉提出要来一场决斗。可怜的薇奥拉该怎么办呢？她虽然穿上了英武的男装，心中却还满是女儿家的柔情，就连看到自己的佩剑都会吓得发抖呢。

当她看到可怕的对手拔出剑来向她步步逼近，她几乎想立刻承认自己是个女人。就在这时，一个路过的陌生人替她解了围，让她不必暴露自己的身份。那人径直走到准备决斗的两个人中间，摆出薇奥拉相识多年的至交好友的姿态，向她的对手说："要是这位年轻的先生得罪了你，我替他赔个不是；要是你得罪了他，我绝不会善罢甘休。"薇奥拉还没来得及感谢他挺身相助，或者问一问他的来历，这个新朋友就遇上了更大的麻烦：几个官差忽然出现，说他几年前曾经犯下罪行，现在奉公爵的命令将他逮捕。于是那人对薇奥拉说："这场祸事都是因为要来寻找你而起。"然后他又问薇奥拉要他的钱袋，说道："现在我不得不向你要回我的钱袋了。叫我难过的倒不是我自己的遭遇，而是不能多为你尽一点力。你一脸吃惊的样子，还请你宽宽心吧。"他的话让薇奥拉十分惊讶，她解释说自己并不认识他，也没有拿过他的钱

袋，但为了感谢他的好意相助，她愿意奉送他小小一笔钱，并且那已经是她的半数财产了。不料那位陌生人听了这话破口大骂，指责她忘恩负义，他说：“你们瞧这孩子，他是我从死神手中抢过来的，我到伊利里亚来也全都是为了他，却因此落入这般险境。”可那些官差并不理会他说的话，只是催他快走，还说：“那跟我们有什么相干呢?”那人被带走时还对着薇奥拉不停叫骂，说这个“西巴斯辛”翻脸不认人。

他的骂声渐渐远去，可薇奥拉听见“西巴斯辛”这个名字，不禁思索起来。虽然陌生人被匆匆带走，她来不及探问究竟，可她想到自己可能被错认成双胞胎哥哥西巴斯辛了，她想起刚才陌生人说他救了少年的命，暗自盼望得救的正是自己的哥哥。

事实果真如此。那个陌生人名叫安东尼奥，是个船长。西巴斯辛在风暴中把自己绑在了桅杆上，在他独自漂浮、筋疲力尽时，正是安东尼奥把他救上自己的船。从此安东尼奥把他当成最好的朋友，决定无论西巴斯辛到哪里去，他都会相伴左右。安东尼奥曾在海战中重伤奥西诺公爵的侄子，他也明知自己前往伊利里亚会有生命危险，可是当西巴斯辛提出想到伊利里亚游历一番时，他还是不愿和西巴斯辛分开，宁可冒险相伴同行。现在他果然因为那个罪名被抓起来了。

在安东尼奥遇到薇奥拉的几个小时以前，他和西巴斯辛才刚到伊利里亚，他把自己的钱袋交给西巴斯辛，让他一个人上街逛逛，看中什么想买就随意取用，而自己在客店里等他回来。可约定的时间已经到了，还不见西巴斯辛的人影，安东尼奥只能冒险出门找他。薇奥拉跟哥哥长得一模一样，还穿着相同的衣服，安东尼奥自然把她错认成了西巴斯辛。他见“西巴斯辛”遭到了挑衅，就拔出剑来保护自己的朋友；又见“西巴斯辛”不肯认他，也不承认拿了钱袋，难免会破口大骂起来。

安东尼奥被带走后，薇奥拉唯恐再遇上那个向她挑战的人，匆匆赶回了公爵府。薇奥拉刚离开没多久，那个要求决斗的对手果然又回去找她，不过，这次他找到的是她的哥哥。西巴斯辛在城中观光，恰好路过这个地方，忽然听到有人朝他喊道:“喂，我又碰到你了吗？吃我这一下。”接着身上就挨了一拳。西巴斯辛可不是胆小鬼，他立刻用加倍的力气回敬对方，并且拔出剑来准备决斗。

可是一位小姐拦住了这场决斗，原来，从家里出来的奥丽维娅把西巴斯辛当成了薇奥拉，邀他到家里去坐坐，对他遭遇的粗暴袭击表示歉意。虽然西巴斯辛对这位小姐的殷勤款待和对陌生人的无礼袭击同样感到莫名其妙，他还是欣然接受了这个邀请。而奥丽维娅也十分欣喜，因为她发现“西萨里奥”变得通情达理了，在那一模一样的脸庞上，丝毫没有之前听到她的表白时流露的轻蔑与怒气。

西巴斯辛完全沉醉在这位小姐的柔情蜜意中，把这当成天上掉下的好运气。他也觉得这份感情来得突兀，担心奥丽维娅是否神志不清，然而看到她是这么一座华丽府宅的女主人，并且井井有条地操持家务、指挥仆人、料理事情，他又相信她真是突然爱上了他，欣然接受了她的爱情。奥丽维娅见“西萨里奥”这会儿和颜悦色，担心他待会儿又会忽然变卦，她赶紧请来一个神甫，马上就要和“西萨里奥”举行婚礼。西巴斯辛又是欣然答应，婚礼结束后，他才想起应该将这件喜事告诉好友安东尼奥，于是他匆匆告别新娘，去找安东尼奥。

西巴斯辛前脚刚走，奥西诺就亲自来拜访奥丽维娅了。他刚来到门前，恰好遇上官差们把安东尼奥押来见他。薇奥拉随侍在公爵身边，安东尼奥一看见她就十分恼怒，因为他又把薇奥拉当成了西巴斯辛，他向公爵历数了自己如何从怒海中救出这个孩子，又如何对他百般照顾，最后他痛斥这个孩子忘恩负义，因为怕遭到连累，就不认自己这个朋友，尽管三个月来他们朝夕相处，不曾有过一刻分离。可公爵没再留心听他说话，因为这时奥丽维娅小姐从家里走了出来，公爵连忙对她说:“伯爵小姐出来了，真可谓天仙下凡！—— 而你这家伙，完全在说疯话，这孩子已经侍候我三个月了。”接着就吩咐人把安东尼奥押走。

然而，很快奥西诺也像安东尼奥一样责怪起薇奥拉来，因为那位天仙般的伯爵小姐对公爵冷冰冰的，只顾着向西萨里奥献殷勤。公爵发现侍童夺去了自己渴望在奥丽维娅心中占据的位置，非常嫉妒，声称要用各种可怕的手段来报复他。于是公爵转身就走，并向薇奥拉喝令："来，孩子，跟我来，尝尝我的手段。"公爵嫉恨若狂，那架势简直要把薇奥拉处死才甘休，但爱情的力量让薇奥拉鼓起勇气走向她深爱的公爵，还说只要主人得到安慰，她甘愿受死。

奥丽维娅可不愿就这么失去丈夫，她立刻叫道："我的西萨里奥，你到哪里去？"薇奥拉回答："追随我所爱的人，我爱他胜过爱生命。"奥丽维娅为了拦下他们，只好大声宣告西萨里奥是自己的丈夫，还请来神甫为她作证，证明不到两个小时前他刚为这两个年轻人主持了婚礼。这样一来薇奥拉真是百口莫辩。听了奥丽维娅的话，再加上神甫的证言，奥西诺深信正是侍童夺走了自己无比珍视的心上人。不过，木已成舟，无可奈何，公爵只好伤心地向这位无情的小姐和这个忘恩负义的伪君子——也就是公爵眼中背着他娶了奥丽维娅的侍童——告辞，临走还警告薇奥拉当心别再叫他碰见。

然而，就在这时，不可思议的事情发生了。另一个西萨里奥走了过来，还把奥丽维娅称为他的妻子。这个新来的"西萨里奥"自然是西巴斯辛，也就是真正跟奥丽维娅举行过婚礼的人。在场的人看见他俩的相貌、声音和装束都一模一样，纷纷感到十分诧异，而这对兄妹已经开始询问对方的来历了。尽管薇奥拉对哥哥尚在人间还抱有一丝希望，此刻也几乎不敢相信眼前的情景，更何况西巴斯辛一直以为妹妹早已在海难中丧生，怎么样也想不到她会穿着男装出现。不过，薇奥拉很快就说清了情况，她其实名叫薇奥拉，正是西巴斯辛的亲妹妹，只是女扮男装隐瞒了身份。

随着这对双胞胎兄妹的相认，一切误会都解开了。大家笑话奥丽维娅小姐竟然阴差阳错地爱上了一个女人，可奥丽维娅想到自己将错就错得到了一个年轻英俊的丈夫，也感到心满意足。

奥西诺一听说奥丽维娅结了婚，就知道自己的爱情绝无成功的希望了，一旦彻底绝望，他对她的苦恋也就烟消云散了。他现在满脑子想的都是眼前这件奇事：他心爱的侍童西萨里奥竟然是个姑娘。他仔细端详着薇奥拉，想起他向来觉得西萨里奥十分俊秀，又想象她如果穿上女装，准是个非常漂亮的姑娘。他忽然记起薇奥拉曾经好几次向他表白爱意，可惜那时他只把那些当成侍童的效忠之言，现在才终于明白其中的言外之意；他一句句回忆那些谜语般扑朔迷离的话，如今才领悟到那都是温柔委婉的情话。想到这里，他刹那间做出了一个决定，要让薇奥拉成为他的妻子。于是，他对薇奥拉说："孩子（公爵一时间难以改口），你对我说过千百遍，你绝不会像爱我一样爱着一个女人。你侍奉我尽心尽力，全然不顾那些杂事多么配不上你娇弱的身躯和优雅的教养。既然你一直把我称作主人，从此以后，你就是你主人的主妇，是奥西诺名正言顺的公爵夫人。”

奥丽维娅看到被自己辜负的公爵很快就在薇奥拉身上找到了新的爱情归宿，也衷心地祝福他们。她邀请他们到她家里去，并请求早晨为她和西巴斯辛主持过婚礼的那位好神甫，再一次为薇奥拉和奥西诺主持神圣的典礼。于是，这对双胞胎兄妹不但同一天出生，同一天遭遇生命危险，还在同一天结了婚。曾经让他们失散的风暴和海难，最终却给他们带来了美满的良缘。薇奥拉成了伊利里亚公爵奥西诺的妻子，西巴斯辛则娶了又高贵又富有的伯爵小姐奥丽维娅。

雅典的泰门

雅典有个贵族叫泰门，他富可敌国，为人又慷慨，所以就花钱如流水。他本有家财万贯，却总是入不敷出，因为他对形形色色的人都乐善好施，不但穷人受到他的恩惠，就连达官贵人也喜欢沾他的光、占他的便宜。他的餐桌边总是坐满大吃大喝的客人，他家大门敞开着欢迎每个往来雅典的过客。他身家丰厚，花钱豪爽，自然得到了大家的爱戴。各种不同地位不同性情的人，无论是那些面孔像镜子般反映出主人喜怒的谄媚者，还是那些宁折不弯、愤世嫉俗的人，都愿意为泰门老爷效劳。尽管愤世嫉俗的人总是自命清高，可他们也折服于泰门老爷慷慨的为人和宽厚的性情，甚至会一反常态地去参加泰门家的豪华宴会，只要泰门对他们点点头，或是打个招呼，这些人顿时觉得自己身价百倍。

如果一个诗人完成了一篇大作，还缺少一个被推荐于世的机会，他只要把诗题献给泰门老爷，不但作品肯定会有销路，还能从泰门那里得到一大笔赏钱，并且天天出入泰门的府第，当他的座上宾。要是一个画家想要卖掉一幅画，他只要将画送到泰门面前，假装请他品评一下，这位慷慨的老爷当场就会把画买下。如果珠宝商有什么贵重的宝石，或是绸缎商有什么高级的布料，因为价格太高长期卖不出去，泰门老爷府上就是他们现成的市场，无论多贵的东西都能成功脱手，这位善良的老爷还会向他们道谢，仿佛他们特意把这些珍贵货品拿来让他优先选购，真是给足了他面子。就这

样，泰门的家里堆满了高价的玩意儿，除了带来一种恶俗不堪、虚有其表的豪华派头，半点用处也没有。而泰门本人更是被一群群无聊的客人整天纠缠不休，像是吹牛的诗人啦，画家啦，奸商啦，王公贵妇啦，穷当官的啦，跑门路谋差使的啦，络绎不绝地挤进他的会客室，在他耳边不停絮叨着令人作呕的恭维话，他们对他敬若神明，连他的马镫也被奉为圣物，甚至他们自由呼吸的空气似乎都是来自他的恩赐。

这些成天依傍泰门的人，有些出身还很高贵，他们由于挥霍无度，被债主关进了监牢，泰门又花钱把他们赎了出来。这些浪荡公子哥儿从此就缠上了泰门，俗话说“物以类聚，人以群分”，他们仿佛找到了一个最好的榜样，虽然身家远不如泰门丰厚，学起他的挥霍无度却一点也不难。比如有个食客叫文提狄斯，他游手好闲，欠下了一大笔债，不久前泰门花了五个泰伦①才替他还上。

而在这川流不息的宾客之中，最引人注目的还是那些送礼的和献宝的。要是泰门对他们的一只狗、一匹马或是一件不值钱的家具多瞧了两眼，他们就算交了好运。无论什么东西，只要泰门偶然夸赞了一句，第二天清晨必定送到他的府上，送礼人还会写上“恳请老爷笑纳”“区区礼物不成敬

① 古希腊货币的名称。

意”之类的话。送来的礼物是狗也好，马也好，都会得到泰门的还礼，比如回赠二十只狗，或是二十匹马，总之比人家送来的礼物值钱得多。那些所谓的送礼人对此当然心知肚明，他们假意送出礼物，其实却把这当成一种来钱又多又快的生财之道。就这样，路歇斯老爷最近给泰门送来四匹佩戴银色鞍鞯的乳白色骏马，这位精明的贵族号称记得泰门夸奖过它们；还有一个路库勒斯老爷同样假意赠送了一对灰猎犬，因为他曾经听见泰门赞赏它们的矫捷自如。为人忠厚的泰门高高兴兴地收下了这些礼物，完全没有怀疑他们的居心不良，而这些虚情假意、唯利是图的送礼人果然得到了丰厚的回报，泰门回赠的宝石要比他们送出的礼物贵重二十倍。

有时这些家伙甚至做得更明目张胆，可轻信的泰门还是同样上当受骗。他们看到泰门有什么好东西，不管是新买的还是以前买的，就会装出羡慕不已的样子，大肆赞美起来。因为他们知道，泰门老爷耳根子软，心肠又好，只消说上几句既不值钱又肉麻露骨的奉承话，他立刻就会把他们夸赞的东西送给他们。有一天，泰门就是这样把他骑着的枣红马送给了一个心术不正的贵族，只因为那位仁兄夸他的马身姿矫健，跑得又快。泰门认为，一个人倘若不是真心喜欢一样东西，绝不会把它赞美得如此恰如其分。泰门总是这样推己及人，又特别乐善好施，他如果有许多王国，也会拿来分给这些所谓的朋友，并且永远不会感到厌烦。

泰门的万贯家财也不是都进了那些谄媚之徒的腰包，他也乐意做些仗义疏财的好事。他有个仆人爱上了雅典一个有钱人的女儿，可是由于家境和地位都高攀不上那位姑娘，就不敢指望和她结婚。姑娘的父亲要求男方的财产要跟女儿的陪嫁旗鼓相当，因此泰门老爷就慷慨解囊，送给仆人三个泰伦，好让他能配得上那个姑娘。

不过，泰门的家产大部分还是被那些无赖和寄生虫挥霍掉了。泰门看不出那都是些酒肉朋友，他们簇拥在他身边，他就以为那是真心的爱戴；他们对他笑脸相迎、阿谀奉承，他就以为有识之士都赞许他的所作所为。当泰门在这群马屁精和狐朋狗友中间大摆宴席的时候，当他们吃着山珍海味，喝着昂贵的美酒，一边举杯祝他健康富贵，一边把他的家产吃光喝净的时候，泰门一点也看不出真朋友和马屁精之间的区别，他的双眼已经被周围的浮华给蒙蔽了，只觉得有这么多好兄弟能不分彼此地共享财富，真是一件可贵的乐事——虽然说到底花的都是他一个人的钱。那些人乐得日复一日灯红酒绿，而泰门就把这视为最快乐最友好的欢聚。

他就这样乐善好施，四处散播他的恩惠，仿佛财神普鲁托斯[①]只不过是他的管家。他毫无节制地信手挥霍，既不想想这样浪费下去怎么维持得了，也不为将来考虑而改变这

① 希腊神话中的财富之神。

种花钱如流水的生活。他的财富毕竟不是无限的，照他这样挥霍下去必定有耗尽的一天。可谁又会去提醒他呢？那些马屁精吗？他们恨不得他继续蒙在鼓里呢。他老实的管家弗莱维斯倒是曾经试图让泰门了解目前的困境，把账本摊在他面前，又是劝说又是哀求，甚至激动得不顾仆人的身份，流着泪请他看清家计亏空的事实，但这些都是白费功夫，泰门总是不理不睬，把话题转到别的事情上去。因为要叫家道衰落的富人听从劝告实在是太难了，他们无论如何都不愿了解真相，无论如何都不肯面对现实，不能接受即将来临的困厄。这个好管家，这个老实人时常看到泰门的豪宅中充满了大吃大喝的食客，满地都是那些醉鬼泼洒的美酒，每个房间都灯火通明，回荡着音乐和纵酒的声音。每当这时，他总是一个人躲在偏僻的角落，汹涌的泪水流得比酒桶里哗哗溢出的酒还要急。他眼睁睁看着老爷这种毫无理智的慷慨，心中暗想：老爷花费无数钱财买来人家的赞美，钱财一旦耗尽，赞美的声音也随之消散；吃喝玩乐上结交的朋友，等到酒尽杯干，转眼就成为陌路；一片冬天的乌云刚刚出现，这些飞虫早已躲得不知去向了。

到了此时此刻，泰门再也不能堵上耳朵，对管家的苦口良言不闻不问了。他正在急等钱用，就吩咐管家赶紧把一部分田产卖了换钱。弗莱维斯就借机说出了他几次向泰门提起对方都不肯听的话：大部分田地都已经变卖或抵债了，剩下的还不够偿还一半的债务。泰门听到这话，十分震惊，他几乎是脱口而出:“我的土地不是从雅典一直连到拉西戴蒙[①]吗?”

“唉，我的好老爷，”弗莱维斯说，“世界也就是这么个世界，它也有个边儿，要是它都属于您，您一开口就把它送人，分分钟就送个精光了。”

泰门自我开解说，虽然他信手挥霍很不明智，但是并没有导致什么恶果，他也不是拿钱去为非作歹，只是和朋友一同寻欢作乐。他劝悲伤痛哭的管家尽管放心，他还有那么多富贵的朋友，一定不会走投无路的。这个昏头昏脑的泰门满心相信，只要他开口向朋友告借，就可以凭借他们的财产渡过难关，就像使用自己的财产一样。想到这里，他面露喜色，似乎有了十足的把握。他派人分头去见路歇斯、路库勒斯和辛普洛涅斯几位老爷，他曾经毫不计较地送过这些人数不清的礼物。同时他又派人去找文提狄斯，这个人曾被关进监牢，是靠泰门替他还债才放了出来，如今由于父亲去世，他继承了一笔丰厚的遗产，完全有能力报答泰门的恩惠了。泰门请文提狄斯归还自己替他付的五个泰伦，又向那几个阔气的朋友各借五十泰伦，他相信那些人都知恩图报，哪怕他要借的数目比这还多五百倍，只要他有需要，他们也会如数奉上的。

---

① 古代斯巴达的别称。

第一个见到的是路库勒斯。这个心术不正的老爷昨晚梦见了银盘和银杯，因此一听说泰门的仆人来了，他那贪婪的心立刻就想到自己要美梦成真了，泰门派人给他送银盘和银杯来了。然而等他明白仆人的来意，知道泰门要借钱周转，他那份流水般凉薄的友谊就现出了原形。路库勒斯一再对那个仆人发誓赌咒，说自己早就知道他家老爷要败光家产，自己一次次陪他吃饭，都是为了劝他不要太浪费，可是他总不肯听人家的劝告。实际上，路库勒斯确实是泰门家宴会上的常客，还捞到过许多更大的好处，可他说去吃吃喝喝为的是规劝泰门悔改，那就是卑鄙无耻的谎言了。他说完这番话，还加倍无耻地掏出几毛钱收买仆人，叫他回去向主人报告，路库勒斯根本不在家。

去见路修斯的仆人同样碰了一鼻子灰。这个虚伪的老爷肚里装满了泰门的酒肉，家中堆满了泰门送的贵重礼物。他听说泰门家业败落，这个财源忽然断流，起初几乎不敢相信自己的耳朵。等他证实了这个消息，就装出万分懊恼的样子，说自己实在是心有余而力不足，因为事不凑巧，他昨天偏偏买了一大堆东西，把手头的钱都用光了。他甚至骂自己是该死的畜生，不能为泰门老爷这样的至交好友效劳；还说不能满足这样一位高贵绅士的要求，真是他平生第一件恨事。

谁会把一起吃喝玩乐的人叫作好朋友呢？每一个谄媚之徒都怀着这样的居心。人人都知道泰门像慈父一样照顾路修斯，自掏腰包替他还债，为他付仆人的工钱，出钱雇人为他修建豪宅，以满足路修斯的虚荣心。可是，唉，人一旦忘恩负义，就会变成魔鬼。他如今竟然一口回绝泰门的借款，照泰门从前对他的恩惠来看，这点钱还不如善人施舍给乞丐的多呢。

至于辛普洛涅斯和其他那些唯利是图的老爷，泰门一一派人去求助过，得到的要么是含含糊糊的推托，要么就是一口回绝。就连文提狄斯，就是那个靠泰门从牢狱中赎出来、如今已经变阔的文提狄斯，居然也不肯借出五个泰伦来帮助泰门——在他落难之时，泰伦并没有把五个泰伦当成借款，而是慷慨地送给了他。

如今躲着穷鬼泰门的人，跟从前巴结财神泰门的人一样多。从前对他歌颂得最起劲，吹捧他宽厚、慷慨、手头大方的人，如今又大言不惭地责备他，把他的慷慨说成愚蠢，把他的大方说成挥霍。其实泰门愚蠢就愚蠢在把这些卑鄙无耻的人作为慷慨施舍的对象。如今泰门那王侯般的府第变得门庭冷落，成了一个人人唯恐避之不及，路过也要脚步匆匆的地方，再也不像从前那样，是人人都要停下来品尝美酒佳肴的华堂。如今泰门家中挤满的不再是豪饮狂欢的宾客，而是焦躁不安、大吵大闹的债主，还有放高利贷的和敲竹杠的。他们一个个要起钱来凶神恶煞，毫不留情，催逼着要欠条、要利息、要抵押品。这些铁石心肠的人，无论要起什么来都由不得半点拒绝，也不容许半刻拖延。如今泰门的宅第竟成了拘禁他的监牢，他们逼得他上天无路，入地无门，这个催着要五十泰伦的债，那个拿出一张五千克朗的欠条。他就算用血一滴一滴地数，一滴一滴地还，全身鲜血也不够还清这些债务。

在这样走投无路、无可挽回的绝境中，忽然大家都惊讶地睁大了眼睛，因为他们看到这轮落日放射出不可思议的新光芒。泰门老爷宣布又要大宴宾客，他向过去的座上常客、老爷夫人，还有雅典城中的名流显贵全都发出了邀请。路歇斯和路库勒斯来了，还有文提狄斯、辛普洛涅斯，大家都

来了。再没有人比这些口蜜腹剑的家伙更懊恼了。他们还以为，泰门老爷只是装出穷相来试探他们的忠心，而他们当时却没能看透其中的玄机，否则，岂不是只要花点小钱就能讨到泰门老爷的欢心？但他们见到本以为已经榨干的恩泽之泉，仍在源源不断地冒着油水，于是又兴高采烈起来。他们一个个赶到泰门面前，装腔作势地再三辩解，说当初泰门派人去问他们借钱的时候，不巧手边没有现款，不能为这样一位尊贵的朋友效劳，他们深感痛心和惭愧。但泰门请他们不必介意这些小事，他自己早已忘得一干二净了。泰门落魄之时，这些阿谀奉承的无耻小人不肯借他一分钱，然而等泰门摆出一副东山再起的样子，他们就马上赶来捧场。他们追逐贵人的红运，比燕子追随夏天还要急切；他们躲避贫厄的苗头，则比燕子逃离冬天还要匆忙。这种趋暖避寒的鸟儿就是人。

这时，音乐响起，热气腾腾的佳肴一盘接一盘送了上来。宾客们不免暗自惊羡，破了产的泰门怎么有钱置办这么奢华的酒宴，有的人甚至不敢相信自己的眼睛，不知眼前的一切是真是幻。忽听一声号令，所有盘子同时揭开，泰门的心意随之显露。人们原以为泰门的盛宴上会摆出各种各样的美味佳肴，现在这些盘子揭开后却出现了一道道更适合泰门穷困生活的菜肴，因为那只是一些温水和蒸汽。这桌宴席倒是更适合招待这群口头上的朋友，他们的信义就像转瞬即逝的蒸汽，他们的心则像泰门请他们喝的温水，不冷不热，十分淡漠。

泰门对他们发话："揭开来，狗子们，舔吧。"还没等宾客们从惊愕中回过神来，泰门就把水泼到了他们脸上，叫他们喝个够，接着又把杯盘往他们身上扔。那群名流显贵一把抓过自己的帽子，争先恐后向外逃，场面顿时乱作一团。泰门在他们身后一边追，一边高叫他们应得的骂名："你们这些笑里藏刀的寄生虫，彬彬有礼的破坏者，披着羊皮的狼，假装温顺的熊，贪财的小丑，酒肉朋友，趋炎附势的苍蝇。"宾客为了躲避泰门，一窝蜂地往外挤，比进来的时候还急切。有人遗失了长袍和帽子，有人匆忙间弄丢了宝

石，但人人都庆幸能逃离这个疯狂的老爷，逃脱这场荒唐宴席的嘲弄。

这是泰门举行的最后一场宴会，从此他告别了雅典和人群。宴会散场后他躲进了树林，远离他痛恨的城市和全体人类。他盼望着那座可憎的城市城墙倒塌，塌下来的房子压死屋主；他但愿各种瘟疫、战争、暴乱、贫穷、疾病都对雅典的居民纠缠不休；他祈祷公正的神明将雅典人全都毁灭，无论老少贵贱。他一边这样诅咒着，一边走进了树林，还说这里最凶恶的野兽也比人类善良得多。为了彻底跟人类断绝关系，他把衣服全部脱光，自己挖了个山洞栖身，像野兽一样离群索居，啃树根，喝冷水，躲开同类的面孔，出没在野兽之中，他觉得跟人相比，野兽既友好又平和。

从富比王侯的泰门老爷到一无所有的泰门，从乐善好施的泰门老爷到仇视人类的泰门，这是怎样的巨变啊！那些巴结他的人到哪里去了？他的侍从和仆人又在哪里？难道那凛冽的寒风会像个粗野的仆人，能够伺候他，为他穿衣取暖吗？难道那些比鹰隼还长寿的苍老野树，会变成年轻活泼的侍童，听候他的使唤吗？难道那冬日冻结的寒溪，会在清晨替他备好热腾腾的羹粥，来缓解昨夜的积食吗？难道生活在这片荒林中的生灵，会来舔他的手，向他献媚吗？

一天，泰门正在挖树根——那是他赖以充饥的食物——他的铁锹忽然挖中了一些沉甸甸的东西，原来是一大堆金子。多半是哪个守财奴在乱世中埋到地下，准备日后回来带走，但还来不及挖出金子，甚至来不及把宝藏的秘密向人透露，他就离开了人世。金子就继续留在原地，不行善也不作恶，一直静静躺在大地母亲腹中，就像从没离开过那里一样，直到泰门的铁锹偶然挖中，这堆金子才得以重见天日。

这可是一大笔财富。倘若泰门还是原来的泰门，这笔钱又可以为他收买酒肉朋友和谄媚之徒了。但泰门已经受够了虚伪的俗世，看见金子只觉得刺眼。他本来打算把金子埋回地里，可他转念一想，金子能给人类带来无穷的灾难，为了争夺财富，世间充斥着抢掠、压迫、冤屈、贿赂、暴力与凶杀。泰门对人类的仇恨已是根深蒂固，因此他想象着自己挖出的这堆金子会在病态的人世引发多少灾难，心里感到十分痛快。

就在这时，一队士兵从林中经过，来到他栖身的洞穴旁边。原来这是雅典将领艾西巴第斯麾下的一支军队。艾西巴第斯正要出兵推翻雅典的元老院，因为雅典人实在太忘恩负义，连他们的将军和最好的盟友都厌恶他们。从前，艾西巴第斯曾指挥这支胜利的军队保卫那些元老，如今他又率领同一支军队前来攻打他们了。泰门听到要攻打雅典十分高兴，就把金子送给艾西巴第斯，让他发给部下。泰门这么做不图什么回报，只希望艾西巴第斯带领他的讨伐大军踏平雅典，放火，屠杀，把雅典人赶尽杀绝。泰门告诫他们，不要怜悯一把白须的老翁，因为他们是放高利贷的人；也不要放过笑得天真无邪的小孩，因为他们长大后就会变成叛徒。泰门还要艾西巴第斯给自己的眼睛和耳朵都戴上盾牌，牢牢抵御任何引发同情的景象和声音，不要让少女、婴儿或者母亲的哭泣阻碍他来一个全城大屠杀，一定要在这次攻打中把雅典人全都毁灭。泰门还祈求天神，等这支军队征服雅典之后，再把这些征服者也全都毁灭。泰门就是这么决绝地痛恨着雅典、雅典人乃至一切人类。

泰门在林中过着野人般的生活，凄苦而孤独。忽然有一天，他惊讶地发现有个人毕恭毕敬地站在他的山洞门口。那人正是他忠心耿耿的管家弗莱维斯。他出于对主人的关切和爱戴，一路追寻到这个简陋的栖身之处，要继续侍候泰门。

弗莱维斯看见自己的主人，也就是那位曾经高贵体面的泰门老爷，竟落到如此悲惨的境地，像刚出生一样赤条条的，如野兽般混迹于兽群之中，简直就像他心中悲怆的废墟，又像一座衰朽的纪念碑。这个场面对善良的仆人来说真是惨不忍睹，他又是震惊又是茫然，站在那里一句话也说不出来。他终于开口说话时，又忍不住哽咽哭泣起来。泰门好不容易才认出这个人是谁，听明白他要来侍候穷困潦倒的自己。这跟他领教过的人类可真是截然相反！

泰门端详着弗莱维斯这副人类的面孔和身体，不禁怀疑他别有用心，怀疑他的眼泪是假惺惺的。可是善良的管家想尽办法证明了自己的忠心，显然对主人的关切和爱戴是他唯一的来意。这才让泰门不得不承认，世界上还有一个正直的人。不过，既然弗莱维斯长着人类的面孔和身体，泰门一瞧见他那张人脸就感到生气，一听见他那张人嘴发出的声音就恶心。于是这个唯一的正直的人也被赶走了，只因为他是人，尽管他比一般人更善良，更有同情心，但终究还长着人类的面孔和身体，而泰门是如此痛恨人类。

可是，没过多久，又有一群访客要来打扰泰门在荒林中隐居的清净了。他们的身份比可怜的管家显赫得多。原来，雅典城中那些忘恩负义的贵族终于开始后悔，当初不该那样亏待高贵的泰门。因为艾西巴第斯像一头横冲直撞的野猪，正在不断摧毁雅典的围墙，眼看他猛烈的进攻就要将美丽的雅典化为尘土。到了这时，健忘的贵族们才终于想起泰门老爷的英勇善战和用兵如神。因为泰门从前当过雅典的大将，是一个有勇有谋的军人。大家都把希望寄托在他身上，认为只有他能应对这种来势汹汹的围困，击退艾西巴第斯的疯狂进攻。

情势紧急，元老院推选了几个代表去向泰门求援。如今他们陷入绝境，就来找泰门帮忙；从前泰门陷入绝境时，他们可都是不理不睬的。难道这些人竟然认为，他们冷漠拒绝的这个人会对他们充满感激？他们无礼亏待的这个人倒该给他们殷勤的礼遇？

如今他们流着热泪，苦苦哀求泰门回去拯救雅典，尽管不久前他刚被这些忘恩负义的人逼得离开了那座城市。如今他们许诺给他财富、权力、地位，打算补偿他过去所受的伤害，保证他会得到百姓的尊重和爱戴，愿意把自己的生命和财产都交给他支配，只要泰门愿意回到雅典，拯救他们。可他们面前这位一无所有的泰门、仇视人类的泰门，已不再是从前的泰门老爷了——不再是乐善好施的贵族、英勇善战的大将；也不愿再做他们战争中的盾牌、和平时的摆设了。要是艾西巴第斯杀死了他的同胞，泰门全不介意；要是美好的雅典被他劫掠一空，雅典人无论老少都难逃一死，泰门还会拍手叫好。泰门就这样告诉他们，他还说，暴徒阵营里的每一把屠刀，都比雅典最可敬的咽喉更能获得他的好感。

这就是泰门给他们的全部回答，那些元老心灰意冷，流下泪来。不过在临别之时，泰门又请元老们替他问候一下同胞，告诉他们，要想减轻他们的忧愁和焦虑，躲避狂暴的艾西巴第斯愤怒的扫荡，他可以指点他们唯一一条可走的路，因为他仍然关爱他的同胞，想在自己死前为他们做些好事。元老们听了这话燃起一丝希望，盼着泰门对故乡的情谊渐渐复苏。

然而，泰门接着说，他有一棵树，长在他的山洞附近，因为他自己要用，不久就会将它砍下来，因此他邀请雅典所有的朋友，无论老少贵贱，凡是想逃避痛苦的，就赶紧到这儿来，在他把树砍倒之前领略这棵树的本领——也就是说，他们想要逃避痛苦，只能吊死在这棵树上。

泰门一生给过人们无数恩惠，这是他最后的奉献，也是他的雅典同胞们见他的最后一面。没过几天，有个可怜的士兵路过一片海滩，那里离泰门栖身的树林很近。他发现在沙滩和海水相接的地方有一座坟墓，墓碑上刻着字，说这是仇恨人类的泰门之墓，碑文写道："他活着之时，憎恨所有的人；死去之日，但愿一场瘟疫将卑鄙的世人全部毁灭！"

泰门究竟是用暴力结束了自己的生命，还是由于厌弃人生、憎恨人类，最终郁郁而死，没有人知道。不过，大家都夸他的墓志铭写得贴切，又称赞他为人矢志不渝，生前憎恨人类，到死依旧如此。还有人认为他选择海边作为葬身之地也大有深意，因为苍茫的大海会永远在他的墓旁哀泣，仿佛是在蔑视虚情假意的人类那种转瞬即逝的轻浮眼泪。

罗密欧与朱丽叶

维洛那有两个富贵显赫的大家族，分别是凯普莱特家族和蒙太古家族。这两家从前就有冲突，多年下来，仇恨越结越深，敌意越来越浓，连这两家最远房的亲戚、侍从和仆役都被牵涉在内，到了这两家的仆人即使只是偶尔相遇，也会彼此破口大骂，甚至闹到流血斗殴的地步。他们这样争斗不休，扰乱了维洛那城的祥和与安宁。

有一天，凯普莱特老爷举办一场盛大的晚宴，向城中的名流显贵广发邀请。维洛那有名的漂亮姑娘都前来赴宴。来客只要不是蒙太古那边的人，都受到热烈的欢迎。罗瑟琳小姐也参加了这个宴会，她正是蒙太古老爷的儿子罗密欧的心上人。虽说蒙太古家的人出现在凯普莱特家的宴会上有点冒险，可罗密欧的好友班伏里奥一直怂恿他戴上面具混进

去，当场把罗瑟琳的容貌跟维洛那其他名媛比较比较，就知道自己心中的天鹅只不过是一只乌鸦罢了。罗密欧并不相信班伏里奥的话，但他想借机见见心爱的罗瑟琳，就同意了班伏里奥的提议。罗密欧可是一个痴情男子，他因为爱情辗转难眠、独自徘徊，一心牵挂着罗瑟琳；可罗瑟琳却没有接受他的求爱，总是冷冰冰地不理不睬。因此班伏里奥才希望罗密欧结识更多的名门闺秀，好从这场单相思中解脱出来。于是，罗密欧、班伏里奥和他们的朋友茂丘西奥一起，戴上面具走进了凯普莱特家的宴会。凯普莱特老爷没识破他们的身份，热烈欢迎他们光临，还说，凡是脚上没长茧子的小姐，都迫不及待要跟他们跳舞呢。这位风趣随和的老先生还开玩笑说，他自己年轻时也曾经戴过面具，还在一个美丽的姑娘耳边说悄悄话呢。

就这样他们跳起舞来。忽然间，罗密欧发现跳舞的人群中有个无比美丽的姑娘，顿时惊为天人。罗密欧不禁喃喃赞叹：“火炬也不如她明亮闪耀，夜色衬托着她的容颜，仿佛黑奴耳边璀璨的珠玉；她美得超凡脱俗，她美得令人屏息；她的绝色之姿站在女伴当中，就像鸦群中的一只白鸽。”凯普莱特老爷的侄儿提伯尔特恰好在边上听到了这番话，从声音中认出这个人是蒙太古家的罗密欧。蒙太古家的人竟敢戴上面具混进来，简直是对他们这场盛会的嘲讽，性如烈火的提伯尔特当然不能容忍。他暴跳如雷，怒不可遏，恨不得把罗密欧当场打死。但他的叔叔凯普莱特老爷制止了他，一来不希望破坏宴会的气氛，在宾客面前失礼；二来罗密欧这次出现还算举止得体，在维洛那城中也是众人交相称赞的大好青年。提伯尔特只好强忍怒气，罢手不提，但他暗暗发誓，早晚要让这个卑鄙的蒙太古人为今天的擅闯付出惨重的代价。

舞跳完了，罗密欧看准那位小姐的位置，悄悄来到她的身边。有面具作为掩护，罗密欧的胆子也大了起来。他温柔地握住她的手，说那是神圣的庙宇，还说如果自己俗手上的灰尘对她有所亵渎，他这个含羞的信徒想以一吻乞求她的宽恕。“好个信徒，”那位小姐回答，“你朝拜的礼节也太重了吧。神明有手，但是信徒只能碰触，不能亲吻。”

“那神明和信徒的嘴唇有何用处?”罗密欧问。那位小姐回答:“啊，信徒的嘴唇要祷告神明。”

“噢，那么，我仰慕的神明，”罗密欧说，“请听听我的祷告，不要让我的祈求落空。”

两人正在用双关妙语款款传情，小姐的母亲忽然派人来把她叫走了。罗密欧一打听这位小姐的母亲是谁，才发现让他一见钟情的美人竟是凯普莱特老爷的独生女，蒙太古家族的宿敌唯一的继承人——朱丽叶小姐，就这样他无意中爱上了自己的仇人。这令他十分痛苦，但却丝毫不能影响他对朱丽叶的爱。

另一边朱丽叶也正在为此苦恼，她发现刚才和她说话的竟是蒙太古家的罗密欧，可她已经对那位绅士一见倾心，燃起了炽热的爱火，想到自己爱上了家族的仇敌，她心中充满了忧虑与不安，可又割舍不下这份爱情。

午夜时分，罗密欧和朋友们一同离场，可是没多久朋友们就找不到他了。因为罗密欧的心还逗留在刚刚那座房子里，难舍难离，他悄悄翻墙跳进了朱丽叶家的后花园。他正在那里回味自己邂逅的新恋情，没过多久窗边就出现了朱丽叶的身影。在罗密欧眼中，她夺目的美貌就像东方灿烂的太阳，顿时使照耀着花园的明月黯然失色。她以手托腮，罗密欧就恨不得变成她手上的手套，好碰一碰她娇艳的脸颊。朱丽叶沉浸在自己的心事之中，没发现花园里还有别人，她深深地叹了口气，忍不住感慨起来。

“啊，她说话了！”罗密欧听到心上人的声音一阵狂喜，他用朱丽叶没法听见的声音轻柔地说，“啊，再说下去吧，光明的天使！我在夜色中仰视着你，就像一个凡人瞻仰着带翅膀的天使从天而降。”

朱丽叶正因晚宴上的奇妙邂逅而心潮澎湃。她不知道有人偷听，呼唤起了心上人的名字：“罗密欧啊，罗密欧！为什么你偏偏是罗密欧呢？为了我的爱，否认你的父亲，抛弃你的姓名吧；也许你不愿意这么做，但只要你发誓做我的爱人，我也不愿再姓凯普莱特了。”罗密欧明白了她的心意，激动得想要立刻回应，可他还是强忍冲动继续听下去。那位小姐又情意绵绵地说：“只有你的名字才是我的仇敌，可姓名本来是没有意义的。你即使不姓蒙太古，仍然是这么可爱的一个你。换掉这个讨厌的姓名吧，我愿意用我整颗真心，赔偿你这身外的空名。”听到这番热烈的表白，罗密欧再也按捺不住了。他放声回应朱丽叶的话，仿佛她刚才不是对想象中的情人自言自语，而是在直接向他倾诉爱意。他请朱丽叶对他以爱相称，或者用随便什么她喜欢的称呼，如果她不喜欢罗密欧这个名字，他从今以后就不是罗密欧了。

朱丽叶听见花园里传来男子的声音，吓了一跳，不知是谁趁着幽暗的夜色偷听了她的秘密。不过，情人的耳朵格外敏锐，虽然他们晚宴上只有过短短几句交谈，可当罗密欧继续诉说时，朱丽叶很快就认出了那正是他的声音。她赶紧提醒罗密欧，爬上她家花园的高墙十分危险，要是她家里人瞧见有个蒙太古家的人在这里，一定不会让他活命。

“唉，”罗密欧回答，“你的眼睛比他们二十柄刀剑还厉害。只要你用温柔的眼神看着我，他们就无法伤害我的身体。与其得不到你的爱情，百无聊赖地活在世上，还不如在仇人的刀剑下丧生。”

“你怎么会到这儿来的？”朱丽叶问，“谁领你找到这儿来的？”

“爱情引领我来到了这里，”罗密欧说，“我不会掌舵驾船，可是即使你在最远最远的海滨，我也会冒着风浪寻找你这颗珍宝。”

朱丽叶想到自己无意中向罗密欧倾诉了满腔爱意，脸上不由泛起一阵红晕，幸亏在昏暗的夜色下罗密欧不曾看见。她想收回自己说出的话，可是已经来不及了。她也想像矜持的姑娘那样遵守世俗礼法，对心上人假意冷淡，皱起眉头，板起面孔，先给热烈求爱的人碰几个软钉子，哪怕心里十分中意，也要摆出羞怯不安或是满不在乎的样子，让心上人感觉这份爱情来之不易，必须加倍珍惜，可是现在只好将这套矜持的手段置之不顾了。因为在一个她做梦也想不到的时刻，罗密欧已经偷听了她亲口倾诉的爱意，于是她只好坦白承认那就是她的一片真心。

她管罗密欧叫“可爱的蒙太古”——爱情让这个刺耳的名字都变得甜蜜了，请他不要把她的钟情当作轻浮放荡，只怪黑夜意外泄露了她心底的秘密。她还说，也许他觉得她的举止有失端庄，但总有一天他会知道她的真心远胜于那些矜持作态的人。

罗密欧立刻指着天空发誓，说他绝不辜负这位小姐宝贵的真心。朱丽叶连忙阻止了他，她虽然喜欢罗密欧，却不喜欢在这天夜里就私订终身，因为这太仓促，太轻率，太出人意料了。可罗密欧还是急着求她交换爱情的誓约，朱丽叶只好说，在他要求之前，她已经把爱给他了——她指的是罗密欧偷听到的表白；她愿意将它们收回，再愉快地重新相赠，因为她的慷慨像海一样无穷无尽，她的爱情也像海一样深沉。

两个人正在情话绵绵，和朱丽叶同睡一屋的奶妈把她叫了回去，因为天都快亮了，她早该睡觉了。可朱丽叶又匆匆跑出来，最后嘱咐了罗密欧几句。她说，如果他真心爱她，想和她结婚，明天她会派一个人去见他，约定好婚礼的时间，到时她就会把整个命运托付给他，跟随夫君到海角天涯。他们山盟海誓的时候，朱丽叶的奶妈不停地叫她回房睡觉，而朱丽叶却走进走出，反反复复，因为她心里不愿让罗密欧离去，就像一个淘气的小女孩对待她心爱的鸟儿，才刚让它跳出自己的掌心，又用一根丝线把它拉回来。罗密欧也和她一样恋恋不舍，情人耳中最动听的音乐莫过于深夜时分互诉的心语。这对恋人一遍又一遍地互道晚安，终于暂时分别了。

罗密欧离开花园时天已破晓，美丽的情人和幸福的相会让他兴奋不已，他没有回家，而是绕到附近一家修道院里去找劳伦斯神父。善良的神父已经起床祷告了，他看见年轻的罗密欧一大早兴冲冲地找来，就猜到他昨天晚上彻夜未眠，准是犯了少年常见的相思病。神父猜对了罗密欧为爱情失眠，却猜错了恋爱对象，他以为罗密欧还在苦恋着罗瑟琳呢。然而罗密欧向神父坦白他最近爱上了朱丽叶，还请求神父为他们主持婚礼。这个圣洁的人听说罗密欧忽然移情别恋，惊讶得瞪大眼睛、举起手来，因为他一直听罗密欧倾诉多么痴恋罗瑟琳，又是多么被她的冷漠苦苦折磨。他忍不住说，看来年轻人的爱情不是发自真心，只不过是被美色所惑。罗密欧回答道，神父自己也常常责备他对罗瑟琳的痴恋，因为罗瑟琳对他的爱无动于衷；可如今朱丽叶跟他是两情相悦、心心相印的。神父被罗密欧的理由打动了几分，转念又想，也许可以借由这两个年轻人之间的婚事化解凯普莱特和蒙太古两家的仇怨。善良的神父作为这两家共同的朋友，对他们之间的矛盾十分痛心，一直努力居中调停，只可惜收效甚微。因此，一方面为了达到让两家和解的目的，另一方面神父很喜欢罗密欧，不忍心拒绝他的请求，最终这位善良的老人就答应为他们俩主持婚礼。

此刻罗密欧真是太幸福了。朱丽叶如约派人来找他，她从那人口中得知罗密欧的心意后，就匆匆赶到劳伦斯神父修行的密室，两人举行了神圣的婚礼。善良的神父祈求上天祝福他们的婚姻，也祈祷这两个年轻人的结合能消泯两个家族之间世代难解的纷争和仇怨。

婚礼结束后，朱丽叶赶回家中，焦急地盼望天黑，因为罗密欧答应像昨天夜里那样，到花园中与她相会。对她来说，这一天真是太难熬了，正像一个做好了新衣服却还不能

穿的小孩，在节日的前夜焦躁地等着天明一样。

这天下午，罗密欧的朋友班伏里奥和茂丘西奥走在维洛那的大街上，撞见了一群凯普莱特家的人，为首的正是性如烈火的提伯尔特。提伯尔特还在为昨夜罗密欧闯进凯普莱特家的晚宴而生气，他一看见茂丘西奥，就粗鲁地骂他是蒙太古家的罗密欧的同伙。茂丘西奥跟提伯尔特一样血气方刚、脾气火爆，立刻用同样刺耳的叫骂回敬对方。虽然班伏里奥竭力平息他们的怒气，双方还是越吵越凶。这时罗密欧恰好路过，暴躁的提伯尔特立刻将怒气从茂丘西奥那里转移到罗密欧身上，大骂他是个“恶棍”。罗密欧竭力避免跟提伯尔特发生冲突，因为他是朱丽叶感情深厚的亲人；而且罗密欧本性温和善良，向来不喜欢卷入这种家族纷争；更何况凯普莱特如今作为他心爱妻子的姓氏，对他来说不再是挑起怒火的暗号，反倒是消除仇恨的灵符了。因此他试着跟提伯尔特讲道理，好声好气地叫他“好凯普莱特”，虽然他是个蒙太古，却仿佛能从这声称呼中享受几分隐秘的快乐。然而提伯尔特对蒙太古家的人恨之入骨，根本听不进任何道理，反而一下子拔出了武器。茂丘西奥对朋友的秘密毫不知情，自然不明白罗密欧为什么对提伯尔特一再退让。他把这种容忍当成屈辱的投降，于是他跳出来说了许多轻蔑的话，果然气得提伯尔特要和他决一死战。他们俩就这样打了起来，尽管罗密欧和班伏里奥拼命将缠斗的两个人分开，茂丘西奥还是中剑倒下，伤重而死了。这下罗密欧忍无可忍，用提伯尔特骂他的那句“恶棍”回骂对方，两人动起手来，最后罗密欧把提伯尔特杀死了。

这场光天化日下的惨剧就发生在维洛那城的中心，消息很快传开了，大家纷纷赶到出事的地点，其中就有老凯普莱特夫妇和老蒙太古夫妇。没过多久，就连亲王本人也来了。亲王是提伯尔特所杀的茂丘西奥的亲戚，并且凯普莱特和蒙太古两家的争斗时常扰乱维洛那城的治安，因此亲王决定要依法严惩这场争斗的罪魁祸首。班伏里奥作为这场惨剧的目击者，在亲王的命令下报告了事情的经过，凡是不牵连罗密欧的地方他都如实陈述，而说到朋友的所作所为他就尽力开脱辩解。凯普莱特夫人为侄儿的死悲痛不已，心中燃起了复仇的火焰，她要求亲王严惩凶手，不可听信班伏里奥的话，因为他是罗密欧的朋友，也是蒙太古家的人，说出的话都是徇私作假。就这样，她要求处死她的新女婿、朱丽叶的新婚丈夫，当然她这时候还对此一无所知。另一边，蒙太古夫人则请求亲王宽恕她的儿子，她据理力争，说罗密欧杀死提伯尔特不算犯罪，因为提伯尔特先杀了茂丘西奥，他只不过是在执行提伯尔特应受的死刑。亲王在两位夫人激动的争辩面前显得十分冷静，他仔细考虑了事情的前因后果，然后宣布了他的判决：立刻将罗密欧逐出维洛那城。

对年轻的朱丽叶而言，这简直是个晴天霹雳。她才当了几个小时的新娘，如今就要因为这项驱逐出境的判决，永远地独守空闺了！消息刚刚传到她耳边时，她对罗密欧杀死了她亲爱的表哥感到既震惊又愤怒，说他是“美丽的暴君”“天使般的魔鬼”“披着白鸽羽毛的乌鸦”“豺狼般残忍的羔羊”“鲜花容貌下暗藏的狠毒蛇心”。诸如此类自相矛盾的称呼，正流露出她内心的爱恨纠缠。最终还是爱意占了上风，朱丽叶得知表哥死讯时留下的悲伤泪水，变成了庆幸丈夫还活着的喜悦热泪，随后她想起罗密欧遭到放逐，又伤心欲绝地痛哭起来。对她来说，“放逐”这两个字比杀死了无数个提伯尔特更可怕。

罗密欧在事发后就躲进了劳伦斯神父的密室，他听说了亲王对他的判决，觉得放逐的命令简直比死亡还可怕。对罗密欧来说，在维洛那城之外没有别的世界，见不到朱丽叶的日子生不如死；朱丽叶所在的地方就是天堂，除此之外不过是炼狱、酷刑和地狱。善良的神父想用哲理来安慰罗密欧，可这个痛苦不堪的年轻人什么也听不进去，他像疯子一样扯着自己的头发，还整个人倒在地上，说要替自己量一个葬身的墓穴。罗密欧哭得死去活来的时候，他亲爱的妻子派人捎来口信，他这才清醒了一些。于是神父借机规劝他说，他刚才那样太没有男子气概了，他已经杀死了提伯尔特，难道还要杀死自己吗？他有没有考虑过他死了妻子要如何活下去？神父又说，假如没有男子汉的勇气和意志，他的堂堂仪表不过是一尊蜡像而已。本来他犯的是杀人的死罪，亲王却亲口宣布只判放逐，法律对他格外开恩，这也算是一件幸事；本来提伯尔特要杀死他，结果是他杀死了提伯尔特，这算是第二件幸事；朱丽叶还好好活着，并且成了他亲爱的妻子，这正是第三件天大的幸事。神父提醒罗密欧，这么多幸福围绕着他，他却像个倔强乖僻的女孩一样，对命运和爱情撅起了嘴。神父警告罗密欧当心，不知足的人是会不得好死的。

罗密欧听了神父的劝导，渐渐平静下来。这时神父又替他设想了一个计划：罗密欧当天晚上先偷偷去向朱丽叶告别，然后就马上赶往曼多亚，暂时在那里住下，直到神父找着合适的机会公布他们的婚事，借由这个喜讯让两个家族和解，这样一来定能求得亲王同意特赦。那时罗密欧就可以带着超过此刻的悲痛二百倍的欢乐，回到朱丽叶的身边了。罗密欧对神父这番明智的建议十分信服，就决定按照神父的计划行事。善良的神父还答应时常给他捎信，告诉他家里的情况。

那天夜里，罗密欧又翻进他们昨夜互诉心意的后花园，再从后花园潜入朱丽叶的房间，和他亲爱的妻子共度了一夜。这是甜蜜和痛苦交织的一夜。这对情人彼此相偎相伴，真有说不完的幸福喜悦；可他们一想到即将面临的离别和白天刚刚发生的不幸，又难免感到忧伤和焦虑。那讨厌的黎明未免来得太快了。朱丽叶听到清晨云雀报晓，还宁愿相信那是夜莺的歌声。然而那确实是云雀在唱，一声声犹如催促，在情人听来格外刺耳。东方的晨曦也分明宣告着离别的时刻已经来临。罗密欧怀着沉重的心情告别了亲爱的妻子，还保证到了曼多亚会天天写信给她。朱丽叶目送罗密欧从她房间的窗户往下爬，直到他站在楼底抬头和她彼此相望。悲伤的朱丽叶忽然有一种不祥的预感，她眼中的罗密欧竟像一具坟底的尸骸。罗密欧看着面色惨白的朱丽叶，也产生了同样的错觉。但这时他只能尽快动身，要是天亮后他在维洛那城中被人发现，那就只有死路一条了。

然而，这对不幸情人的悲剧才刚刚开始。罗密欧走后不久，凯普莱特老爷就替朱丽叶安排了一门婚事。他做梦也没想到女儿已经私自结婚，他为女儿选中的丈夫是帕里斯伯爵。帕里斯是个年轻英武的高贵绅士，假如朱丽叶不曾遇上罗密欧，他们俩倒也是很相配的一对。

朱丽叶跟罗密欧分离后一直忐忑不安，听到父亲这个突然的决定更是惊慌失措。她推说自己年纪太小不想结婚，又说表哥提伯尔特刚刚身亡，满心悲痛的她还没准备好迎接喜事；还说如果凯普莱特家刚办完丧事就举行婚宴，未免显得不懂礼数。她找了各种理由来反对这门婚事，真正的理由却根本说不出口，那就是她已经和罗密欧结婚了。然而，凯普莱特老爷对她的各种借口都无动于衷，斩钉截铁地命令她做好准备，到星期四那天就跟帕里斯完婚。他理所当然地认为，像帕里斯这样既富有又年轻的高贵绅士，正是维洛那姑娘都梦寐以求的如意郎君，因此他把朱丽叶的百般拒绝看成姑娘家的娇羞作态，要靠强硬的催逼促成她幸福的姻缘。

朱丽叶万般无奈之下，只好又去向好心的神父求助。神父问她是否有视死如归的决心去冒险一试。朱丽叶回答说，她亲爱的丈夫罗密欧还活着，她绝不能就这样嫁给帕里斯，为此就算要活着走进坟墓她也愿意。于是，神父叫她先回家去，装出一副高高兴兴的样子，假装顺从父亲的意见，答应嫁给帕里斯。在第二天晚上，也就是婚礼的前夜，喝下神父交给她的那一小瓶药水后，她就会浑身冰冷僵硬，看上去像死了一样，这种假死的状态能维持四十二个小时。等清早新郎来迎亲的时候，大家就会以为她已经死了。接着他们就会按照维洛那的风俗，把她停放在家族墓地里。只要她敢这样冒险一试，在四十二个小时之后，她就会苏醒过来，仿佛只是做了个梦。同时，神父会写一封信给罗密欧，告诉他这个计划，让他马上赶到朱丽叶身边，等她一醒过来，就连夜带她到曼多亚去。对罗密欧的爱和对嫁给帕里斯的抗拒，让朱丽叶毫不犹豫地同意冒这个险，她勇敢地从神父手中接过药瓶，答应按他的计划行事。

朱丽叶从修道院回家，路上遇见了帕里斯，她装出羞涩而高兴的样子，答应做他的新娘。凯普莱特老爷和夫人见朱

丽叶回心转意，高兴得简直年轻了十岁。朱丽叶之前不肯跟伯爵结婚，凯普莱特老爷气得要和她断绝关系，现在朱丽叶乖乖听话，就又变成他的心肝宝贝了。凯普莱特全家上下都忙着筹备一场全城瞩目的盛大婚礼，不惜工本只为了让朱丽叶风风光光地出嫁。

婚礼前夜，朱丽叶悄悄喝下了药水。她曾想过瓶子里会不会是真的毒药，神父替她和罗密欧证婚，恐怕有损自己的名誉，有意骗她服毒而死，可神父是公认道德高尚的人，朱丽叶又打消了对他的怀疑。她又担心如果她在坟墓里醒了过来，罗密欧没能及时赶到，墓地里堆满了祖先的尸骨，还有新近下葬的提伯尔特在殓衣下开始腐烂，那景象该有多么可怕啊，会不会吓得她魂飞魄散呢？她甚至还想起了传说中鬼魂总会围绕着他们的墓穴。可这种种顾虑都打败不了她对罗密欧的爱和对嫁给帕里斯的抗拒，她拼命咽下药水，接着就失去了知觉。

第二天清晨，帕里斯伴着欢快的音乐前来迎接他的新娘，却只看见一幅凄惨的景象，房间里躺着的是朱丽叶毫无生气的尸体。这对满心期盼的新郎而言是多么大的打击啊！凯普莱特家中又是怎样的一片混乱！可怜的帕里斯哀悼他的新娘，控诉最可恨的死神愚弄了他，他们的婚姻未真正结合就被破坏了。凯普莱特夫妇哭得更是伤心欲绝，朱丽叶是他们的宝贝独生女儿，是他们最大的快乐和安慰，作为父母他们给她精心安排了般配的良缘，即将看她得到美满的归宿，残酷的死神却把她从眼前夺走了。这么一来，本来为了办喜事准备好的一切，现在都要变成悲哀的丧礼；欢快的奏乐变成了忧郁的丧钟，婚宴变成了凄凉的丧席；赞美诗变成了沉痛的挽歌，新娘手里的鲜花要放在坟墓中殉葬。前来主持婚礼的神父只好主持她的丧礼。朱丽叶确实走进了教堂，但不是让人们分享婚礼的幸福喜悦，而是给凄清的地府又增添了一位亡灵。

神父已经派人去通知罗密欧他们的安排，就说朱丽叶其实是假死，丧礼是为了瞒天过海，他亲爱的妻子只是在坟墓里暂时躲避，罗密欧得赶快去把她从阴森的墓地里救出来。然而，坏消息总是传得比好消息更快。劳伦斯神父派的人还没到，朱丽叶不幸身亡的噩耗已经传到了曼多亚，传到了罗密欧的耳中。

前一天晚上，罗密欧刚梦到自己死了，朱丽叶来看他，发现他死了，就亲吻着他，把生命倾注到他的嘴唇上，于是他又复活了，还成了一个君王！他醒来后心情大好，忽然听说有来自维洛那的新消息，他还以为梦中的好兆头要应验了呢。然而事实偏偏与美梦相反，这个新消息竟然是他的妻子已经死去，这下无论他如何亲吻也救不活了。罗密欧立刻吩咐备马，他要连夜赶回维洛那，到停放朱丽叶的墓地去见她最后一面。

罪恶的念头总能轻易钻进绝望者的心里。罗密欧想起曼多亚有一个穷苦的药剂师，他最近还从那人门前走过，只见那人穿着破衣烂衫，饿得面黄肌瘦，积尘的货架上散放着几只空盒，看上去寒酸极了。罗密欧看见这幅景象，曾自言自语道："按照曼多亚的法律，出售毒药就要被处死，可是倘若有人现在需要毒药，这里恰好有个可怜虫愿意卖给他。"也许当时罗密欧在冥冥中就有预感，自己也许有天会

走投无路需要毒药。如今他马上想起了自己说过的这句话，就去找那个药剂师。那人先假意推托，罗密欧掏出金子，那人果然为了钱就不怕死罪了。他卖给罗密欧一剂毒药，说如果把这剂药喝下去，即使强壮有如二十个人的气力，也会立刻送命。

罗密欧带上毒药前往维洛那，准备到朱丽叶墓前见她最后一面，好好哀悼一番，然后就服药自尽，和她死在一起。午夜时分，罗密欧来到维洛那，在教堂墓园的中央找到了凯普莱特家族的墓地。他拿起预备好的火把、铁锹和铁钳，正准备将墓门掘开，忽然身后传来一声“可恶的蒙太古”，喝令他赶快停止这非法的勾当。说话的原来是帕里斯伯爵，他本想在深夜到朱丽叶墓前抛撒鲜花，哀悼这位无缘的新娘，不巧竟撞见了罗密欧。他对罗密欧与朱丽叶的爱情一无所知，只知道这是蒙太古家的人，也就是凯普莱特家族的死敌，便揣测罗密欧深夜来此是想在死人身上发泄仇恨。帕里斯厉声喝令罗密欧住手，还说罗密欧胆敢走进维洛那城，按照法律应该处死，他要把罗密欧拿下问罪。罗密欧警告帕里斯赶紧走开，不要激怒他，不要逼他动手，否则他的身上又会多出一桩杀人的重罪，帕里斯则将落得跟埋在一旁的提伯尔特同样的下场。可帕里斯对他的警告不屑一顾，上前用力抓住他，罗密欧使劲挣脱，就这样两人扭打起来，帕里斯倒下了。罗密欧举起火把查看，这才发现自己杀死的人是帕里斯。他一路从曼多亚赶来，已经听说了帕里斯和朱丽叶的婚讯，顿时产生一种同病相怜的感觉，于是他抬动这个死去的年轻人，要把他也一同葬在“胜利的坟墓”——也就是朱丽叶的坟墓里。

罗密欧打开朱丽叶的坟墓，见到了他心爱的姑娘，她仍然无比美丽，仿佛死亡并没有力量摧残她的美貌，又似乎那枯瘦可憎的死神也是个多情种子，要把她藏在幽暗的洞府中好好欣赏。而躺在那儿的朱丽叶确实仍然娇嫩鲜妍，就像她刚刚吞下药剂睡去时一样。罗密欧又看见提伯尔特裹着血淋淋的尸衣躺在她身侧，就向他的尸首道歉，跟着朱丽叶叫他“表哥”，说自己马上就会杀死那杀害他的凶手，为他报仇。然后，罗密欧亲吻朱丽叶的双唇与她诀别，就此从他疲惫的身上卸下噩运的负担，将药剂师卖给他的毒药一饮而尽。这一剂可是真正致命的毒药，不像朱丽叶喝的只是假死的麻药。这时麻药的药效快要过了，朱丽叶即将苏醒，怪只怪罗密欧不够守时，或者说来得太早了。

神父听说他派去曼多亚的信使不巧在路上耽搁了，没能把信送到罗密欧手上，又算着朱丽叶醒来的时间快到了，赶忙带上铁镐和灯笼，亲自来搭救朱丽叶。可他却惊讶地发现，凯普莱特家的墓地里点起了一支火把，附近有刀剑和血迹，再一看，罗密欧和帕里斯竟然倒在碑石之间，已经没了气息。

还没等神父从眼前的惨状中理清头绪，朱丽叶已经渐渐从昏睡中苏醒过来了。她看见神父在旁边，恍然想起自己身在何处，想起了事先的计划，就问罗密欧来了没有。神父忽然听见外面一阵喧闹，害怕被人发现，来不及向她多做解释，只说是天意阻挠了他们的计划，叫朱丽叶马上跟他离开这个地方。可是朱丽叶不肯离开。喧闹声朝这边来了，神父吓得赶紧逃走。而朱丽叶看见心爱的罗密欧倒在一旁，手里还拿着一个杯子，猜到是毒药结果了他的生命，顿时感到悲痛欲绝。她想喝下情人杯中剩余的毒药，可毒药已经一滴不剩了。她又亲吻着情人那仍然温热的嘴唇，想从唇上找到残留的毒药。只听见外面的脚步声越来越近，她迅速抽出身上藏的短剑，刺入自己的身体，倒在情人的身边死去了。

之前帕里斯伯爵的侍童看见主人和罗密欧打了起来，赶紧跑出去求救。这时巡逻的士兵赶来了。消息就这样传遍了维洛那城，这些支离破碎的消息让人们又惊骇又困惑。大家在街上议论得沸沸扬扬，不停地叫喊着“帕里斯”“罗密欧”“朱丽叶”，骚乱终于惊动了蒙太古和凯普莱特老爷还有亲王，他们纷纷来到教堂的墓地，想查清楚究竟发生了什么事。几个巡逻的士兵抓住了正要逃出墓地的神父，他浑身颤抖，又是叹气又是流泪，行迹十分可疑。这时凯普莱特家的墓地已是人山人海，亲王命令神父对这件悲惨的奇事坦白交代。

于是，当着蒙太古和凯普莱特老爷的面，神父一五一十地叙述了他们两家儿女不幸的爱情，说到自己如何促成他们的婚姻，希望以此消泯两家的世仇。他说，那位死者罗密欧是朱丽叶的丈夫，而那位死者朱丽叶是罗密欧忠贞的妻子，可是还没等他找到机会公布他们的结合，朱丽叶就被安排了另一门婚事。为了避免重婚的罪过，朱丽叶照他的指点喝下了昏睡的药剂，因此大家认为她死了。同时他又写信给罗密欧，让他连夜赶来，等药力消退后把朱丽叶带走。可不幸的是信使误了事，罗密欧根本没收到信。后来的事连神父也说不清了，他只知道自己亲自去救朱丽叶，却发现帕里斯和罗密欧双双死在墓地里。好在有帕里斯的侍童目睹了主人和罗密欧的决斗，又有罗密欧的仆人跟随他从曼多亚一路回到维洛那。仆人拿出罗密欧留给父亲的遗信，信中所写证实了神父的话，罗密欧坦白已经跟朱丽叶成婚，请求父母的原谅，还提到从一个穷苦的药剂师手里买到毒药，准备到墓地中和朱丽叶共赴长眠。所有的证据都洗清了神父的嫌疑，证明他原本是一番好意，只是他的计划太过于环环相扣，容不得半点闪失，无意间造成了这场悲剧。

亲王明白了来龙去脉，转头看向蒙太古和凯普莱特老爷，痛斥他们不该执着于这种不近人情、毫无理性的仇恨，还让他们瞧瞧这些争斗受到了上天多大的惩罚，害得自己的儿女明明相爱却落得如此悲惨的下场。

于是，这对昔日的死敌化干戈为玉帛，发誓把多年的仇怨就此埋葬在孩子的坟茔中。凯普莱特老爷叫着“蒙太古大哥”，要跟对方握手，似乎认可两个家族通过罗密欧和朱丽叶的婚姻结成了亲家，还说这一握手就是他为女儿求得的全部聘礼。蒙太古老爷则说他可以给得更多，他要用纯金为朱丽叶塑造一座雕像，只要维洛那城的名字存在一天，任何雕像都不会比忠贞的朱丽叶那一座更精美更辉煌。凯普莱特老爷马上表示也要为罗密欧造一座雕像，放在朱丽叶的身旁。

两个可怜的老人这会儿争相表示着热情和友善，但是已经太迟了。直到他们的儿女在仇恨下牺牲了，这两个世家大族才终于放下了他们之间根深蒂固的仇恨。

哈姆雷特

丹麦国王老哈姆雷特突然去世了，王后格特鲁德成了寡妇，可还没过两个月，她就改嫁了国王的弟弟克劳狄斯。一时间举国上下议论纷纷，都觉得这件事不像话，说轻些是行事草率，说重些就是无情无义，更糟糕的在于，克劳狄斯是个面目可憎的卑鄙小人，无论人品还是性情都不能跟已故的国王相提并论。有不少人暗自怀疑，克劳狄斯蓄谋害死了老国王，然后和王后结婚，篡夺了年轻的王子哈姆雷特理应继承的王位。

对于王后的轻率再婚，最痛苦的莫过于年轻的王子了。哈姆雷特王子十分爱戴已故的父亲，对老国王敬若神明，并且他自己素来为人正直，恪守礼仪，因此更难接受母亲的所作所为。他一蹶不振，整日沉溺在父亲亡故的悲哀和母亲改嫁的耻辱中。他往日的欢笑消失了，英俊的容貌也憔悴了，

书籍曾经带给他的快乐不复存在，年轻贵族热衷的消遣和运动再也提不起他的兴致。他对人世感到厌倦，认为那是一个荒芜破败的花园，美好的花草都被疯长的杂草给淹没了。让他痛苦不堪的不是失去了王位——尽管这对一个年轻气盛的王子来说也充满了苦涩和屈辱；真正使他万念俱灰、郁郁不乐的，是母后竟然对父王这么无情——何况是那么好的一位父王！对她是那么深情又体贴的一位丈夫！从前母亲也是个深情而柔顺的妻子，总是情不自禁地依偎在丈夫身边，可是才刚刚两个月，甚至还不满两个月，她就嫁给了亡夫的弟弟——哈姆雷特的叔叔，这么一个不配做国王的卑鄙小人。这件事才是笼罩在王子心上的愁云，比失去十个王国对他的打击还大。

格特鲁德和新国王想尽办法让哈姆雷特放下悲伤，但都是白费力气。王子始终穿着深黑的丧服进出王宫，仿佛时刻在哀悼父亲的离世。甚至在母亲的婚礼上他也穿着丧服，因为他不愿意一同庆祝这场可耻的喜事和欢宴。

最令他不安的还是父亲不明不白的死因。克劳狄斯声称老国王是被毒蛇咬死的，可哈姆雷特敏锐地怀疑克劳狄斯本人就是那条毒蛇，怀疑他为了坐上王位，杀害了老国王。

这个揣测是否属实？母亲对谋杀知不知情？同不同意？是不是帮凶？这些疑团不断困扰着他，使他心烦意乱。

有一天，一个奇闻传到了哈姆雷特耳中。连着两三个晚上，值守王宫的士兵都看见一个酷似已故国王的鬼魂，半夜里出现在宫墙前的守望台上。那个鬼魂从头到脚穿着铠甲，就像国王从前的装束。哈姆雷特的至交好友霍拉旭也亲眼看到了它。所有见过的人说起鬼魂出现的时间和样子都一样。钟敲了十二下，鬼魂就出现了。它脸色惨白，神情悲哀多于愤怒，胡须蓬乱，那斑白的颜色跟国王在世时一样。士

兵对它说话，它沉默不语，不过有一回他们好像看到它抬起头来，准备开口说话，可这时传来了晨鸡报晓的声音，鬼魂立刻就消失不见了。

王子听了这个奇闻十分讶异，但这件事说起来有头有尾，众口一词，叫他不得不信。既然目击者都认为看到的是老国王的鬼魂，王子决定当天晚上跟士兵一起去值守，也许能亲眼一看究竟。他认为鬼魂不会无缘无故出现，一定是有什么要事相告，虽然它至今没有开口，可能是想亲口对他说。于是，他焦躁不安地等待着夜晚的来临。

夜里，王子在霍拉旭和士兵马西勒斯的陪同下登上了鬼魂之前现身的守望台。夜风寒冷刺骨，他们正在谈论这冷得出奇的天气，霍拉旭忽然叫道:“鬼魂出现了!”

哈姆雷特猛然看见这个酷似父亲的鬼魂，心中又惊又怕。他不禁祈求天使和神明保佑，因为他不知这个鬼魂是善还是恶，也不知它的来意是好还是坏。可是他的勇气渐渐回来了，只见这鬼魂看上去跟老国王生前一模一样，正在悲伤地望着他，仿佛有什么话想说，哈姆雷特情不自禁地呼唤道："哈姆雷特，我的国王！我的父亲！"他恳求鬼魂说个明白，为什么它不在坟墓中安眠，却回到人间在月光下现身？他还请鬼魂告诉自己，怎么做才能让它的灵魂安息？鬼魂向哈姆雷特招手，示意跟它去一个僻静的地方单独谈谈。霍拉旭和马西勒斯都极力劝阻王子别去，他们担心鬼魂不怀好意，把王子引到附近的海边或者悬崖峭壁上，然后露出狰狞的本相，吓得王子精神失常。然而他们的劝阻改变不了哈姆雷特的决心，他早就不在乎自己的生死了，至于他的灵魂，跟那个鬼魂同样不朽不灭，又岂是它可以加害的呢？他觉得自己像狮子一样勇猛，无论他们怎么拉拽，他还是使劲挣脱，一路追随鬼魂而去。

等到他们单独在一起的时候，鬼魂打破了沉默。它告诉哈姆雷特，自己正是老国王的鬼魂，是被人残忍杀害的，接着它还说了自己被害的经过。果然就像哈姆雷特猜测的那样，凶手就是老国王的亲兄弟、王子的叔叔克劳狄斯，他为了夺取王位不惜下此毒手。那天老国王照例在花园中午睡，起了歹心的克劳狄斯趁机偷偷走到他的身边，把药水滴进他的耳朵。这种药水毒性剧烈，会像水银一样快速流过全身的大小血管，使得血液凝固，皮肤腐烂。就这样，老国王还在睡梦之中，他的兄弟一下子就夺走了他的生命、他的王后和他的王位。因此鬼魂嘱咐哈姆雷特，要是他曾经爱过他亲爱的父亲，一定要向那个卑鄙的凶手复仇。鬼魂又对儿子哀叹道，他的母亲竟然如此自甘堕落，背叛了结发的丈夫，去嫁给杀夫的仇人。可是鬼魂告诫哈姆雷特，无论他怎样进行复仇，都不要伤害到他的母亲，让她自己去面对上天的裁决和良心的谴责吧。哈姆雷特向父亲的鬼魂保证，一切都按他的吩咐去办，然后鬼魂就消失了。

这下只剩哈姆雷特独自站在原地，他暗下决心，要把原本记忆中的一切、把他过去从书本和经验中学到的东西全部抹去，唯独将鬼魂对他说的话和吩咐他办的事牢牢地印在脑海里。哈姆雷特只把谈话的内容告诉了他的好友霍拉旭一个人，他还要霍拉旭和马西勒斯发誓不会把那天晚上的见闻说出去。

哈姆雷特本来身体就很虚弱，心情也很低落，那一夜跟鬼魂的相会更是让他心事重重，甚至有点精神恍惚，眼看就要失去理智了。他担心再这样下去会暴露自己的心思，让克劳狄斯察觉到他的敌意，或者发现他得知了父亲真正的死因，从而对他产生戒心。于是他无奈之下想出了一个古怪的办法，就是装出一副疯疯癫癫的样子，如果他叔叔相信他是真的发了疯，就会放下对他的猜疑；同时还可以瞒天过海，把他的复仇大计掩盖得不露痕迹。

从此以后，哈姆雷特打扮得古里古怪，说话做事都颠三倒四，看起来就像个真正的疯子。克劳狄斯和王后都被他骗住，还以为他真的疯了。可他们不知道老国王的鬼魂曾经现身，因此不会去想王子因为父亲惨死受到了刺激，反而断定他是为爱痴狂，还自以为了解他害相思病的对象是谁。

在哈姆雷特陷入悲痛之前，他确实爱过一个名叫奥菲利娅的美丽姑娘，她是御前大臣波洛涅斯的女儿。哈姆雷特给她送过情书和戒指，对她做过许多深情款款的表白，真心诚意地向她求爱，而她也对他的誓言和承诺深信不疑。可是，后来哈姆雷特的父亲离世，他沉浸在悲伤之中，就无心再顾及她了；自从他定下装疯的计策，就更是故意对她恶言相向、粗暴无礼。可这位好心的姑娘并不因此责怪王子，她宁愿相信哈姆雷特的本性是善良美好的，只是因为伤心过度而精神错乱，才变得对她这么冷淡；就像一串美妙的银铃，原本可以奏出动听的音乐，在走音跑调的胡乱演奏下，就只会发出刺耳的声响。

虽然哈姆雷特背负着为父亲报仇的重任，根本无心谈情说爱、卿卿我我，甚至认为爱情只是空虚无聊的表现，但他仍然不能对他的奥菲利娅全然忘怀。有一次，他又用难听的话伤害了这位温柔的姑娘，事后觉得自己实在太过分了，就给她写了一封热情洋溢的信，并且特意用了许多偏激的措辞，使它看上去确实像是出自一个疯子的手笔，然而又在字里行间流露出几分柔情，让奥菲利娅感受到他心底的深深爱意。他写道，她可以疑心星星是火把，可以疑心太阳会移转，可以疑心真理是谎言，可是他的爱永远不会改变。信中满是诸如此类夸张狂放的话。奥菲利娅乖乖地把信拿给父

亲看，而这位老人又尽责地向国王和王后报告了此事。从那以后，他们就认定哈姆雷特只是害了相思病。王后甚至有些庆幸儿子是因为爱这个美丽的姑娘才变得痴狂，她满心希望可爱的奥菲利娅可以帮助他恢复正常，做成一件两全其美的好事。

然而，哈姆雷特的心病比她想象的要严重得多，甚至到了无可救药的地步。父亲的鬼魂时刻在他脑海中浮现，一天不完成为父亲报仇的重任，他就一天不得安宁。一分一秒的耽搁在他看来都是种罪过，违背了父亲的命令。可要杀死国王也不是件容易的事，因为有许多士兵成天保卫着他，此外，王后总是陪伴在国王左右，使哈姆雷特有所顾忌，不敢轻举妄动；想到弑君篡位的仇人竟是母亲的丈夫，他更是十分痛心疾首，难以下手。更何况哈姆雷特本性仁慈，要将一个活生生的人置于死地，对他而言本身就是一件可怕的事。就这样他整天愁眉不展、满怀心事，迟迟不能有所行动。而最令他犹豫不决的一点，其实是他心里始终怀有疑虑，他看见的鬼魂真的是他的父亲吗？万一是个魔鬼呢？他听说魔鬼能随意变身，会不会是魔鬼变作父亲的样子，趁他虚弱忧郁之时前来作祟，诱骗他犯下杀人的罪行呢？他担心自己因为一个幻影、假象或者骗局就铸成大错，决心要先找到更多确凿的证据。

他正在反复思量的时候，王宫里忽然来了一个戏班子。

哈姆雷特很爱看他们表演，尤其爱听其中一个戏子念诵那段悲剧台词，讲述特洛伊王普里阿摩司被杀、王后赫卡帕悲痛不已的情景。哈姆雷特欢迎这群老朋友的到来，并且请那个戏子再念一遍那段台词。于是戏子开口深情地念诵起来，讲到衰老的国王被残忍杀害，城池和百姓都陷入火海，年迈的王后悲痛欲绝，在火焰中赤脚奔走，一块破布盖在失去了王冠的头上，也没有蔽体的衣服，只有一条慌忙中抓住的毛毯，裹在本应披着王袍的腰上。这段戏演得实在是活灵活现，不但在场的人都感动落泪，就连戏子本人也声音嘶哑，情不自禁地流下泪来。

哈姆雷特由此想到，戏子不过是在念诵一段虚构的台词，居然能这样全情投入，为一个他根本没见过的、活在几百年前的女人而哭泣，相比之下，自己是多么麻木不仁啊，真正的国王、他亲爱的父亲被人残忍谋杀了，这是多么值得痛哭悲愤的事，然而他竟这么无动于衷，一天到晚浑浑噩噩，像在做梦似的，忘记了为父亲报仇！他思索着戏子和表演，想着一出逼真的好戏会多么打动观众的心，有些凶手甚至会因台上活灵活现的谋杀戏而激动天良，忍不住当场招认他们的罪行。于是，哈姆雷特决定叫这班戏子排演一出跟他父亲惨死情节相仿的戏剧，在他的叔叔面前表演，他则从旁观察叔叔的神色，要是看到惊慌不安的表情，他就能确定克劳狄斯正是凶手。主意已定，哈姆雷特吩咐戏班准备这出好戏，并邀请国王和王后来看演出。

这出戏写的是维也纳公爵被害的案子，公爵名叫贡扎谷，他的妻子是白普蒂斯坦。公爵的亲戚琉西安纳斯为了图谋田产，在花园里毒杀了公爵，没过多久这凶手就得到了公爵妻子的爱。

到了演出那天，国王不知道这是个圈套，带着王后以及王公大臣们，高高兴兴地来看戏了。哈姆雷特坐在他旁边，留心观察他的神色。戏开场了，第一幕是维也纳公爵贡扎古和他妻子的对话。白普蒂斯坦信誓旦旦地向公爵保证，会永远不变地爱着他，即使丈夫比她更早离开人世，她也决不会再嫁别人。倘若她迎新忘旧，就让她遭到天谴。她还说，只有谋害亲夫的坏女人才会再嫁。哈姆雷特发现国王和王后都忽然变了脸色，简直像吃了苦艾草一般。等这出戏演到琉西安纳斯毒杀在花园中熟睡的公爵，这一幕对同样在花园里杀人害命的克劳狄斯来说简直太熟悉了，这个篡位者大受刺激，坐立不安，甚至不能假装镇定地把戏看完，连忙下令点火把回宫，借口急病犯了，匆匆离开了剧场。国王一走，戏也就散场了。这下哈姆雷特证实了鬼魂的话，不再怀疑那是幻觉，他如释重负，对霍拉旭说，他现在真的要按鬼魂的吩咐去做了。可还没等他想好如何实施报仇大计，王后就派人召他去寝宫密谈。

其实，是国王吩咐王后把儿子叫来训诫一番，想以此来

试探哈姆雷特。国王想知道母子二人谈话的全部内容，又担心做母亲的会偏袒儿子，有所隐瞒，就安排御前大臣波洛涅斯躲在寝宫的帷幕后面偷听。波洛涅斯为人老奸巨猾，处理朝廷的钩心斗角游刃有余，最会鬼鬼祟祟地打探消息，派他去真是再合适不过了。

王后一见到哈姆雷特，就委婉地责怪他，说那出戏大大得罪了他的“父亲”。王后用“父亲”一词，指的是自己现在的丈夫——哈姆雷特的叔叔。哈姆雷特听到她把自己心中又敬又爱的这个称呼用在了杀父仇人的头上，顿时怒不可遏，就出言顶撞道：“母亲，是你得罪了我的父亲。”王后说他的回答简直是胡说八道。哈姆雷特回敬说，那是因为王后说的本身就是胡说八道。王后很生气，问他知不知道自己在和谁说话。哈姆雷特回答:“唉，我倒希望自己忘记，你是王后，你的丈夫的兄弟的妻子，你还是我的母亲——但愿你不是。”“好吧，”王后说，“既然你对我这么无礼，我还是去叫那些会说话的人来和你理论吧。”说着她就要起身去叫国王或者波洛涅斯来跟他理论。然而哈姆雷特拦住了她，不让她走，想趁这个和她单独说话的机会，让她对自己的堕落有所觉醒。于是他一把抓住她的手腕，将她推倒在椅子上。王后被儿子的粗暴举动吓坏了，怕他疯病发作起来会伤害她，就大喊救命。这时帷幕后面也传来一个声音:“来人，来人，救救王后!”哈姆雷特一听，以为是国王躲在那里偷听，就拔剑刺去，就像刺死一只窜出帷幕的老鼠。声音戛然而止，他估计那人已经死了，就把尸身拖出来，不料帷幕后面不是国王，而是被派去偷听的波洛涅斯。“天哪，”王后惊叫道，“你干了一件多么鲁莽残酷的事啊!”

“残酷的事？母亲，”哈姆雷特回答，“还不如你呢，杀害了一个国王，再去嫁给他的兄弟。”哈姆雷特报仇心切，已经无法抑制了。他索性把心里的话都一股脑儿说了出来。这位正直的王子痛心地诉说着母亲的罪过，谴责她无情无义，这么快就把已故的国王、自己的父亲抛在脑后，匆匆改嫁给那个人人侧目的杀人凶手。他说她的行为简直害得贞洁的女子遭到毁谤，美德都被当成伪善，结婚的盟约像赌徒的誓言一样虚伪，宗教的信仰形同胡闹、流于空言；还说她的行为令苍天蒙羞，令大地厌弃。他举起父亲和叔叔的两幅肖像，请母亲好好看看哪一个更值得去爱。他父亲的相貌是多么高贵，气度是何等不凡，太阳神的鬈发，天神的前额，战神般威风凛凛的眼睛，还有像刚刚降落在山巅的信使神那样矫健的身姿！哈姆雷特说，这个男人是她从前的丈夫。现在请看看取而代之的、她现在的丈夫，就像一株霉烂的稻穗，摧残了他那健康的兄弟。

王后感到万分羞愧，这番话迫使她看向自己的灵魂深处，看见了那里的肮脏和丑陋。哈姆雷特又继续追问道，她是否还要跟杀人犯一起生活，还要让王冠戴在那个弑君篡位的恶贼头上。他正说得激动，忽然看见父亲的鬼魂出现在房间里。鬼魂仍然穿着生前的装束，和哈姆雷特上次见到的一样。哈姆雷特十分惶恐，赶紧问父亲为何而来。鬼魂说，它来提醒哈姆雷特不要忘记报仇的承诺，还要他赶紧去安慰母亲，不然她就要被悲伤和恐惧折磨而死了。说完，鬼魂就消失了。王后看不见鬼魂，只看见哈姆雷特瞪视着空气喃喃自语，他向王后指点比画、解释形容，王后反而更觉得他是疯病发作了。可哈姆雷特诚恳地劝告母亲，不要把他的疯病当作逃脱良心谴责的借口，正是她犯下的错才让父亲死不瞑目。他请她测试他的脉搏，正在按正常的节奏跳动。

然后，他流着泪请求母亲向上天承认过去的罪恶，从此顾念死去的丈夫，离弃卑鄙的国王，只要她证明自己仍是他的好母亲，他也会为她祈求上天的宽恕和祝福。王后答应照他的话去做，母子间的谈话就这样结束了。

这时哈姆雷特稍微平复下来，回头面对他一时冲动杀死的人，当意识到那是他心爱的奥菲利娅小姐的父亲，他默默拖走了尸体，心中一阵沮丧，不禁放声大哭起来。

波洛涅斯一死，国王刚好以此为借口把哈姆雷特驱逐出境。国王本想直接处死哈姆雷特，消除自己的心腹大患，但碍于王子深受民众爱戴，恐怕会引起公愤，况且王后对儿子十分宠爱，他也不想因此与王后翻脸。于是，狡猾的国王假装对哈姆雷特网开一面，让他赶紧坐上开往英格兰的大船离开丹麦，又派两个大臣一路同行护送。当时英格兰还向丹麦称臣纳贡，克劳狄斯暗中吩咐他们给英格兰国王带了封信，信中编了许多冠冕堂皇的理由，请他等哈姆雷特一到英格兰就立刻处死他。哈姆雷特自然疑心有诈，夜里偷偷地搜出那封信，巧妙地抹去自己的名字，替换成那两个大臣的名字，这样一来要处死的就是他们了，再不露痕迹地把信放好。不久，他们的船只遭到海盗袭击，勇敢的王子在海战中挺身而出，手持宝剑跳上了敌人的甲板，可那两个胆小的大臣只顾慌慌张张地开船逃命，把他一个人留在了海盗船上。而他们带着那封被哈姆雷特改过的信去英格兰送死，也算是罪有应得了。

海盗们俘虏了年轻的王子，却对他十分客气。他们知道了他王子的身份，希望他以后会有所报答，就把他送回离丹麦最近的海岸。王子给国王写信说他遭遇意外又回国了，第二天就进宫朝见国王。然而，迎接他回家的是一幕悲惨的景象。

那就是哈姆雷特从前的情人、年轻美丽的奥菲利娅的葬礼。自从父亲不幸被杀，这个可怜的姑娘就精神失常了。想到父亲竟然惨死在自己的情人手上，温柔的奥菲利娅大受刺激，忽然就变成一副恍恍惚惚的样子。她在王宫里到处向其他姑娘抛撒假想的花朵，说是父亲葬礼上用的；她颠三倒四地唱着关于爱情和死亡的歌，有时甚至只是毫无意义的音节，就像完全失忆了一样。小溪旁斜长着一棵柳树，枝叶倒映在水面上。有一天，奥菲利娅趁人不注意跑到那里，用雏菊、荨麻还有其他野花杂草编了几个奇异的花环，她爬上一根横垂的树枝，想要把她的花环挂在上面。就在这时，那根摇摇欲坠的树枝折断了，她就连人带花一起落进了呜咽的溪水里。她靠衣服的浮力暂时漂在水面上，嘴里还哼着古老的谣曲，似乎对自己身处险境浑然不觉，仿佛她本来就是生长在水中一样。可是没过多久，她的衣裳浸湿后变得很重，这位可怜的姑娘歌还没唱完，就沉入水中悲惨地淹死了。

哈姆雷特看到的正是奥菲利娅的哥哥雷欧提斯为她举行的葬礼，国王、王后和朝中的王公贵族也都在场。哈姆雷特起初不知道这隆重的葬礼是为谁举办的，就默默地站在一旁。他看见王后亲手向下葬的棺木抛撒鲜花，这意味着死者是一位少女。他又听见王后一边抛撒鲜花，一边喃喃自语："好花是应当撒在美人身上！我曾期盼你做我儿子哈姆雷特的妻子，这些鲜花本来要铺在你的新床上，亲爱的姑娘啊，怎能想到我要把它们撒在你的坟上！"接着，只见雷欧提斯祝愿坟中长出芬芳馥郁的紫罗兰，说完这话，这位悲痛欲绝的哥哥就纵身跳下墓穴，叫掘墓的侍从堆起泥土，将他和妹妹一同埋葬。哈姆雷特终于意识到死者正是自己爱过的奥菲利娅，这段为复仇而淡漠的爱情忽然在他心中苏醒了。哈姆雷特自认四万个哥哥的爱合起来也抵不过他对奥菲利娅的爱，他见雷欧提斯为妹妹伤心欲绝，也猛然一跃跳下墓穴，看起来比雷欧提斯还要痛苦，还要疯狂。雷欧提斯认出他是害死父亲和妹妹的哈姆雷特，就揪住他的脖子要报仇，两个人在墓穴中扭打起来，最后还是侍从拉开了他们。葬礼过后，哈姆雷特向雷欧提斯道歉，说自己刚才一时冲动，跳进墓穴不是要向他挑衅，而是为奥菲利娅的死心痛得崩溃发狂。于是这两个贵族青年似乎又握手言和了。

然而，卑鄙的国王见雷欧提斯对父亲和妹妹的死如此悲愤，就想借他之手除去哈姆雷特。他假借友谊赛的名义，叫雷欧提斯和哈姆雷特比剑，两人约好了比赛的日期。那一天，满朝的王公贵族都前来观看。哈姆雷特和雷欧提斯的剑术都十分高超，因此许多人对比赛结果下了高昂的赌注。雷欧提斯在国王的唆使下准备了一把毒剑，哈姆雷特则依照比赛的惯例挑选了圆头的钝剑。他对雷欧提斯毫无防备之心，也没有仔细检查对方的武器，殊不知雷欧提斯手里是把锋利的尖剑，剑锋还淬有剧毒。

第一回合雷欧提斯装作败下阵来，国王借机举杯祝酒，庆贺王子得胜，其实早已在酒杯中放了毒药，即使雷欧提斯不敌哈姆雷特，毒酒也能把王子毒死，然而哈姆雷特坚持先完成比赛，就把毒酒放在一边。接下来几个回合，雷欧提斯越战越勇，他使出致命的一击，手中的毒剑刺中了哈姆雷特的要害。哈姆雷特虽然不知道自己身中剧毒，却被雷欧提斯利刃伤人给激怒了，搏斗中他抢过雷欧提斯手中的剑，朝着对手猛然一刺，就这样雷欧提斯自食其果，也中了自己预备的毒药。

几乎同一时间，王后凄厉地大叫她中毒了。原来，国王下毒没有事先提醒王后，她无意中喝下了为哈姆雷特准备的毒酒，那声惨叫之后就气绝身亡了。哈姆雷特见事有蹊跷，就下令锁起大门，要查清这场阴谋。雷欧提斯告诉他不必再查，凶手就在眼前。他知道自己被毒剑刺中后命不久矣，就招认了这个害人害己的毒计。他说哈姆雷特已经中了毒，世上无药可解，半个小时之内就会死去。他临死前请求王子的原谅，并且控诉这场阴谋都是国王一手安排的。

哈姆雷特知道自己命不久矣，手握的剑尖上还有残留的毒药，他猛然转身扑向卑鄙的叔叔，把利刃刺进了他的心脏。就这样，他用最后的力量手刃仇人，履行了对父亲的鬼魂许下的承诺。这时，哈姆雷特感觉死亡渐渐逼近了。他转头看向好友霍拉旭，发现他正捡起装过毒酒的杯子想要寻死，就奄奄一息地请求他说，他是这个惨痛悲剧的见证人，一定要好好地活下去，把事情的原委昭告天下。霍拉旭向王子保证，他一定会完成王子的嘱托，原原本本地传述王子的故事。

王子的心愿已了，他高贵的心脏也就停止了跳动。霍拉旭和旁观者都流下热泪，祈愿成群的天使守护他的灵魂，让他安息。哈姆雷特真是一位仁慈宽厚、受人爱戴的王子，如果没死的话，准会成为一个最杰出、最深孚众望的丹麦国王。

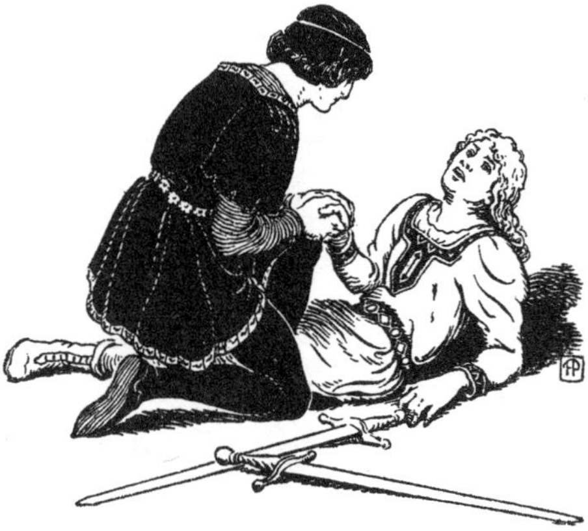

奥瑟罗

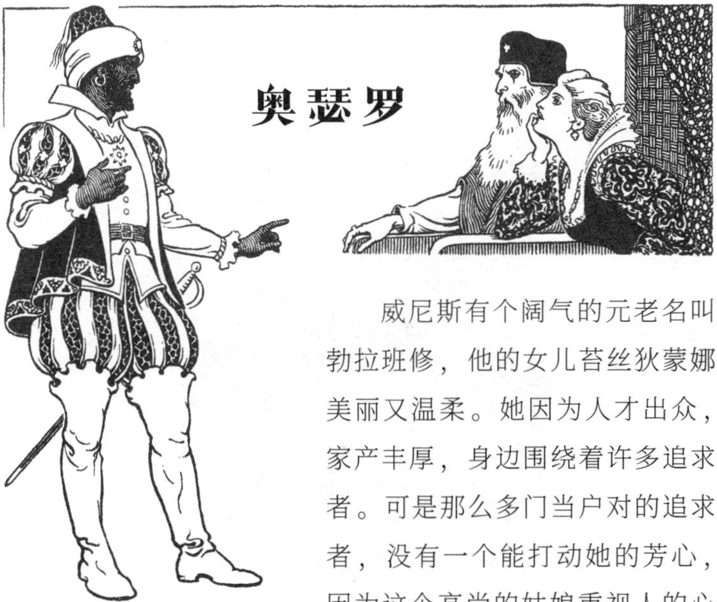

威尼斯有个阔气的元老名叫勃拉班修，他的女儿苔丝狄蒙娜美丽又温柔。她因为人才出众，家产丰厚，身边围绕着许多追求者。可是那么多门当户对的追求者，没有一个能打动她的芳心，因为这个高尚的姑娘重视人的心灵而非外表。机缘巧合之下，苔丝狄蒙娜爱上了一个皮肤黝黑的摩尔人。这个人名叫奥瑟罗，勃拉班修很看重他，常常请他到家里做客。

倒也不能说苔丝狄蒙娜挑选心上人的眼光不行，奥瑟罗除了皮肤太黑之外，完全配得上一位最高贵的小姐。他是个骁勇善战的军人，曾多次领兵痛击土耳其人，凭借赫赫战功晋升为威尼斯军中的主帅，举国上下都尊敬他、信赖他。

奥瑟罗游历丰富，而苔丝狄蒙娜最爱听他讲他的冒险故事，他就从童年时代开始一路往下讲，讲到他经历的一次

次战争、围困和意外：陆地和海上死里逃生的危难；在关隘或炮口前千钧一发的脱险；在傲慢的敌人手中被俘为奴，忍气吞声直至逃脱的经过。还描述了他在旅途中的种种新奇见闻，那些辽阔的荒漠、迷人的岩窟、高耸入云的奇峰怪石，以及彼此相食的野蛮部落，和肩下生头的海外异民。这些旅行奇遇总会让苔丝狄蒙娜听得出神，有时她被叫去处理家里的事务，可她总会赶紧把事情办好，再回来孜孜不倦地聆听奥瑟罗所讲的每一个字。有一次，奥瑟罗趁着时机合适，引出了苔丝狄蒙娜长久以来的心愿：她希望奥瑟罗能把一生的经历详细地给她讲一遍，因为她平日里听到的只是些残缺不全的片段。奥瑟罗答应了她的要求，每当他讲到少年时代遭遇的不幸打击，她总会忍不住掉下泪来。

故事讲完后，苔丝狄蒙娜报以无尽的叹息。她一语双关地发誓说，这个故事确实十分奇异而悲惨，她宁愿没有听到过这段故事，可是又希望上天为她造就一个这样的男子。她向奥瑟罗道谢，并且对他说，要是他有一个朋友爱上了她，只要奥瑟罗教他怎样讲述这一段故事，就可以得到她的爱情。奥瑟罗听到这样坦诚又含蓄的暗示，看见美丽的脸庞泛起一抹羞红，就完全领会了姑娘的心意，于是他借此良机大胆地向她求婚，勇敢的苔丝狄蒙娜欣然答应。

然而，对勃拉班修来说，这么一位皮肤黝黑、家财微薄的女婿是他根本无法接受的。他让女儿自己挑选丈夫，是指望她会依照威尼斯贵族小姐的惯例，选一个高贵的元老院贵族。可他的希望落空了。苔丝狄蒙娜深爱着这个摩尔人，她的心灵完全被他的英勇和高尚所征服，并且把自己的灵魂和命运也一并呈献给他。这个聪明的姑娘眼光独到，别人绝对瞧不上的黑皮肤，在她看来却是堂堂奇伟的仪表，远远胜过追求她的那些威尼斯贵族青年的白净皮肤。

他们偷偷举行了婚礼，可是纸包不住火，这个秘密很快就传到勃拉班修他老人家的耳朵里了。他在元老院的议事会上控告奥瑟罗，说这个摩尔人用符咒和妖术蛊惑了自己美丽

的女儿，让她背着父亲擅自结婚，根据威尼斯的法律这可是死罪。

与此同时，威尼斯元老们却在为刚刚传来的情报着急。原来，土耳其人调集了强大的舰队，正在向塞浦路斯岛行进，想从威尼斯人手中夺回这个重要的军事据点。在这危急关头，大家都把希望寄托在奥瑟罗身上，认为只有靠他镇守塞浦路斯才能抵御土耳其的进攻。因此，奥瑟罗被元老院传召时，既是作为主帅的人选，又是等待审问的犯人。

勃拉班修是一位德高望重的元老，因此大家都很耐心地听他控诉。这位愤怒的父亲口口声声要求严惩奥瑟罗，却拿不出什么确凿的证据，只有一些表面的猜测和武断。而奥瑟罗对这些控诉的回应，只是把他和苔丝狄蒙娜恋爱的经过坦白地讲了一遍。他的叙述朴实无华而又真诚感人，连作为裁决者的公爵都表示，自己的女儿听了奥瑟罗的故事也会同样爱上他的。奥瑟罗光明正大地得到了苔丝狄蒙娜的爱情，要说有什么符咒和妖术，无非是他用曲折离奇的故事打动了美人的芳心。

苔丝狄蒙娜也来到元老院，亲口证实了奥瑟罗所说的话。她还说，父亲给了她生命和教育，她确实应当敬重父亲，可正如她的母亲对勃拉班修尽妻子的义务，把他看得比自己的父亲更重一样，她也应当向她的夫君奥瑟罗尽妻子的义务。

于是，这位老父亲只能撤回控诉，无可奈何地接受了这门婚事。他告诉奥赛罗，若不是木已成舟，他一定不会让女儿落到他的手里；又对苔丝狄蒙娜说，他很高兴他没有别的儿女，否则她的私奔会使他变成一个暴君，把其他的孩子都用锁链锁在家里。

解决了眼前的麻烦，奥瑟罗就要赶赴塞浦路斯指挥作战了，他早已把艰苦的军旅生涯视为家常便饭，毫不犹豫地接受了这项任命。苔丝狄蒙娜更希望丈夫去建功立业，而不是沉湎于新婚燕尔，也欣然同意随他一道出征。

奥瑟罗和新婚妻子刚抵达塞浦路斯岛，就传来了一个消息，土耳其舰队在一场暴风雨中全军覆没了，塞浦路斯岛的战事也就随之结束。然而，奥瑟罗并不知道，一场真正险恶的战争才刚刚开始，在坏人的挑唆下，他对清白的妻子产生的猜忌之心，才是最可怕的敌人。

奥瑟罗最信任的好朋友是凯西奥。那是个年轻英俊的佛罗伦萨人，开朗热情，能言善道，很招女人喜欢。尤其有些娶了年轻美貌的太太的老男人，总是看他不大顺眼。奥瑟罗虽然也不算年轻了，却从来不这样猜忌，因为他自己正直高尚，自然不会用这种龌龊的念头去怀疑别人。他和苔丝狄蒙娜恋爱的时候，还经常请这个好朋友传递消息呢。因为奥瑟罗担心自己不懂风花雪月、甜言蜜语，就让会说话的凯西奥为他帮腔。这么一来，温柔的苔丝狄蒙娜除了奥瑟罗之外，最亲近、最信任的人自然也就是凯西奥了。两人结婚后仍然把凯西奥当作最好的朋友，常常请他来家里做客，大家一起说说笑笑，关系十分融洽。

后来，奥瑟罗又提拔凯西奥当了自己的副将，对他委以心腹重任。军中一位资深的军官伊阿古对此十分不满，他认为自己比凯西奥更有资格得到提拔和重用，还时常讥讽凯西奥，说他对于领兵作战的知识懂得并不比一个小姑娘多，根本不会打仗，光会陪女人聊天。伊阿古憎恨凯西奥，进而恨上了奥瑟罗，一半是由于奥瑟罗对凯西奥的看重，另一半则源自他对摩尔人的偏见，总觉得奥瑟罗对自己的妻子心怀不轨。就因为这些无端的怨恨，阴险的伊阿古想出了一条毒计，要让凯西奥、奥瑟罗和苔丝狄蒙娜都受尽折磨。

伊阿古老谋深算、洞悉人性，他深知精神上的折磨远比肉体上的苦楚更甚，而妒忌尤其令人锥心刺骨。他想到的复仇妙计就是要让奥瑟罗妒忌凯西奥，两个人争斗起来，要么你死我活，要么两败俱伤，他乐得看一场好戏。

为了给将军和夫人接风洗尘，同时也庆祝土耳其舰队全军覆没的喜讯，塞浦路斯岛上就像过节一样，人人都尽情吃喝玩乐，斟满酒，举起杯，祝福将军奥瑟罗和他美丽的夫人。

当晚凯西奥带队值班守夜，奥瑟罗吩咐守夜的士兵不要饮酒，以免惹是生非，惊扰居民，给刚刚入驻的军队招来反感。伊阿古趁机实施了他处心积虑的复仇妙计的第一步。他借口向将军表示忠诚爱戴，怂恿凯西奥多喝几杯。凯西奥一开始还坚持不喝，可实在抵挡不住伊阿古唱着歌儿殷勤地向他劝酒，很快就一杯接一杯地喝了起来。他满口称赞着苔丝狄蒙娜，不停地为她祝酒，说她真是一位十全十美的夫人，直到被灌得酩酊大醉。伊阿古事先指使一个人去向凯西奥挑衅，双方拔剑打了起来，塞浦路斯岛的前任长官蒙太诺上前劝解，却在混乱中被凯西奥刺伤了。事情越闹越大，正中伊阿古的下怀。他到处嚷嚷着出事了，还敲响了岛上的警钟。奥瑟罗被钟声惊醒，他匆匆穿上衣服来到事发地点，问凯西奥究竟出了什么事。凯西奥的酒醒了一点，羞愧得无

言以对。伊阿古装作不愿开口的样子，在奥瑟罗的逼问下说明了事情的经过。他的说辞表面上是轻描淡写，想为凯西奥开脱，实际却是添油加醋。奥瑟罗将军素来治军严明，怎能容忍自己的副官酗酒闹事，他立刻下令革除凯西奥的职位。

就这样，伊阿古的第一步阴谋得逞了。他成功陷害了凯西奥，搞掉了对方的官职，甚至还为下一步行动埋好了伏笔。

凯西奥面对革职的命令终于完全清醒过来了，他把表面上维护他的伊阿古当作好朋友，就对伊阿古哀叹说，他竟然这么糊涂，把自己变成了畜生。他的前途就这样毁了，即使开口向将军请求恢复原职，将军也会骂他是个酒鬼。他简直要唾弃自己了。伊阿古假意安慰他说，人难免偶尔喝醉，算不得什么大错，事情已经发生了，最重要的是替自己谋算个好办法。现在将军的夫人才是真正的将军，奥瑟罗对她言听计从，因此最好的办法就是去恳求苔丝狄蒙娜，让她在将军面前美言几句，她慷慨仁慈，乐于助人，对做善事总是有求必应，一定会帮助他官复原职的。等她弥合了凯西奥和将军之间的裂痕，二人的友谊还会变得比从前更亲密呢。伊阿古的这个建议看似金玉良言，实际上却包藏祸心，下文自有分晓。

凯西奥按照伊阿古教他的办法，去请苔丝狄蒙娜为他说情。这位善良的夫人果然答应了他的请求，还保证会帮他帮到底，就好像做了他的辩护人，宁死也不愿放弃他的权益。奥瑟罗刚回到家，苔丝狄蒙娜就立刻请他宽恕凯西奥。她说得十分恳切动人，奥瑟罗虽然对凯西奥非常不满，但也不忍心拒绝她的请求。他表示凯西奥触犯军纪，官复原职要缓缓再说。可是苔丝狄蒙娜坚持要求他指定一个时间，是明天晚上还是后天早上，最迟不能超过第三天。接着她又说起可怜的凯西奥有多么悔恨，而他的过失实在是微乎其微，不值得受这么大的处分。她见奥瑟罗仍然吞吞吐吐不肯同意，情急说道："什么！我的夫君，那可是凯西奥啊，您向我求婚的时候，是他陪着您来的；我对您不满意的时候，他总是为您辩解；现在我请您重新起用他，竟然会这样为难！我认为这对您来说只是区区一件小事，如果我真的要试探您的爱情，我就该提一件棘手的大事了。”奥瑟罗对这一番说辞根本毫无招架之力，他答应很快会重新起用凯西奥，只是请妻子先让他独处一会儿。

事有凑巧。刚才奥瑟罗和伊阿古走进苔丝狄蒙娜的房间时，前来请托的凯西奥正从对面的门走出去，阴险狡诈的伊阿古故意压低声音，装作自言自语地说：“我看不惯那种样子。”当时奥瑟罗没有留意他说的话，随后跟夫人谈论事情，就把那句话给忘掉了。可是在苔丝狄蒙娜走开之后，伊阿古装作好奇的样子问奥瑟罗，他向夫人求婚的时候，凯

西奥知不知道他们在恋爱。将军回答说，当然知道，那时凯西奥还经常替他们传递消息呢。伊阿古皱起眉头，仿佛进一步印证了什么可怕的念头，故作惊讶地叫道："当真？"这让奥瑟罗想起了进门时伊阿古脱口而出的那句话，正是因为看见他妻子和凯西奥在一起。他忽然感觉这些话都有弦外之音。他相信伊阿古是个忠诚正直、爱戴自己的人，因此这种吞吞吐吐的口气格外使他惊疑；换作是一个奸诈小人，他会把这当作在玩弄诡计，可是在一个正人君子身上，那就是从心底自然流露出来的重大隐秘。奥瑟罗请伊阿古尽管说出他知道的内情和他想到的最坏的情况。

"说出我的想法？"伊阿古回答，"万一我心中的念头十分污秽，就像再庄严的宫殿也会有下贱的东西闯入呢？"伊阿古又说，也许他只不过是以小人之心度君子之腹，错怪了别人，还请将军不要把他的无稽猜测放在心上，不要因他的胡言乱语自寻烦恼，更不要因为小小的嫌疑就毁坏别人的名誉。奥瑟罗听了这些旁敲侧击的话，已经开始疑神疑鬼了。伊阿古又装出非常关切的样子，嘱咐他留心嫉妒带来的伤害。他越是这样含糊其词，心无城府的奥瑟罗就越是感到猜疑。

"我知道，"奥瑟罗说，"我的妻子美貌多姿、爱好交际、口齿伶俐，唱歌、弹琴、跳舞样样精通，对于一个贤淑的女子，这些都是锦上添花的装饰。我在没有切实证据以前，绝不会对她妄起猜疑。”

伊阿古又假装很高兴将军不轻易怀疑妻子，坦白说出自己现在还没有证据，只是请将军注意夫人的行动，留心观察她对凯西奥的态度，不要一味多心，也不要过于大意；因为他比奥瑟罗更了解他们本国女人的品性，威尼斯的妻子们有许多的风流韵事，只要不让丈夫知道，就可以问心无愧。然后伊阿古又巧妙地暗示说，苔丝狄蒙娜当初跟将军结婚的时候，就曾经毫无破绽地骗过她的父亲，可怜那位老人家还以为奥瑟罗用了妖法呢。这句话在奥瑟罗心里犹如重击，他忍不住寻思起来，既然苔丝狄蒙娜可以欺骗自己的父亲，那又怎能保证她不会欺骗丈夫呢？

伊阿古见奥瑟罗变了脸色，就假意请他原谅，说自己让他动怒了。奥瑟罗听信了他的谗言，内心痛苦不堪，却还故作镇静地请他继续说下去。伊阿古摆出一副难以启齿的表情，说他不愿意讲好朋友凯西奥的坏话，可他马上又话头一转，大说特说起来。他提醒奥瑟罗，苔丝狄蒙娜当初拒绝了多少个本国同族、同肤色、门当户对的求婚者，却偏偏嫁给了他这个摩尔人，这明明是违反常情的举动，可见她为人之任性。也许她后来会懊悔自己选择错误，转而爱上一位年轻英俊的本国同胞——比如说凯西奥。因此，伊阿古还劝奥瑟罗把凯西奥的复职再拖延一段时间，看看苔丝狄蒙娜是不是竭力替他说情，从这上面就可以看出许多端倪来。

这个险恶小人就这样布下了他的阴谋，他先教凯西奥去向苔丝狄蒙娜恳求，当她竭力为凯西奥说情时，又将猜疑的种子撒进奥瑟罗的心里，苔丝狄蒙娜越是忠于所托，就越会加重奥瑟罗的猜疑，到头来就可以利用她的善良心肠污毁她的名誉，让他们一个个都落入阴谋的罗网。

伊阿古临走前又劝奥瑟罗，在没有确凿证据之前，先把妻子当作一个清白无辜的人。奥瑟罗也答应会耐心地继续观察。

可是打从那一刻起，上了当的奥瑟罗心绪就再也无法平复了。罂粟、曼陀罗乃至世上一切使人昏迷的药草，都不能使他得到前一天夜里还安然享受的酣眠。他对建功立业也失去了兴趣。从前，威仪的军队、庄严的大旗会令他心潮澎湃，长嘶的骏马、锐利的号角、惊魂的战鼓、刺耳的横笛则使他热血沸腾。如今，这些军人的雄心壮志似乎都消失殆尽，战斗的激情和旧日的欢乐也都全部离他远去。他一会儿相信妻子是贞洁的，一会儿又疑心她不贞洁；一会儿认为伊阿古是诚实的，一会儿又觉得他并不诚实；他宁愿对这件事一无所知，哪怕苔丝狄蒙娜真的爱上了凯西奥，他也能继续糊里糊涂地享受快乐。他简直要被这些乱七八糟的念头给逼疯了。

于是，有一次奥瑟罗不禁掐住伊阿古的脖子，逼他拿出苔丝狄蒙娜不贞的罪证，否则就是故意诬陷她，合该马上受死。伊阿古装作愤慨的样子，说自己一片好心被当成了驴肝肺。接着他又问奥瑟罗，有没有见过妻子手里有一方绣着草莓花样的手帕？奥瑟罗回答说，那是他送给她的第一件礼物。

“就是那样一方手帕，”伊阿古说，“今天我看见凯西奥用它来擦脸呢。”

“如果真是像你说的那样，”奥瑟罗说，“我若不能报复这奇耻大辱誓不为人。首先，为了表现你的忠诚，三天内回来报告我凯西奥已经不在人世。我还要为那个美貌的魔鬼想出一个干脆的死法。”

像空气一样轻飘飘的小事，在嫉妒的人眼中，竟会成为圣经般确凿的铁证。仅仅因为听说凯西奥手里拿着妻子的手帕，就足以让被挑唆的奥瑟罗宣告他们两个人的死罪，全然不考虑那方手帕为何会落到凯西奥手中。

事实上凯西奥和苔丝狄蒙娜都是清白无辜的，只是伊阿古又在玩弄阴险的手段。他叫自己的妻子从苔丝狄蒙娜身边偷来这块手帕，假装要学着描上面的花样，其实是为了把手帕丢到凯西奥的脚下，好让奥瑟罗误会苔丝狄蒙娜把恋爱时的礼物转送了别人。

奥瑟罗匆匆回到妻子的房间，假装自己有点头疼，要妻子拿块手帕让他按住太阳穴。苔丝狄蒙娜就给了他一块。

“不是这块，”奥瑟罗说，“要我送给你的那块。”苔丝狄蒙娜说，那块手帕她没有带在身边，实际上她是找不着了，因为那块手帕已经被伊阿古的妻子偷去了。

“怎么会？”奥瑟罗说，“那你可就错了。那块手帕是一个埃及女人送给我母亲的，她是一个洞察人心的女巫，她告诉我母亲，那块手帕在她手里的时候，她就能得到我父亲的宠爱，可她倘若失去了它，或是把它送给旁人，我的父亲就会讨厌起她来，另寻新欢了。母亲在临死前把手帕传给我，叫我有了妻子之后就交给她，我遵照她的吩咐给了你，所以你必须格外小心，把它看成像你的眼珠那么宝贵。”

“真的会有这种事吗？”苔丝狄蒙娜惊讶地问道。

“千真万确，”奥瑟罗补充道，“这方手帕蕴含着神奇的魔力，是一位两百岁的神巫在心血来潮时织就的，它那一缕缕的丝线也不是普通的蚕儿吐的，织成之后还在处女之心炼成的丹液中浸泡过。”

苔丝狄蒙娜听说手帕这么灵验，简直吓得要死，因为她很清楚手帕已经弄丢了，不禁担心也会失去丈夫的爱。这时奥瑟罗暴躁起来，连声问她要那块手帕。她当然拿不出来，就试图转移丈夫的注意力，开玩笑说他一定是不想听她为凯西奥说情，才这样纠缠手帕的事。她又开始称赞凯西奥（伊阿古也算准了这一点），奥瑟罗听得妒火中烧，夺门而出。这下苔丝狄蒙娜终于有点怀疑自己的丈夫是吃醋了。

苔丝狄蒙娜自问没有做什么令他嫉妒的事情，又后悔不该误会了光明磊落的奥瑟罗。她转念一想，一定是威尼斯出了什么大事，或是他在塞浦路斯发现了什么阴谋，扰乱了他一贯温柔的性情。她还自我开解道：“我们不能把男人当作完美的天神，也不能希望他们永远像新婚之夜那么殷勤体贴。”想到这里，她甚至自责起来，觉得不该错怪他无情。

然而，等奥瑟罗再次回到房间，他索性直截了当地骂她荡妇，说她和别的男人有私情，只是没说出对方的名字，说着不由得流下泪来。苔丝狄蒙娜不明所以，只好叹息道：“唉，不幸的日子，您为什么哭了？”奥瑟罗说，他可以容忍世间的种种折磨，比如贫穷、疾病和耻辱，可她的背叛却令他心都碎了。他还对她泣诉:“你这野草闲花啊，你的颜色是这样娇艳，香气是这样芬芳，可是看了闻了就难免受伤作痛，但愿世上从来不曾有过你!”说完，他又一次拂袖而去。

奥瑟罗离开后，清清白白的苔丝狄蒙娜被他这番无端指责惊呆了，昏头昏脑地只想睡一会儿。于是她吩咐侍女为她整理床铺，铺上新婚时用过的床褥。她喃喃说着，小孩子做了错事，父母总是用温和的态度，轻轻地责罚他们;奥瑟罗也可以这样责备她，因为她是个该受管教的孩子。这位温柔的夫人虽然深受委屈，却只有这么一句轻轻的抱怨。

苔丝狄蒙娜躺在床上，盼着丈夫会回心转意，不知不觉就在心力交瘁中昏睡过去了。这时奥瑟罗又悄悄回到房间，他满心恶念，准备下手杀死妻子。他看见苔丝狄蒙娜正在沉睡，一时竟不忍下手，因为他不愿让她溅血，也不愿毁伤她那比白雪更皎洁、比石膏更光滑的肌肤。可他已经决意除掉她，否则她还会陷害更多男子，就像害他一样。于是奥瑟罗用最后一吻向她诀别，接着又情不自禁再吻一次，他潸然泪下，却说自己流的是无情的眼泪。

苔丝狄蒙娜被他的吻惊醒了。她看见奥瑟罗眼珠转动、紧咬下唇，意识到他动了杀机。奥瑟罗叫她赶紧祈祷准备受死，因为他不愿杀害她没有准备的灵魂。这位无辜的妻子恳求丈夫垂怜，并且问自己究竟做错了什么事。奥瑟罗这才提起了凯西奥和那块作为私情罪证的手帕。蒙受不白之冤的苔丝狄蒙娜刚要开口辩解，奥瑟罗却猛然暴起，用床褥把她蒙住，就这样活活闷死了她。

就在这时，身受重创、鲜血淋漓的凯西奥被抬进了房间。原来，伊阿古派去刺杀凯西奥的人没有得手，凯西奥受的伤并不致命。伊阿古害怕阴谋败露，就先把同伙杀人灭口了。然而在那个同伙身上搜出了几封密信，足以证明伊阿古的罪恶和凯西奥的清白。凯西奥正要来向奥瑟罗谢罪，并

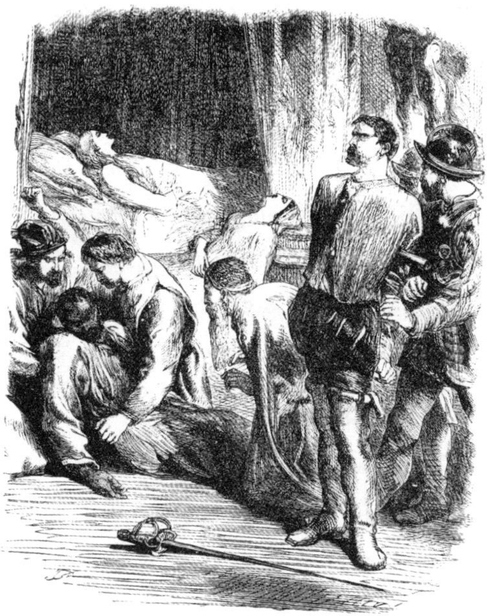

问自己哪里得罪了奥瑟罗，他竟然派伊阿古痛下杀手。

这个消息对奥瑟罗来说犹如晴天霹雳。他这才明白妻子是清白无辜的，从来没有背叛过自己，而他才是罪大恶极的杀人犯。面对如此沉痛的真相，奥瑟罗完全丧失了活下去的力量，他拔剑刺向自己，扑倒在他深爱却枉死的妻子身上，气绝而亡。

旁人看到这惨烈的一幕都感到十分惊骇，奥瑟罗向来是个受人敬重的男子，深情体贴的丈夫，心地光明磊落，只因轻信了小人的挑拨，竟落得如此悲惨的结局。他爱得不够明智，并且过于深情，虽说男儿有泪不轻弹，可当他发现自己犯下了无可挽回的过错，泪水也会像阿拉伯橡胶树的胶液一样流个不停。

奥瑟罗死后，人们仍然将他从前的功劳和勇绩铭记于心。大家没有更好的方法可以悼念他，只能让继任的总督按照最严厉的法律惩办伊阿古，对他处以极刑；同时禀告威尼斯政府，他们英勇的名将奥瑟罗不幸惨死了。

泰尔亲王
配力克里斯

窥探大人物的隐秘罪行往往会招来危险。泰尔亲王配力克里斯发现希腊的暴君安提奥克斯背地里干了骇人听闻的丑事，那暴君就威胁要兴兵摧残泰尔城和城中百姓，作为对他的报复。为了避免这场灾祸，配力克里斯主动离开自己的领土。他把政事托付给一位贤能可靠的大臣赫力堪纳斯，就坐船离开泰尔，打算在海外游历一番，等那可怕的安提奥克斯怒气平息后再回来。

亲王首先到达了塔萨斯。他听说塔萨斯城正遭受严重的饥荒，就带了一大批粮食去救济他们。亲王一进城就看见街道一片荒凉，而他忽然带着急需的物资出现，就像是天上派来的救星。塔萨斯的总督克里翁满怀感激地欢迎了他。然而，配力克里斯在塔萨斯没住上多久，就收到了忠心耿耿的赫力堪纳斯的来信，信中说暴君已经知道他的行踪，暗中派

人来刺杀他了，告诫他为了确保生命安全，切莫再在塔萨斯逗留。收到信后，配力克里斯又继续登船启程，深受他大恩的塔萨斯人纷纷为他送上祝福和祈祷。

出海不久，他的船只就遇到一场风暴，他被浪花卷上了一片陌生的海滩，成了唯一的幸存者。很快他遇到几个贫苦的渔夫，他们邀请他一道回家，为他提供衣服食宿。渔夫还告诉亲王，这个国家是潘塔波里斯，他们的国王叫西蒙尼狄斯，因为他治国有道，天下太平，又被大家称为善良的西蒙尼狄斯。亲王还从渔夫口中得知，明天就是西蒙尼狄斯国王那个美丽的小女儿的生日，宫里将举办一场隆重的比武盛会，无数的王子和骑士即将从世界各地赶来，为了赢得美丽的公主泰莎的爱而比武。亲王听到这个消息，暗自惋惜遗失了一件好铠甲，因此不能参加比武一显身手。就在这时，另一个渔夫拖回了渔网，捞上来一整套铠甲，恰好就是亲王遗失的那件。配力克里斯认出了自己的铠甲，不禁说道："命运之神啊，谢谢你，我遭受了这么多磨难，总算得到一些补偿。这件铠甲是已故的父亲传给我的，为了纪念他我一直小心珍藏，无论走到什么地方，总是把它带在身边。那凶恶的怒海虽然将它夺去，可是在风平浪静之后，依旧把它归还原主。为此我要感谢大海，那场海难现在不再是一件灾祸，因为我又得回了父亲的遗物。"

第二天，配力克里斯就穿着父亲留下的铠甲，走进了西蒙尼狄斯的王宫。他比武时表现神勇，轻松击败了其他前来向泰莎公主求爱的对手。按照这种比武求爱的惯例，泰莎公主要对场上武艺超群的获胜者表示最大的尊敬。她很快就拒绝了那些王子和骑士，只对配力克里斯一人垂青，为他戴上胜利的花冠，说他是那天的幸福之王。而配力克里斯也对这位美丽的公主一见钟情了。

配力克里斯害怕暴君探听到自己的下落，只说自己是来自泰尔的普通绅士，西蒙尼狄斯国王自然无从得知他其实出身王族。不过配力克里斯确实才华出众，样样精通，国王十分欣赏他英勇高贵的人品。因此，当他发现女儿对配力克里斯一往情深，他也乐意接受这位异邦的勇士做他的女婿。

配力克里斯和泰莎公主结婚后没几个月，就传来消息说他的仇人安提奥克斯已死，泰尔国内长期无主，百姓的不满之情与日俱增，开始闹着要推举摄政的赫力堪纳斯接替亲王之位。这个消息正是赫力堪纳斯本人发出的，他对亲王忠心耿耿，不肯接受众人推举的高位，而是派人向配力克里斯传达故国的召唤，让他赶紧回国复位。西蒙尼狄斯发现女婿不只是默默无闻的绅士，竟然是大名鼎鼎的泰尔亲王，感到又惊又喜。他转念想到从此要和女儿女婿天各一方，又遗憾配力克里斯不像他以为的那样是个普通人。这时泰莎公主已有身孕，国王不放心女儿涉险出海，配力克里斯也希望她先留在父亲宫中，等生完孩子再动身。但那位可怜的姑娘非要跟丈夫一同启程，最后他们拗不过只得同意，期盼她能平安到达泰尔再生产。

大海对不幸的配力克里斯真是太无情了。他们离泰尔还有很远的路程，又遇上了一场风暴，泰莎受到惊吓一阵腹痛。没过多久，她的奶妈利科丽达抱着一个小婴儿走了出来，她告诉配力克里斯，泰莎公主生下孩子后就死去了。她把婴儿送到做父亲的手上说："这孩子太稚弱了，不该待在这个地方，这是您已故的王妃留下的孩子。"配力克里斯

听到这个悲惨的消息，顿时悲痛万分，他哽咽着说道：“神明啊！你们为什么赐给我们美好事物，使我们珍视它，爱惜它，然后又突然把它夺走呢？”

“宽心点儿吧，好殿下，”利科丽达说，“这是王妃留下的唯一的念想，一个年幼的女儿，为了这位小公主，请您振作起来，好好抚养她吧！”

配力克里斯把小婴儿抱在怀里，对这个小宝贝说：“但愿你的人生风平浪静，因为不曾有哪个婴儿在这样的惊涛骇浪中出生；愿你的生活安稳顺遂，因为在所有君王的儿女中，你降临人世的遭际最为凶险；愿你后福无穷，为了预报你的诞生，天地水火和空气一齐大声呼喊！你一生下来就已经遭到世上一切欢乐都无法弥补的损失（母亲的死），愿你得到命运的另眼相待。”

风暴仍在狂呼怒吼。水手们有个迷信，要是尸体留在船上，风浪永远也不会平息。他们来见配力克里斯，要求把去世的王妃丢进海里去。他们还说：“您还有勇气吗，殿下？上帝保佑您！”

“勇气有的是，”伤心的亲王说，“我不怕风暴，它已经对我造成了最大的不幸，但是为了这个可怜的小婴儿，这个初历风波的航海者，我希望风暴平息下来。”

“殿下，”水手们说，“那就必须把王妃丢进海里去，海浪这么高，风浪这么大，要是船上留着死人，风浪是绝对不会平息的。”

配力克里斯虽然明知这个迷信荒诞不经、毫无根据，还是耐着性子同意了，他无奈地说：“就照你们的意思办，把她丢进海里吧，真是最不幸的王妃啊！”

于是，痛苦的亲王就去向亲爱的妻子诀别，他凝视着他的泰莎公主说道：“亲爱的，你经历了一场可怕的生产，没有灯，没有火，无情的大自然全然把你遗忘了，如今我也来不及为你举行葬礼，却要立刻把你无棺无椁地丢进海里，那儿没有为你铭刻的墓碑，只能让你的尸骨与不值钱的贝壳为伴，淹没在呜咽的波涛之下。啊，利科丽达，吩咐涅斯托拿来我的香料、墨水、白纸，我的小箱子和我的珠宝，再叫涅坎德替我把装绸缎的匣子拿来。先把孩子安放在枕头上，然后就快快去吧，利科丽达，我还要为我的泰莎做一次诀别的祷告。”

他们给配力克里斯搬来一口大箱子，他就用绸缎和箱子收殓了王妃的遗体，周身撒满芬芳的香料，还在她身旁放了贵重的珠宝和一张字条，字条上说明她的身份，请求捡到这个箱子的人将她好好安葬。接着他就亲手把箱子扔进了海里。

暴风雨平息了，配力克里斯吩咐水手们改变航程，向塔萨斯驶去。“因为这孩子挺不住到泰尔这么远的路程了，”他说，“在塔萨斯我可以把她托付给别人好好抚养。”

泰莎被扔进海里的那一夜狂风暴雨，第二天天还没亮，

以弗所的名医、受人尊敬的萨利蒙正在海边散步，他的仆人捡到被海浪冲上岸边的箱子，就抬到了他的面前。“我从来不曾看见这么大的浪头，”一个仆人说道，“居然把箱子冲上岸来了。”萨利蒙吩咐把箱子搬回他家，打开一看，发现竟然是一具年轻美丽的女子的尸体，十分诧异。他从芬芳的香料和贵重的珠宝推断，她一定是位高贵的人物，只是为何葬得这么古怪。接着他发现了那张纸条，这才得知躺在面前的尸体是一位王妃，是泰尔亲王配力克里斯的妻子。萨利蒙对这个意外发现非常好奇，对那位痛失爱妻的丈夫更是倍感同情，不禁说道：“要是你尚在人世，配力克里斯啊，你的心一定因悲哀而粉碎了。”接着他仔细观察泰莎的面容，见她的脸色十分鲜润，不像死去的样子，就说：“他们把她丢进海里，真是太鲁莽了。”他断定这个女子没死，就吩咐生起火，拿出对症的醒神药，奏起轻柔的音乐，让她受到惊吓的心神得到安定，慢慢苏醒过来。许多人一头雾水地围在泰莎身边，他又对他们说：“行行好，先生们，让她呼吸点新鲜空气吧，这位王妃一定会复活的，她昏迷的时间还不到五个小时呢。瞧，她嘴里吐出气息来了，她活了！瞧，她的眼皮动了，这个美丽的人儿会苏醒过来，让我们听她诉说她的命运而流泪吧。”

泰莎确实没死，她只是生下女儿之后就陷入了深度昏迷，因此大家都以为她死了。现在经过这个好心人的救治，她又重见天日，恢复了生机。泰莎睁开眼睛，惊讶地问道："我在什么地方？我的夫君呢？这是什么世界？"萨利蒙小心翼翼地逐步透露她的遭遇，等他认为她已经恢复过来，可以承受那样的刺激，才把她丈夫手写的字条和那些贵重的珠宝拿给她看。她看了字条说道："这是我夫君的字迹。我清清楚楚地记得海上航行的事，然而究竟有没有在船上生产，凭着神明起誓，我实在不能确定。但既然再也见不到我的夫君，我愿意终身修道，不再享受人世的欢愉。"

"夫人，"萨利蒙说，"要是您说的确实是衷心所愿，那么狄安娜的神庙就在附近，您可以在那里修道度日，而且您要是愿意的话，我有一个侄女可以跟去服侍左右。"泰莎满怀感激地接受了他的建议。等她身体康复后，萨利蒙就将泰莎送到了狄安娜的神庙。在神庙里，泰莎终日哀悼她误以为已死的丈夫，一边十分虔诚地苦心修道。

话分两头，配力克里斯给小女儿取名玛丽娜[①]，因为她是在海上诞生的。他把女儿带到塔萨斯，打算托付给那里的总督克里翁和总督夫人狄奥妮莎抚养，他考虑到自己曾经在饥荒中赈济塔萨斯，想必他们不会亏待他这个幼年丧母的小女儿。克里翁见到配力克里斯亲王，又听他诉说了那场海上的横祸，感慨道："啊，您那可爱的王妃！如果命运不是这

---

① 拉丁文Marina（玛丽娜）是"来自海上"的意思。

般无情，让您把她带到这儿来，让我也能见识见识她的风采，那该有多好啊！”

配力克里斯回答道：“我们只能服从上天的旨意，即使我像埋葬泰莎的大海那样狂呼怒吼，还是不能避免相同的结局。这是我柔弱的小女儿玛丽娜，我就把她托付给你们了，请求你们将她抚养成人，给她合乎公主身份的教育。”接着他又对狄奥妮莎说：“好夫人，拜托您好好照顾我的孩子，这就是对我最大的恩典了。”狄奥妮莎回答：“我自己也有一个孩子，殿下，我不会疼爱她胜过您的小公主。”克里翁也同样向他保证说：“殿下，您放心吧，我们曾经受到您救济的大恩，我的人民至今还在为您祈祷，我们一定不会亏待您的孩子。万一我有什么疏忽怠慢的地方，那些受恩的民众也会督促我履行应尽的责任；但是假如我当真无情无义需要督促，就请神明降罪于我和我的子孙！”配力克里斯得到了总督夫妇的承诺，就把女儿托付给他们，并让奶妈利科丽达留在小公主身边，自己启程返回泰尔。他临行时，小玛丽娜还感觉不到跟父亲分离的痛苦，利科丽达却伤心地哭了起来。“啊，不要哭，利科丽达，”配力克里斯说，“不要哭，留心照看你的小公主，将来你可就全靠她了。”

就这样配力克里斯平平安安地回到泰尔，顺顺利利地重登王座；他以为已死的王妃则留在以弗所凄凉度日，至于可怜的王妃从未谋面的小女儿玛丽娜，也已经在克里翁的抚养下成了一位高贵的公主。克利翁对她悉心教育，玛丽娜年满十四岁时，学识之渊博已经堪比当时著名的学者。她的歌声只应天上有，她的舞姿翩翩似神仙。而她在针线上的本领真可谓巧夺天工，绣出的花鸟果实栩栩如生，做出的绢花十分逼真，即使两朵天然的玫瑰也不会这么相似。玛丽娜的满身才气，赢得了众人的交相称赞，却也招来了总督夫人狄奥妮莎的嫉恨。因为她的亲生女儿虽然跟玛丽娜是同样的年纪，接受了同样精心的教育，却由于不及玛丽娜聪慧，事事都落于下风。玛丽娜享尽了众人的赞美，她的女儿相形之下备受冷落。于是，狄奥妮莎决定设计除掉玛丽娜，她满以为只要玛丽娜消失不见，大家就会转而欣赏她那平庸的女儿了。为此她雇了一个人去杀害玛丽娜，她的阴谋算准了时机，因为玛丽娜的奶妈利科丽达刚去世不久。年轻的玛丽娜在利科丽达墓前哀泣时，狄奥妮莎就吩咐她雇的杀手赶紧行动。那杀手名叫里奥宁，他虽然十分凶狠，但面对玛丽娜这样惹人喜爱的姑娘，还是不忍心下手。里奥宁说：“她可是一个好姑娘啊！”

“那就更应该送她去跟神明做伴了，”因妒成恨的狄奥妮莎冷冰冰地回答道，“她正哭着哀悼她死去的奶妈呢，你下定决心照我的吩咐做了吗？”里奥宁不敢违背她的命令，就回答说：“我下定决心了。”这短短一句话，就宣告了无比美好的玛丽娜即将惨遭摧折的命运。

这时玛丽娜提着一篮鲜花走了过来，她说她要每天给好奶妈利科丽达的坟茔撒花，在夏日尚未消逝之前，让紫罗兰和金盏菊像锦毯般铺在坟上。“唉，”她哀叹道，“可怜我这苦命的姑娘，在暴风雨中来到这世上，一出世就没有了母亲。这个世界对我而言就像一场从未平息的风暴，把亲人们一个个从我身边夺去。”

“玛丽娜，”狄奥妮莎虚情假意地问道，“你怎么一个人在这里哭泣呢？怎么我的女儿没陪在你身边？别为利科丽达哭泣了，我也是你的奶妈呀。这么伤心对你没有好处，你的美貌都因此憔悴了。来，把你的花给我，海风会把它们

吹坏的。跟里奥宁一起散散步吧，新鲜的空气能让你振作起来。来，里奥宁，搀着她的手臂，陪她散步去吧。”

“不，夫人，”玛丽娜说，“我不愿占用您的仆人。”因为里奥宁是狄奥妮莎的侍从，所以玛丽娜这样说。

“去吧，去吧，”这个阴险的女人一心要找个理由让她和里奥宁单独待在一起，“我把你父亲泰尔亲王和你都当成自己人，每天都期盼着他的到来。要是他来了之后，看见他美貌出众的好女儿憔悴成这个样子，一定会认为我们没有照顾好你。去吧，我求求你，散个步，重新快活起来。好好保养你那让老老少少都心神迷醉的绝色容颜吧。”玛丽娜见她纠缠不休，只好说：“好吧，我去，虽然我实在没有什么散步的兴致。”狄奥妮莎一边转身离开，一边对里奥宁说：“记住我刚才说的话！”——这句话用心险恶，是在提醒里奥宁要动手杀害玛丽娜。

玛丽娜望着大海，那是她出生的地方，她说：“这风是从西边吹来的吗？”

“这是西南风。”里奥宁回答。

“我出生的时候刮的是北风，”玛丽娜说道，一时间，那场狂风暴雨，父亲的悲痛欲绝和母亲的去世，全都涌上了她的心头，“利科丽达告诉过我，我父亲从来不害怕，他向水手们高声喊‘拿出勇气来，好水手们’，用他尊贵的手紧紧拉着缆索，擦破了手上的皮肉，他又牢牢攀住桅杆，顶住了一阵几乎把甲板冲毁的巨浪。”

“那是什么时候的事?”里奥宁问。

“我出生的时候，”玛丽娜回答，“像那样狂暴的风浪，真是从来不曾有过。”然后她描述起那场风暴、水手的行动、水手长的哨声和船主的呼喊，还说:“就是这样，船上乱作一团。”利科丽达时常对玛丽娜说起她出生时的悲惨遭遇，因此这一幕幕已经深深刻在了她的脑海中。可这时里奥宁打断了她，要她赶紧念她的祷告。

“你这是什么意思?”玛丽娜不由得害怕起来。

“如果你要快快地做个祷告，我可以让你做，”里奥宁说，“但不要啰啰唆唆，神明的耳朵灵得很，而且我已经发誓会快快交差。”

“你要杀了我吗?”玛丽娜问，“天啊，为什么?”

“这是我的女主人的意思。”里奥宁回答。

“为什么她要杀我?”玛丽娜说，“我思来想去，平生从来不曾做过一件得罪她的事，不曾讲过一句坏话，也不曾伤天害命。相信我，我连小老鼠也没有打死过，连小苍蝇也没有伤害过，我在无意中踩死了一只小虫子，也会难过得流下眼泪。究竟我犯了什么过错?”

那个杀手回答道:“我只知道奉命行事，不是来跟你辩论是非的。”他正准备动手，刚好有一伙海盗从旁经过，他们看到玛丽娜，就把她掳到船上去了。

掳走玛丽娜的海盗将她带到米提林，卖作了奴隶。她虽然沦落到如此境地，但她的美貌和才华还是在米提林城中传开了，她的买主也因此发了一大笔财。她教授音乐、舞蹈和女红，收来的学费都交给了主人夫妇。玛丽娜才华横溢、勤劳能干的名声传到了米提林总督拉西马卡斯的耳朵里，他决定亲自到玛丽娜住的地方见识一下这位全城交口称赞的才女。她的谈吐让拉西马卡斯十分倾慕，虽然他听过许多对她的溢美之词，但玛丽娜头脑之聪敏、为人之贤淑、心地之善良，仍然远远超出他的想象。他离开时对玛丽娜说，希望她永远保持这种勤劳高尚的品质，他还说也许她还会再听到他的消息，那一定是出于对她的好意。拉西马卡斯想到玛丽娜又美丽又端庄，又聪明又能干，简直是个样样出色的绝世佳人，就想要娶她为妻。尽管玛丽娜现在身份低微，他却断定她必然家世高贵，可是每逢问起她的父母，她总是默默坐着流泪。

再说回塔萨斯。里奥宁害怕狄奥妮莎生气，向她报告已经杀死了玛丽娜。于是这个狠毒的女人宣布玛丽娜已死，还假惺惺地替她举行了葬礼，立起一座华丽的墓碑。过了不久，配力克里斯在他的心腹大臣赫力堪纳斯的陪同下，从泰尔坐船到塔萨斯，打算接女儿回家。他当年把襁褓中的小女儿托付给克里翁、狄奥妮莎夫妇，一别之后，父女二人再也没有相见。这位仁厚的亲王想到要和已故王妃留下的小女儿见面，心中自然是不胜欢喜！可他们竟然说玛丽娜已经死了，还把墓碑指给他看，这位可怜的父亲顿时悲痛欲绝。塔萨斯就这样埋葬了爱妻泰莎仅存的念想、自己最后的希望，他在这里难免触景伤情，于是就匆匆登船返回了。从登船那天起，他就一直沉郁寡欢，一言不发，痛苦得对身边的一切都麻木了。

从塔萨斯坐船到泰尔，刚好经过玛丽娜所在的米提林城。米提林总督见有富丽堂皇的大船开过，想知道船上是些什么人，就乘着小艇靠近了大船。赫力堪纳斯对他十分客气，告诉他这艘船从泰尔开过来，现在正载着泰尔亲王返程。赫力堪纳斯说："大人，我们的亲王三个月来不曾说过一句话，即使勉强进一点饮食，也只是为了延续他的痛苦。他这般痛苦的原因说来话长，主要的原因就是失去了爱妻和爱女。"

拉西马卡斯请求见见这位痛苦的亲王，一见之下，他看出这本来是个仪表堂堂的人物，就对配力克里斯说："亲王陛下，万岁！愿神明护佑您！万岁，威严的亲王！"

但这番话只是枉费工夫，配力克里斯没有回应，甚至对走近的这个陌生人浑然不觉。拉西马卡斯随即想起了那位绝世佳人玛丽娜，觉得也许她能用巧妙的话语打开他紧闭的心门。他征得赫力堪纳斯的同意后，就派人去找玛丽娜。玛丽娜走上船，而她的亲生父亲正坐在船上伤心，众人像欢迎公主般热烈地欢迎她，大声叫道:“真是一位绝世佳人!”拉西马卡斯听他们赞美玛丽娜心中甚是欢喜，说道:“确实是绝世佳人，要是我能够确定她果真家世高贵，我一定不再有其他奢求，会认为得到这样一位妻子是万分幸运。”于是他就恭恭敬敬地对这个卑微的女仆说话，仿佛她就是他认定的高贵小姐，他叫她“美丽的玛丽娜”，告诉她船上有位高贵的亲王因伤心过度而一言不发，他恳求玛丽娜为这位亲王治一治心病，仿佛她拥有使人振作和幸福的神力似的。

“大人，”玛丽娜说，“我愿意尽力为他治病，可是有一个条件，只允许我和我的女伴靠近他的身边。”

玛丽娜在米提林一直小心翼翼地隐瞒自己的身世，不愿让人知道一个公主竟然沦为了奴隶。但她一向配力克里斯开口，就说起了自己的命运跌宕无常，从高贵的身份沦落到如今的地步。她诉说自己悲惨的身世，仿佛知道她正站在父亲的面前；然而她之所以会这么说，只是因为她想用同样的不幸来引起伤心人的共鸣。她悦耳的声音唤起了万念俱灰的亲王，他抬起眼睛凝视着玛丽娜，玛丽娜长得很像母亲，因此亲王从玛丽娜脸上看到了泰莎的影子。亲王十分惊讶，他沉默了这么些日子之后，终于再次开口说话了。

“我最亲爱的妻子，”配力克里斯如梦初醒地说，“长得就像这位姑娘，我的女儿如果还活着，一定也是这般模样。我的王妃眉宇端正，同样不高不矮的身材，同样挺直的腰身，同样银铃般的声音和明珠一样的眼睛。小姑娘，告诉我你的父母是什么人，你刚才好像说过，你曾经受过种种命运的捉弄，还说我们俩的不幸要是彼此倾诉，也许会难分轻重。”

“我确实说过这样的话，”玛丽娜回答，“我都是照我知道的实话实说。”

“跟我讲讲你的故事吧，”配力克里斯应声说道，“要是你所经历的厄运可以抵得上我千分之一的不幸，那么你才是忍受磨难的英雄，而我却像个经不住打击的弱女子。可你看起来确实如同忍耐女神般凝视着君王的坟墓，将所有痛苦都付诸一笑。你叫什么名字，我最温柔的姑娘？求你讲一讲你

的故事吧，来，坐在我身边。”

当这位姑娘说出自己名叫“玛丽娜”，配力克里斯十分震惊。因为他知道这不是个寻常的名字，他是为了纪念女儿在海上诞生，才特意为她取名玛丽娜的。

“啊，这简直是在嘲弄我，”他说，“你一定是被哪个愤怒的神明派来，让世人取笑我的。”

“耐心点，好殿下，”玛丽娜说，“否则我不再说下去了。”

“好，”配力克里斯说，“我有耐心，你不知道你自称名叫玛丽娜让我感到多么震惊。”

玛丽娜回答说：“这个名字是一个身份高贵的人给我取的，那就是我的父亲，他是一位亲王。”

“怎么可能！一位亲王的女儿！”配力克里斯脱口而出，“还叫玛丽娜？你是有血有肉的活人吗？你该不会是个仙女吧？说下去吧，你是在哪里出生的，为什么叫玛丽娜？”

于是她娓娓道来：“因为我在海上出生，所以叫作玛丽娜。我的母亲是一位国王的女儿，我一出生她就去世了，我的好奶妈利科丽达经常流着眼泪对我说起这件事。我的父王将我寄养在塔萨斯，可是后来那位狠毒的总督夫人想杀害我。刚好一群海盗路过把我救下，然后就把我带到米提林城来了。好殿下，您为什么哭了起来？也许您以为我是冒名顶替的。可是，倘若配力克里斯亲王尚在人间，我确实就是他的女儿。”

配力克里斯听到这里万分惊喜，又疑心怎会有这样的好事，就大声召唤自己的随从。听到他们爱戴的亲王久违的声音，大家也都欢呼雀跃。亲王对赫力堪纳斯说:“赫力堪纳斯啊，打我一下，给我割一道伤口，让我立刻感觉到痛，免得这向我冲来的欢乐巨浪，冲垮了我生命的涯岸。啊，过来吧，你出生在海上，埋葬在塔萨斯，如今又在海上出现了。啊，赫力堪纳斯，跪下来感谢神明！这就是玛丽娜。现在我要祝福你，我的孩子！亲爱的赫力堪纳斯，把我的新衣服拿来。虽然狠毒的狄奥妮莎想谋害她的性命，但她并没有死在塔萨斯。你们向她下跪，叫她公主吧，她会把整个来龙去脉告诉你们的。——这是谁?”配力克里斯这才看见旁边的拉西马卡斯。

“殿下，”赫力堪纳斯说，“这一位是米提林的总督，他听说您心里难过，特地来看望您的。”

“殿下，我拥抱您。”配力克里斯说，“把我的长袍给我。见到玛丽娜，我就不难过了。上天祝福我的女儿！可是，听，那是什么音乐?”他忽然听见一阵轻柔的乐声，不知是哪位仁慈的神明演奏的仙乐，还是他高兴过度产生了幻觉。“殿下，我没有听到。”赫力堪纳斯说。

“听不到吗?”配力克里斯说，“怎么，这是绝妙的仙乐。”

其他人都没有听到音乐，拉西马卡斯因此断定亲王在狂喜之下有点精神恍惚了，就说：“最好不要反驳他，先顺着他的意思说吧。”于是大家纷纷说自己也听到了。接着配力克里斯说自己昏昏沉沉想要睡觉，拉西马卡斯就劝他在一张躺椅上歇息，还为他垫了一只枕头。配力克里斯经过这场狂喜已是筋疲力尽，很快就沉沉睡去了，玛丽娜悄悄地坐在躺椅旁守着熟睡的父亲。

熟睡中配力克里斯做了个梦，他因此决心前往以弗所一探究竟。原来，他梦见以弗所的女神狄安娜向他显灵，要他到以弗所去拜谒她的神庙，在祭坛前哀诉他的平生经历和悲惨遭遇。她凭着她的银弓起誓，如果他按她的吩咐去做，一定会得到极大的幸福。配力克里斯从梦中醒来，感觉精神出奇的振奋，他把梦境告诉众人，决心听从女神的吩咐。

随后拉西马卡斯邀请亲王上岸游玩一番，配力克里斯接受他的殷勤邀请，在米提林逗留了几天。这期间拉西马卡斯自然是张灯结彩、大摆宴席，安排了精彩纷呈的表演和活动，盛情招待他的心上人玛丽娜的父王。早在玛丽娜身份低微时，拉西马卡斯就很珍视她。现在他要向玛丽娜求婚，配力克里斯完全不反对，因为他知道拉西马卡斯的爱非常真诚，而自己的女儿也早已芳心暗许。他只是提出一个条件，要他们先陪他一起去拜谒以弗所的狄安娜神庙。于是，他们三人很快就出发了，在女神吹送的顺风之下，他们经过几个星期的航行，顺利到达了目的地。

配力克里斯一行人走进狄安娜神庙时，当年救活泰莎的那位好心人萨利蒙正站在祭坛旁边，他现在已经很老了；泰莎如今是神庙的女祭司，站在祭坛前面。虽然这些年来配力克里斯对亡妻念念不忘，变得十分憔悴，可泰莎还是依稀认出了他的模样。等他走近祭坛开口说话，泰莎听到声音更觉得耳熟了，她又惊又喜，细细聆听配力克里斯在祭坛前说的这一番话：

“万福，狄安娜女神！我是泰尔亲王，奉了您公正的命令前来拜谒。当初我为了避祸离开故国，在潘塔波里斯与美丽的泰莎公主结为夫妻。她在海上难产而死，生下了女儿名叫玛丽娜。她在塔萨斯由总督夫人狄奥妮莎抚养长大，长到十四岁时狄奥妮莎想谋害她，幸有福星保佑，她脱难到达了米提林，我的船刚好从那边的海岸经过，冥冥中有好运把她带到了我的船上，凭着她清楚的记忆，她证明了自己是我的女儿。”

泰莎听到这里再也忍不住了，冲口而出叫道：“你是，你是，尊贵的配力克里斯啊！”话音没落就激动得晕了过去。

“这个女人怎么了？”配力克里斯吓了一跳，“她要死了！各位快救救她呀。”

“殿下，”萨利蒙说，“要是您在狄安娜的祭坛前说的都是真话，那么这位就是您的妻子。”

“尊敬的老先生，不可能，”配力克里斯回答道，“我用这双手亲自把她扔进海里去了。”

于是，萨利蒙讲述了事情的来龙去脉：这位夫人怎样在一个暴雨后的清晨被海水冲上以弗所岸边，他又是如何打开箱子，发现了贵重的珠宝和那张字条，以及他多么幸运地救活了她，并且把她安顿在狄安娜神庙里。

说到这里，泰莎刚好从昏迷中苏醒过来，她激动地说：“啊，我的夫君，您难道不是配力克里斯吗？您说话像他，模样也像他，您刚才不是提到一场风暴、一次生产和一次死亡吗？”

配力克里斯大吃一惊：“死去的泰莎的声音！”

“那泰莎就是我，”泰莎答道，“虽然你们都以为我早已葬身海底。”

“真是狄安娜显灵了！”配力克里斯想到这场奇遇背后的神力，大声叫道。

“现在，”泰莎又说，“我更确定是您了，我们在潘塔波里斯与我父王挥泪告别时，他曾经送给您一只戒指，就是您手上这只。”

“神明啊，我知足了，”配力克里斯叫道，“你们现在的仁慈，使我过去的不幸都成了儿戏。啊，来吧，泰莎，再一次埋进我的臂弯中吧！”

玛丽娜也说：“我的心跃跃欲试，想投入母亲的怀抱。”

于是配力克里斯让她们母女相认，说着：“你看谁跪在这儿？你的亲生骨肉，你在海上的重负，她因为出生在海上，就取名叫玛丽娜。”

“神明加倍护佑你，我的孩子！”泰莎一边说，一边欣喜若狂地搂住自己的女儿。这时配力克里斯在祭坛前跪下说道：“圣洁的狄安娜女神，感谢您的托梦，我将每天晚上向您献祭。”

接着，配力克里斯征得泰莎的同意后，当场就郑重地把他们才貌出众的女儿许给了和她非常般配的拉西马卡斯。

就这样，从配力克里斯、泰莎和玛丽娜身上，我们看到了很好的榜样：品性高贵的人面对上天安排的困苦磨炼，经过神明指引，最终战胜艰难险阻，获得了幸福。赫力堪纳斯则是正直、忠诚和信义的典范，面对继承王位的机会，他宁可请回真正的亲王，也不愿乘人之危夺取大权。而救活泰莎的好心人萨利蒙教给我们一个道理，善良在智慧的引导下可以造福人类，这样的力量有如神明的伟力。那位狠毒的总督夫人狄奥妮莎，也已经恶有恶报。塔萨斯城的百姓洞悉了她对玛丽娜的阴谋，团结起来为亲人的女儿报仇，放火焚烧克里翁的宫殿，把他们全家都烧成了灰烬。也许这也是神明的旨意，虽然她的阴谋并未得逞，但伤天害理的事自会遭到报应。

图书在版编目（CIP）数据

莎士比亚戏剧故事集 / (英) 威廉·莎士比亚
(William Shakespeare) 著 ; (英) 查尔斯·兰姆
(Charles Lamb) , (英) 玛丽·兰姆 (Mary Lamb) 改写 ;
吴湛译 . -- 南京 : 江苏凤凰文艺出版社 , 2021.11
（大作家写给孩子们）
ISBN 978-7-5594-6275-6

Ⅰ. ①莎… Ⅱ. ①威… ②查… ③玛… ④吴… Ⅲ.
①戏剧文学－故事－作品集－英国－中世纪 Ⅳ.
① I561.33

中国版本图书馆 CIP 数据核字 (2021) 第 191927 号

莎士比亚戏剧故事集

[英] 威廉·莎士比亚 著　[英] 查尔斯·兰姆　玛丽·兰姆 改写　吴湛 译

项目统筹　尚　飞
责任编辑　王　青
特约编辑　米燕群
装帧设计　墨白空间·李易
出版发行　江苏凤凰文艺出版社
　　　　　南京市中央路 165 号，邮编：210009
网　　址　http://www.jswenyi.com
印　　刷　天津创先河普业印刷有限公司
开　　本　880 毫米 ×1230 毫米　1/32
印　　张　13.375
字　　数　174 千字
版　　次　2021 年 11 月第 1 版
印　　次　2021 年 11 月第 1 次印刷
书　　号　ISBN 978-7-5594-6275-6
定　　价　68.00 元